DIE TOTE VOM
Chiemsee

Gretel Mayer, geboren 1949 in München, war viele Jahre als Buchhändlerin tätig, bevor sie ihre Leidenschaft fürs Schreiben entdeckte. Obwohl ihr Lebensmittelpunkt seit Jahrzehnten in Unterfranken liegt, schlägt ihr Herz noch immer für ihre oberbayerische Heimat. Ihr 2018 erschienenes Romandebüt »Der Tod des Chiemseemalers« ist der erste Kriminalroman um Wachtmeister Fanderl und Polizeioberkommissär Benedikt von Lindgruber.

GRETEL MAYER

DIE TOTE VOM *Chiemsee*

KRIMINALROMAN

emons:

Lust auf mehr? Laden Sie sich die »LChoice«-App
runter, scannen Sie den QR-Code und bestellen Sie
weitere Bücher direkt in Ihrer Buchhandlung.

Bibliografische Information der Deutschen Nationalbibliothek
Die Deutsche Nationalbibliothek verzeichnet diese Publikation
in der Deutschen Nationalbibliografie; detaillierte bibliografische
Daten sind im Internet über http://dnb.d-nb.de abrufbar.

© Emons Verlag GmbH
Alle Rechte vorbehalten
Umschlagmotiv: Malgorzata Maj/Arcangel.com,
mauritius images/Digfoto/imageBROKER
Umschlaggestaltung: Nina Schäfer
Gestaltung Innenteil: César Satz & Grafik GmbH, Köln
Lektorat: Uta Rupprecht
Druck und Bindung: CPI – Clausen & Bosse, Leck
Printed in Germany 2020
ISBN 978-3-7408-0919-5
Originalausgabe

Unser Newsletter informiert Sie
regelmäßig über Neues von emons:
Kostenlos bestellen unter
www.emons-verlag.de

Dieser Roman wurde vermittelt durch die
Autoren- und Projektagentur Gerd F. Rumler, München.

So viel kann ich gar nicht essen,
wie ich kotzen möchte!
Max Liebermann, deutscher Maler, 1847–1935,
beim Anblick des Fackelzuges der neuen Machthaber
in Berlin am 30. Januar 1933

1

»Jetzt geht's langsam dem Ende zu. Es wird Zeit, dass i aufn Gottesacker umzieh«, meinte die alte Michelbergerin. Böse Zungen nannten sie auch »die Dorfratschn«, denn bis vor Kurzem hatte sie unablässig und sehr zuverlässig das ganze Dorf mit Gerüchten und Neuigkeiten versorgt. Seit dem Frühjahr jedoch wollten die Beine nicht mehr, und sie saß, versorgt von den Nachbarinnen, nur noch in ihrem alten Sessel am Fenster. Sie achtete sehr darauf, dass dieser an genau der richtigen Stelle stand, denn dann konnte sie über ihren kleinen Bauerngarten vor dem Haus auf die angrenzende Wiese und die Dächer der zum Chiemsee hin liegenden Höfe und Häuser blicken. Rechts davon glitzerte sogar ein kleines Stück des Sees, worauf sie keinesfalls verzichten wollte, genauso wenig wie auf die Chiemgauer Berge im Hintergrund, mit denen sie ihr langes Leben verbracht hatte. Manchmal zeigten sie sich sanft grün und blau und lagen im Dunst, dann wieder schien es, als könnte man danach greifen; in den harten Wintern waren sie schneebedeckt bis in die Täler und in den heißen Sommern oft von drohend schwarzen Wolken umhüllt, die zumeist die gefürchteten Chiemsee-Gewitter mit sich brachten.

Aber der früher so flinke und helle Kopf der Michelbergerin war müde geworden. Immer häufiger nickte sie ein und träumte von ihren längst verstorbenen Eltern und Schwestern und vom Julius Bergleitner, der die große Liebe ihres Lebens gewesen war, der sie aber verschmäht und sich für eine andere entschieden hatte. Viele Jahrzehnte war das jetzt her, doch ihr Herz hatte nie aufgehört zu schmerzen, und so war sie halt eine alte Jungfer geworden. Zwischendurch aber wurde sie für kurze Zeit wieder hellwach, nahm einen Schluck von ihrem Dünnbier und verfolgte das Geschehen vor dem Fenster.

Mitte September war es dann so weit. Die Schneiderlisl, die ihr eine Suppe bringen wollte, fand sie leblos in ihrem Sessel, und der Doktor aus Breitbrunn konnte ihr einen friedlichen Tod bescheinigen. Bei ihrem Begräbnis war fast das ganze Dorf zugegen, und in der Kirche, die die Michelbergerin immer geputzt und mit frischen Blumen versorgt hatte, und auf dem Friedhof, wo sie stets die verlassenen Gräber gepflegt hatte, drängten sich die Menschen. Der Pfarrer Grimsler hielt eine bewegende Trauerandacht, die alten Nachbarinnen der Michelbergerin beteten ein »Gegrüßet seist du, Maria« nach dem anderen, und der Frauenchor sang.

Fast alle Einwohner der kleinen Chiemsee-Gemeinde waren gekommen, auch die größten Bauern der Gegend, der junge Riedingerbauer mit seiner hochschwangeren Frau Luise, der Huberbauer mit seinen Kindern und dem altgedienten Knecht Xaver und der Meierhoferbauer mit seiner ebenfalls schwangeren Frau Annamirl.

In vorderster Reihe neben dem Seewirt und dem Lehrer stand der frischgebackene Wachtmeister Gustav Fanderl, von allen im Dorf nur »der Fanderl« genannt, mit seiner Frau Therese, daneben der alte Hauptwachtmeister Hofer, der sich seit einem Jahr in Pension befand.

Etwas abseits hielt sich der Fritz Bergleitner, Sohn des von der Michelbergerin einst so geliebten Julius Bergleitner. Er trug eine Sonnenblume in der Hand und hatte tatsächlich ein wenig feuchte Augen. Die anwesenden Dörfler nickten ihm zwar alle kurz zu, hielten aber Abstand zu ihm. Fritz war wegen seiner immer noch aufrecht zur Schau getragenen kommunistischen Gesinnung ein Außenseiter in der Dorfgemeinschaft und wurde zumeist nur »der Rote« genannt.

»Der muss schwer aufpassen, dass er ned eines Tages in Dachau landet«, meinten viele der Dorfbewohner.

Eine unsäglich bleierne Schwüle lag über dem Friedhof, die kräftige, stechende Mittagssonne war hinter einer dichten Dunstschicht verschwunden, der See, den man vom Friedhof aus gut sehen konnte, lag graublau und bewegungslos, und die Berge wirkten dunkel und drohend. Die beiden Hochschwangeren und auch die alten Freundinnen der Verstorbenen atmeten schwer, und der Knecht Xaver murmelte wie schon so oft in seinem Leben: »Des wird a besonders schwers Septembergewitter. Ich sag ja immer, die können's in sich haben.« Dass es dann aber derart schauerlich werden sollte, ahnte an diesem Nachmittag noch keiner der Anwesenden.

Nachdem fast alle Trauergäste den Friedhof schon verlassen hatten, kam der Bestatter Freudinger und steckte ein schlichtes Holzkreuz mit der Inschrift »Heidemarie Michelberger 1849– 1933« auf den Grabhügel.

Etwa um Mitternacht, die alte Michelbergerin war gerade einige Stunden unter der Erde, kam plötzlich wie aus dem Nichts ein starker Sturm auf. Das alte Gebälk des Klosters auf der Fraueninsel ächzte, die Fensterläden schlugen schwer, und fast alle Nonnen wurden schon lange vor der Laudes aus dem Schlaf gerissen. Die beiden Novizinnen Hilda und Sophie standen schlaftrunken am Fenster ihrer Kammer und betrachteten die hohen, gischtgekrönten Wellen des Chiemsees, die heftig donnernd an den nahen Dampfersteg schlugen. Es war pechschwarze Nacht, nur über den gegenüberliegenden Bergen zog sich ein gespenstischer schwarz-gelber Lichtstreifen von der Kampenwand bis zum Hochfelln und Hochgern. Die seltsame Erscheinung wölbte sich langsam und drohend auf den See und die Fraueninsel zu und schob eine riesige dunkle Wolkenwand wie eine Riesenwalze vor sich her. Ein paar heftig knallende Donnerschläge waren zu hören.

Hilda deutete mit ihrer kräftigen, derben Bauernhand hinaus zum See. »Sophie, schau doch mal, es schneit, jetzt im September.«

Und tatsächlich entlud die schwarze Wolke ein heftiges Flockengewirbel über den See und die Insel. In kürzester Zeit lag eine dichte Schneedecke über dem Klostergarten, in dem die beiden Novizinnen noch am Tag zuvor bei kräftiger Mittagssonne Unkraut gejätet hatten.

Hilda wandte sich zu Sophie um, die bewegungslos am Fenster stand und in das tobende Herbstgewitter hinausstarrte. »Wo ist denn eigentlich die Flora? Sie müsste von dem ganzen Getöse doch auch aufgewacht sein«, fragte sie.

Über den Buchten des Sees jenseits der Insel wütete der Sturm nicht ganz so stark wie draußen auf dem Weitsee, doch auch hier peitschten die Wellen heftig polternd in den Schilfgürtel. Das dunkle Bündel, das schon seit geraumer Zeit von der Insel herübertrieb, verfing sich nun zwischen Steinen und Schilf im flachen Wasser der Bucht.

Plötzlich rissen für kurze Zeit die Wolken auf, und das fahle Licht des untergehenden Mondes verriet ganz deutlich, dass es eine menschliche Gestalt war, die da im Tanz der Schneeflocken an den Uferrand gespült worden war. Unschicklich, ja fast obszön hatten die Wellen das dunkle Gewand bis über die Oberschenkel der jungen Frau hochgeschoben, und weiße Flocken fielen auf makellos schlanke schneeweiße Beine. Wirre dunkle, tangverklebte Locken umrahmten ein schmales, fast noch kindliches Gesicht.

»Bei dem Wetter wirst doch heut nicht nausfahrn?«, fragte die Burgerin ihren Mann, als sich der Fischermeister wie jeden Morgen zur Ausfahrt bereitmachte.

»Doch, wenigstens nach den Reusen muss ich schauen«, brummelte er unwillig, trank noch einen Schluck von seinem Malzkaffee und steckte sich die Pfeife an. Dann verschwand er, und die Burgerin beschloss, noch einmal für eine halbe Stunde in ihr warmes Bett zurückzukehren. Bei Wetterwechsel taten ihr die Knochen immer besonders weh.

Sie musste wohl noch einmal für kurze Zeit eingeschlafen sein und schrak deshalb mit klopfendem Herzen hoch, als jemand heftig an ihrer Schulter rüttelte.

»Da liegt eine draußen im Schilf, da, wo's zur Bucht einigeht«, vernahm sie die atemlose Stimme ihres Mannes. Schnee lag auf seinen Schultern, Mantel und Stiefel waren tropfnass. »Ich hab sie aufs Ufer zogn. Die is tot.«

Die Burgerin sprang so rasch aus dem Bett, dass sie sofort wieder jeden einzelnen ihrer alten Knochen spürte. »I lauf glei los und hol den Fanderl!«, rief sie und zog ihren derben Wollmantel direkt über das Nachthemd. »Schenk dir dawei a Zwetschgenwasser ein, des hilft!«

Nicht einmal eine halbe Stunde später stand der junge Gustav Fanderl frierend und durchnässt vor dem Fund des Fischermeisters Burger. Er war vor Kurzem vom Wachtmeister zur Anstellung zum bestallten Wachtmeister befördert worden und seit einigen Monaten allein für die nahe gelegene kleine Chiemsee-Gemeinde zuständig.

Der stark fallende Schnee hatte die Gestalt mittlerweile wie mit einem weißen Laken fast vollständig zugedeckt, doch die dunklen, starren Augen des Mädchens blickten noch immer erstaunt in den Himmel.

Fanderl beugte sich hinab zu der Toten. Am Haaransatz und über dem rechten Ohr war das wirre Haar stark blutverkrustet und der Schädel der Toten heftig eingedrückt. Es war eindeutig, dass diese Verletzungen von einem oder mehreren kräftigen Schlägen herrührten. Das bestätigte auch kurze Zeit später der hinzugekommene Arzt aus Breitbrunn, der, obwohl er stark erkältet war und ständig nieste, seine Arbeit ruhig und sorgfältig verrichtete. Dabei schüttelte er aber immer wieder den Kopf und meinte: »So ein hübsches junges Madl kann man doch nicht einfach so totschlagen!«

Stichwortartig redete er weiter: »Tod durch Fremdeinwirkung ... starke Schläge ... vermutlich Stein ... nicht ertrunken ... kein Wasser in der Lunge ... Todeszeitpunkt schwierig zu ermitteln ... wahrscheinlich vor sechs bis acht Stunden ... Die muss in die Rechtsmedizin Rosenheim, Fanderl!«

Fanderl kannte im Ort jeden Einwohner, jeden Stein und jeden Dachziegel. Er war hier geboren und aufgewachsen und lebte mit seiner Frau Therese, seinem kleinen Sohn und seiner Mutter etwas außerhalb des Dorfs im alten Forstmeisterhaus. In seiner Kindheit und Jugend hatten ihn die anderen wegen seiner geringen Körpergröße und Magerkeit oft als »Grischperl«

gehänselt, doch mit seiner Schlauheit und seinem Charme hatte er immer schon viel ausgleichen können. Mittlerweile war ein »gschtandner«, gut aussehender Mann mit gepflegtem Bart aus ihm geworden, der als Wachtmeister im Ort voll anerkannt war. Dass die Tote keine Ortsansässige war, hatte Fanderl sofort gesehen.

Wär gut, wenn jetzt der Hofer da wär oder besser noch der Benedikt, dachte Fanderl. Doch der Hofer, sein früherer Chef, war seit einem Jahr im Ruhestand, und Benedikt von Lindgruber, der geschätzte Münchner Kollege und Freund, mit dem er vor drei Jahren beim Fall um den Chiemseemaler Sachrang so erfolgreich zusammengearbeitet hatte, befand sich in den Flitterwochen.

Hier im kalten Schneetreiben, mit durchnässten Schuhen und klammen Fingern, erschien es dem Fanderl wie ein Traum, dass er vor nicht einmal einer Woche mit seiner Frau Therese bei strahlendem Spätsommerwetter jubelnd und Blüten werfend vor der Münchner Theatinerkirche gestanden hatte, wo Benedikt und seine Franzi, eine der bekanntesten Hutmacherinnen Münchens, getraut worden waren.

»Die kommt von drübn«, meinte der Fischermeister Burger, auf die Tote weisend, und Fanderl konnte ganz deutlich seine Schnapsfahne riechen. »Des is die Junge aus München, die Flora, die war doch immer zum Einkaufen und für d'Post herüben.«

»Fahr nüber zum Kloster, Burger, und gib Bescheid«, trug ihm der Fanderl auf, und der Burger entfernte sich bereitwillig, sichtlich erleichtert, dass er diesen grausigen Ort endlich hinter sich lassen konnte.

Zwei Stunden später, es schneite und stürmte weiterhin heftig und die Tote war mittlerweile schon unterwegs nach Rosenheim zur Gerichtlichen Medizin, fand der Fanderl kurz Zeit, zum Frühstück nach Hause zu gehen. Therese empfing ihn noch schlafwarm im Morgenmantel, schlang die vollen weißen Arme um seinen Hals und küsste ihn auf den Mund.

»Ich hab uns an echten Kaffee gemacht, an starken«, sagte sie.

»Ich kann auch einen brauchen, der Korbinian war so unruhig heut Nacht. Der kriegt sicher seinen nächsten Zahn.«

»Danke, meine liebe Polizistenfrau«, erwiderte Fanderl, küsste sie auf den Haaransatz und warf, bevor er sich dem Kaffee zuwandte, einen liebevollen Blick in das Bettchen seines nun fest schlafenden Sohnes.

Dann rief er Oberamtsrat Dreissiger, seinen Chef in Rosenheim, an, um Bericht zu erstatten und um Unterstützung durch die Rosenheimer Kollegen vom »Mord« zu bitten. Doch der Dreissiger seufzte schwer und teilte ihm mit, dass zwei Drittel der Rosenheimer Kollegen an einer hartnäckigen Darmgrippe litten.

Fanderl konnte es nicht fassen, schon beim letzten Fall hatten ihn die Rosenheimer im Stich gelassen. Wenn damals nicht der Benedikt aus München gekommen wäre, er wäre hoffnungslos verloren gewesen!

»Ich werd sehen, was ich machen kann«, versprach der Dreissiger. »Vielleicht kann der Huber aus Landshut kommen … oder wie wär's denn wieder mit dem von Lindgruber aus München? Mit dem haben S' doch beim letzten Fall so gut zusammengearbeitet!«

»Der ist in den Flitterwochen, den können wir vergessen«, antwortete Fanderl.

Der Dreissiger versprach, sich umgehend zu melden, machte aber einen etwas ratlosen Eindruck.

»Jetzt komm ich um die Gerichtliche Medizin in Rosenheim wohl nicht mehr herum«, meinte Fanderl schaudernd zu Therese und dachte an den Fall vor drei Jahren. Damals hatte er sich gerade noch vor der Leichenschau drücken können.

»Schenk dir vorher a Zwetschgenwasser ein, das hilft!«, empfahl ihm die Therese besorgt.

Unterdessen telefonierte der Dreissiger hektisch durch die Gegend. Da der Huber aus Landshut unabkömmlich war, rief er in München an und gelangte prompt zum neuen Chef des »Mord«, einem gewissen Paschke aus Berlin. Er hatte schon gehört, dass das ein Hundertprozentiger war, der in München ein strenges Regiment eingeführt hatte.

»Heil Hitler, werter Herr Kollege«, dröhnte Paschke aus dem Apparat. »Eine Mordermittlung am Chiemsee? Aber das ist doch klar, wen wir da schicken. Den von Lindgruber. Der kommt schließlich von da. Flitterwochen? Na ja, ist schon bitter, aber der Dienst geht doch selbstverständlich vor! Wissen Sie, ich überlege gerade, ob ich Ihnen den von Lindgruber nicht für unbestimmte Zeit ausleihe. Sie haben ja ständig Personalengpass, nicht wahr! Ein fähiger Kollege, etwas eigenwillig, politisch noch nicht ganz auf der Linie. Aber das kriegen Sie mit Ihrer großen Erfahrung schon noch hin. Ja, gut, das muss natürlich erst den amtlichen Weg gehen, aber da sehe ich keine Schwierigkeiten. Ich habe da ein paar sehr gute Verbindungen. Jedenfalls gebe ich dem von Lindgruber Anweisung, sich sofort in diesem Dörfchen bei dem jungen Kollegen einzufinden. Heil Hitler, schönen Tag noch, Herr Kollege.«

Der Dreissiger in Rosenheim war äußerst zufrieden, und der Paschke in München rieb sich die Hände. Jetzt hatte er ihn vorerst mal los, diesen von Lindgruber. Er wäre ihm ja in der Vergangenheit gern schon viel mehr auf die Füße getreten, diesem eigensinnigen Menschen, der immer eigene Wege ging, sich um die Anweisungen seines Vorgesetzten in keinster Weise scherte und immer noch kein Parteimitglied war. Doch der Polizeipräsident höchstpersönlich hatte ihn gebeten, bei dem Mann etwas rücksichtsvoller zu verfahren. Schließlich sei dessen verstorbener Vater einstmals einer der bedeutendsten Staatsanwälte Bayerns gewesen, und die Familie von Lindgruber, obwohl nicht mehr sehr wohlhabend, genieße einen äußerst guten Ruf.

So erhielt Fanderl kurze Zeit später Nachricht aus Rosenheim, und obwohl ihm der Benedikt und natürlich auch die Franzi sehr leidtaten, war er ungeheuer erleichtert.

Schon morgen sollte der geschätzte Kollege und Freund seinen Dienst antreten.

2

Fanderl hatte bislang nur in Erfahrung bringen können, dass es sich bei der Toten um eine Flora von Prielmayer aus München handelte, und so hatte er den Kollegen in München diesen Namen durchgegeben mit der Bitte, Angehörige ausfindig zu machen und sie gegebenenfalls zu informieren. Da die Ergebnisse der Gerichtlichen Medizin sicher erst am späten Nachmittag oder am nächsten Morgen vorliegen würden, beschloss Fanderl, zunächst hinüber auf die Fraueninsel zu fahren.

Seit einem Jahr besaß seine Dienststelle ein eigenes kleines Motorboot für Dienstfahrten. Normalerweise machte es ihm großen Spaß, damit auf dem See herumzukurven, doch bei dieser schrecklichen Witterung war es alles andere als ein Vergnügen. Der Schnee peitschte fast senkrecht gegen die Frontscheibe, und das Boot tanzte wie eine kleine Nussschale auf dem stürmischen See. So war Fanderl froh, in der Ferne ein kleines, hin und her schwankendes Licht auszumachen; offensichtlich stand am kleinen Dampfersteg der Insel jemand und erwartete ihn.

Als er knirschend am Steg angelegt hatte und das Schiffchen fest vertäute, kam ihm eine kleine schwarze Gestalt entgegen, die etwa so breit wie hoch war und mit einer Sturmlaterne winkte. Beim Näherkommen erkannte er die alte Schwester Kreszentia, die dienstälteste Schwester des Klosters, die wohl bald die neunzig erreichte.

»I hob mir denkt, i hol di ab, Bua«, sagte Kreszentia. »Alle andern im Kloster drobn sind ja furchtbar durcheinander! Es is ja auch ein Jammer, des junge, unschuldige Madl!«

Für Schwester Kreszentia war Fanderl immer noch »der Bua«, sie kannte ihn von klein auf und hatte ihn in der Volksschule das Schönschreiben gelehrt. Fanderl fand es etwas rücksichtslos von den anderen Schwestern, ausgerechnet die Älteste, die wahrlich nicht mehr sehr gut zu Fuß war, in dieses Wetter hinauszuschicken, doch als er mit Kreszentia das Kloster betrat, sah er sofort, dass sie wohl die Einzige war, die einigermaßen Ruhe bewahrt hatte. Einige Schwestern saßen weinend um einen Tisch, andere beteten in einer Ecke mit hohen klagenden Stimmen den Rosenkranz, der stets mit dem Zusatz »Herr, sei ihrer Seele gnädig« endete. In einer anderen Ecke des Raumes kauerten schluchzend die beiden Novizinnen. Jedoch nirgendwo in diesem Klageraum konnte Fanderl die Äbtissin des Klosters, Klara Rottmann, ausmachen.

»Sie hat sich zum Gebet in ihre Räume zurückgezogen«, erklärte ihm Kreszentia, und Fanderl glaubte, etwas Missgunst in ihrer Stimme wahrzunehmen.

»Ich muss aber schon mit ihr sprechen«, insistierte er mit strenger Polizistenstimme.

»Mei, Bua, dann schau mer mal«, meinte Kreszentia. »Frag doch zuerst mal mich und alle anderen, bis sie sich vielleicht beruhigt hat.«

Also zog sich Fanderl mit der alten Kreszentia in die warme Klosterküche zurück, wo sie ihm ein Stück Hefezopf mit Butter und einen Kaffee kredenzte.

Er erfuhr, dass Flora von Prielmayer die Tochter des Münchner Schauspielerehepaars von Prielmayer und zugleich die Nichte der Äbtissin war. Henriette von Prielmayer und Klara Rottmann waren Schwestern. Soweit Kreszentia wusste, war Flora vor den stark übertriebenen Bestrebungen ihres Vaters, aus ihr eine gefeierte Jungschauspielerin zu machen, in die Ruhe und Abgeschiedenheit des Klosters geflohen.

»A ganz a Liebe war sie, die Flora, recht lustig und immer das Herz auf der Zunge«, berichtete Kreszentia. »Aber man hat schon gmerkt, dass sie was umtreibt. Die Tante hat ihr mehr Freilauf lassn wie unseren zwei Novizinnen. Fast jeden Tag ist sie nübergfahrn in den Ort, zum Einkaufen, zur Post und … nix Gwieß woas i ja ned … aber sie hat, glaub ich, dort a kloans Gschpusi ghabt. Da musst amoi beim Seewirt schaun, mehr woas i ned.«

Fanderl hatte sich alles genau in seinem abgewetzten schwarzen Büchlein notiert, mit Appetit den Zopf gegessen und seinen

Kaffee ausgetrunken. Nun dankte er der alten Kreszentia und machte sich auf, um der Äbtissin seinen Besuch abzustatten. »A richtiger Mo bist worden, Bua«, sagte Kreszentia zum Abschied. »Nimmer so a Grischperl wie früher. Mit der Uniform und dem Bart schaust richtig guat aus.«

Währenddessen kauerte die Äbtissin Klara in ihrer Stube vor dem Kruzifix und bemühte sich, ihren Herrn zu erreichen. Doch sosehr sie auch die Augen zu ihm erhob, er blickte streng über sie hinweg und wollte ihre Klagen und Gebete nicht hören. Sie hatte versagt, schrecklich versagt, und der Aufschrei ihrer Schwester Henriette in München, die sie natürlich am frühen Morgen von dem Geschehen unterrichtet hatte, gellte ihr noch in den Ohren. Wenn sie aber ganz ehrlich zu sich selbst war, so musste sie sich eingestehen, dass ihr der dem Aufschrei folgende theatralische und absolut bühnenreife Ausbruch ihrer Schwester unangenehm gewesen war.

Plötzlich verzogen sich draußen einige der dunklen Schnee-wolken und ließen für kurze Zeit das Sonnenlicht in den Raum. Auch das Kruzifix war nun in helleres Licht getaucht, und das Antlitz des Gekreuzigten erschien ihr freundlicher und sanf-ter. Die Äbtissin erhob sich von ihrem Betschemel, straffte die Schultern, setzte ihre Brille auf und nahm hinter dem Schreib-tisch Platz.

Es klopfte, Schwester Kreszentia spähte durch den Türspalt. »Der Fanderl, der junge Polizist, is jetzt da, Ehrwürdige Mut-ter.«

»Schick ihn herein, Kreszentia«, bat die Äbtissin und wun-derte sich, wie fest und klar ihre Stimme klang.

Der Fanderl trat ein und blieb etwas verlegen in einigem Ab-stand zum Schreibtisch stehen.

»Setzen Sie sich, Herr Wachtmeister«, forderte ihn die Äb-tissin auf, und der Fanderl nahm etwas ungelenk Platz und legte sein schwarzes Büchlein ordentlich auf die Knie.

»Mein tief empfundenes Beileid, Ehrwürdige Mutter«, sagte er mit ein wenig unsicherer Stimme. »Ich habe soeben von

Schwester Kreszentia erfahren, dass es sich bei der Toten um Ihre Nichte handelt.«

»Ja, so ist es«, antwortete die Äbtissin, »und ich möchte, bevor ich auf Ihre Fragen eingehe, gleich betonen, ich werde es nicht dulden, wenn durch diesen unglückseligen Todesfall unser Kloster in irgendeiner Form in Misskredit gebracht wird. Ich bitte also um absolute Diskretion.«

»Ich werde mich bemühen, Ehrwürdige Mutter«, antwortete Fanderl. »Ich muss Sie jedoch darauf hinweisen, dass Ihre Nichte keines natürlichen Todes gestorben ist. Es handelt sich um Mord oder Totschlag, und dahingehend werden wir unsere Untersuchungen durchführen.« Seine Stimme nahm bei diesen Worten einen strengen und sehr amtlichen Tonfall an.

»Ich bin überzeugt, dass es sich um einen Unfall handelt«, widersprach die Äbtissin. »Ich kann mir beim besten Willen nicht vorstellen, dass jemand einem so lieben Menschenkind wie meiner Nichte nach dem Leben trachten wollte!«

Anschließend berichtete sie mit knappen Worten, dass die achtzehnjährige Flora vor einem halben Jahr auf eigenen Wunsch ins Kloster gekommen sei, um dem unsteten und hektischen Schauspielermilieu Münchens zu entfliehen und um sich zu prüfen, ob sie wirklich eine Schauspielkarriere anstreben wollte, wie es der größte Wunsch ihres Vaters war.

»Sie suchte Ruhe und Frieden bei uns, und das fand sie auch. Wie weit sie allerdings mit ihrer Entscheidung gekommen war, kann ich Ihnen nicht sagen. Sie verstand sich gut mit unseren beiden Novizinnen; von weiteren Freundschaften, gar von einer Liebelei, ist mir nichts bekannt. Ich bitte Sie nun, mich in meiner Trauer und vor allem im Gebet für meine liebe Flora wieder allein zu lassen.«

Das waren die abschließenden Worte der Äbtissin. Fanderl schloss sein schwarzes Büchlein, in das er nicht sehr viel hatte eintragen können, und verabschiedete sich höflichst.

Wieder zurück im Refektorium fand er die Situation fast unverändert vor. Trauer, Tränen, Verzweiflung und Gebet erfüllten den Raum, ein leichter Geruch nach Gemüsesuppe, die wohl Schwester Kreszentia gerade in der Küche zubereitete, mischte sich darunter. Die beiden Novizinnen Hilda und Sophie saßen noch immer in einer Ecke beieinander, und erst als Fanderl auf sie zutrat, setzten sie sich etwas aufrechter hin und trockneten, so gut es ging, ihre Tränen.

Hilda Rossgoderer, wie sich die kräftigere und größere der beiden vorstellte, wischte sich noch einmal über das rotwangige, runde Bauerngesicht und erzählte, dass sie seit fast zwei Jahren im Kloster sei, dass sie von einem Bauernhof in Brannenburg stamme und sehr gerne draußen arbeite. Auch die Flora, so berichtete sie mit wieder zitternder Stimme, habe, obwohl sie ja ein Stadtmensch war, gerne im Klostergarten gearbeitet. Sie selbst habe ihr alles gezeigt.

»Sie war immer so fröhlich und guter Dinge«, sagte Hilda, und schon wieder füllten sich ihre Augen mit Tränen. »Ich kann's einfach nicht glauben, dass sie nimmer da is!«

Sophie von Arnstetten, die zweite Novizin, war das gerade Gegenteil der bäuerlichen Hilda. Sie war dünn und blass, ihre dunklen, ein wenig stechenden Augen schienen zu groß für ihr schmales Gesicht.

»Der Herr hat sie von uns genommen. Auch wenn es uns schmerzt und wir es nicht verstehen, es war Sein Wille, und diesen müssen wir annehmen. Sie ist nun beim Herrn«, erklärte sie, und Fanderl, entsetzt über diese ihm auf heuchlerische Weise fromm erscheinenden Worte, musste an den Weihbischof Müller denken, der ihn gefirmt hatte und der immer in solch einem salbungsvollen Tonfall dahergeredet hatte. Dieser Weihbischof hatte sein Gutteil dazu beigetragen, dass Fanderl nur an Ostern und Weihnachten und zu ganz besonderen Anlässen in die Kirche ging. Ansonsten hielt er nicht viel von ihr.

»Ich habe schon meinen lieben Gott, doch der wohnt nicht unbedingt in einer Kirch und braucht auch keinen Pfarrer«, sagte er immer zur Therese, wenn diese sich um sein Seelenheil sorgte.

Wie sich herausstellte, hielt Sophie von Arnstetten, die aus

Coburg stammte, nicht viel von der Arbeit in der freien Natur. Sie beschäftigte sich lieber mit dem Leben der Heiligen, über das sie schon viele Bücher gelesen hatte, sie handarbeitete gerne und hatte eine sehr schöne Singstimme. Schon mehrfach hatte sie bei der Morgenandacht eine Kostprobe davon geben dürfen. Mit Flora habe sie sich gut verstanden, sie habe sich auch gerne mit ihr über das Theater und über München unterhalten.

Beide Novizinnen bestätigten, dass sie Flora zum letzten Mal bei der Abendmahlzeit gesehen hätten. Sie habe gewirkt wie immer. Von einer Freundschaft drüben im Dorf wüssten sie beide nichts, versicherten sie sehr rasch, doch gerade dieser Eifer ließ bei Fanderl leise Zweifel aufkommen.

Nach dem Verlassen des Klosters gab Fanderl sich einen Ruck.

»Du kommst eh nicht rum um die Leichenschau, Gustav«, sagte er zu sich. »Fahr lieber gleich hin, dann hast es hinter dir!«

3

»Das glaubst du nicht, Benni, es schneit, und das im September!«, rief Franzi erstaunt, nachdem sie die Vorhänge aufgezogen hatte. »Die Bäum, die Bänk, der ganze Park, alles weiß!« Benedikt trat hinter sie, legte die Arme zärtlich um ihren Leib und meinte, schon eine kleine Wölbung ihres Bauches wahrnehmen zu können. »Dann ist es doch das Beste, wenn wir im Bett bleiben und da frühstücken«, schlug er vor.

Seit fünf Tagen wohnten sie nun im Anwesen der von Lindgrubers, nicht weit vom Chiemsee entfernt. Benedikts Vater, damals noch einer der wohlhabendsten Männer Bayerns, hatte das Haus Ende des letzten Jahrhunderts als Sommersitz für die Familie erbauen lassen. Äußerst repräsentativ und großzügig, mit einer Vielzahl von Räumen, Stallungen für die geliebten Pferde und einem gesonderten kleinen Haus für Stallmeister, Gärtner und sonstige Bedienstete, lag es inmitten eines weitläufigen Parks, der dem Englischen Garten in München nachempfunden war.

Als Kind und Jugendlicher hatte Benedikt nahezu jeden Sommer und zuweilen auch die Weihnachtstage hier verbracht. Er hatte ausschließlich schöne Erinnerungen an diese Zeiten. Die zu Gemütsleiden neigende Mutter war auf dem Lande immer aufgelebt, er hatte noch immer ihr unbeschwertes Lachen im Ohr. Auch der Vater hatte sich Zeit für die Kinder genommen, mit ihnen im Park gespielt oder sie auf seine Ausritte mitgenommen.

Natürlich hätten Franzi und Benedikt wie andere Flitterpaare auch nach Venedig oder Paris fahren können, doch nach den anstrengenden Hochzeitsvorbereitungen, der großen Feier und vor allem in Anbetracht von Franzis noch früher Schwangerschaft hatten sie sich für die Stille und den Rückzug entschieden. Die alte Berta, die seit Jahrzehnten im Dienst der von Lindgrubers stand, war darüber hocherfreut gewesen.

»Der Herr Benedikt als Flitterwöchner! Dass ich das noch

erleben darf«, hatte sie gejubelt und sofort alle notwendigen Vorbereitungen getroffen. Der Salon, die Bibliothek und natürlich das große Schlafzimmer wurden hergerichtet, und zur Begrüßung hatte sie das Geländer der großen Freitreppe mit einer Girlande aus Efeu und den letzten Sommerrosen geschmückt. Sie hatte eine lange Liste der Lieblingsspeisen des Herrn Benedikt zusammengestellt und ihre Vorräte so ergänzt, dass sie jederzeit auf Wunsch eine davon zaubern konnte.

»Kaiserschmarrn hat er immer so gern gegessen, aber auch Semmelknödel mit Schwammerl und a Suppenfleisch mit Gemüs und Salzkartoffeln!«

So kam es, dass der junge Herr Benedikt all den Speisen, die ihm die gute Berta zubereitete, mit großem Genuss zusprach, doch die junge Frau Franziska – sie war ja schon eine ganz Liebe – aß so gut wie gar nichts! Blass saß sie immer beim Frühstück und ließ die frischen Kaisersemmerl und Hörndl liegen.

»Da is was Kloans unterwegs, wenn ma die Esserei von der jungen Frau anschaut. A bisserl rund um d'Hüftn is a scho«, spekulierte die alte Berta.

Benedikt schlüpfte wieder unter seine Bettdecke und zog Franzi liebevoll an sich. Freilich war so ein extremer Wettereinbruch zu dieser Jahreszeit unangenehm, und ihr geplanter Ausflug nach Prien konnte nun nicht stattfinden, doch eigentlich war er nicht unglücklich darüber. Er fand es schön, einfach faul im Bett zu liegen und die Gedanken schweifen zu lassen. Noch einmal stand er mit Franzi vor dem Altar der Theatinerkirche und sagte aus vollem Herzen Ja zu dieser strahlenden Braut, die zu dem äußerst schlichten Brautkleid statt eines Schleiers eine extravagante Seidenkappe mit Federbesatz trug. Noch einmal trat er mit ihr hinaus auf den Odeonsplatz, wo Familie, Freunde, Bekannte und Kollegen lärmend bunte Blüten warfen.

Schade, dass sein Vater, dem er in den letzten Jahren wieder nähergekommen war, das nicht mehr erleben durfte; er war vor einem guten Jahr verstorben. Jahrelang hatte er keinen Kontakt mehr zu ihm gehabt, da der alte Herr es nicht hatte verstehen wollen, dass Benedikt sein Jurastudium, das ihm so viele Türen geöffnet hätte, abgebrochen hatte und zur Polizei gegangen war. Auch die Heiratspläne, die sein Vater für ihn geschmiedet hatte, hatte Benedikt verworfen, und so war es zum endgültigen Bruch gekommen.

Noch einmal dachte Benedikt an den Faschingsball, auf dem er seine Franzi kennengelernt hatte, und an die erste Liebesnacht in ihrem Hutatelier, das mittlerweile zu einem der führenden Münchens gehörte. Er war stolz auf seine Frau, obwohl es ihm manchmal schwergefallen war, die Heirat und den Kinderwunsch wegen ihrer geliebten Hutmacherei immer wieder aufzuschieben. Nun aber waren sie an ihrem Ziel angekommen, doch ob er nun wollte oder nicht, mischten sich sofort sorgenvolle Gedanken in die freudigen. Dringend benötigten sie eine größere Wohnung, die vielleicht gleichzeitig Wohnraum und Hutatelier unter einem Dach sein konnte. Würde es Franzi gelingen, Kind und Hüte »unter einen Hut« zu bringen? Sollten sie eine Haushaltshilfe einstellen? Was würde das alles kosten?

Zu diesen schon nicht sehr ersprießlichen Gedanken gesellten sich noch weit sorgenvollere. Seine berufliche Zukunft stand nämlich auf wackligen Füßen. Vor einem Jahr war sein Chef Schulze-Kaiser ganz plötzlich verstorben, und alle im Amt hatten erwartet, dass der altgediente, erfahrene Kollege Sieberer auf den Chefsessel nachrücken würde. Doch es kam anders.

An einem grauen Montagmorgen bat der Polizeipräsident die gesamte Abteilung zu sich und stellte ihnen den neuen Vorgesetzten vor, Herbert Paschke aus Berlin. Akkurat gescheiteltes Haar, tief liegende stechende Augen, Schmiss auf der Wange und glänzendes Parteiabzeichen am Revers. In kürzester Zeit wurde allen klar, dass für Paschke nur eines zählte: unbedingter Gehorsam, keinerlei Eigeninitiative und Hitlergruß zu jeder Gelegenheit. Die strammen Parteimitglieder unter den Kollegen, und das waren inzwischen nicht wenige, waren sehr angetan von diesem neuen Vorgesetzten; die übrigen, zu denen Benedikt und sein Kollege Otterer gehörten, gerieten immer mehr ins Abseits. Benedikt war schon mehrfach nahegelegt worden, in die Partei einzutreten, doch er hatte es bis jetzt immer irgendwie vermeiden können. Sein Kollege Otterer, ein überzeugter Sozialdemokrat, wurde, wie auch Benedikt, immer öfter bei wichtigen Entscheidungen nicht mehr miteinbezogen und bei Beförderungen übergangen. Seit Juli bestand der gesamte Münchner Stadtrat aus Nationalsozialisten, und nun waren auch alle anderen Ämter und Institutionen bestrebt, nur mehr Parteimitglieder in ihren Reihen zu haben. Otterer wurde offen mit Entlassung gedroht, und nur der Umstand, dass er ohnehin in einem halben Jahr in Rente gehen würde, war wohl seine Rettung. Benedikt war klar, dass er, um seiner kleinen Familie weiter Sicherheit bieten zu können, nicht am Parteieintritt vorbeikam.

»Ich könnt jetzt gut ein Kaisersemmerl mit Marmelade und einen Kaffee vertragen. Ich glaub, die schlimmste Übelkeit hab ich überwunden«, murmelte Franzi schlaftrunken an seiner Schulter und riss Benedikt aus seinen trüben Gedanken. Er küsste ihr zerstrubbeltes Lockenhaar und sprang aus dem Bett. »Ich sag gleich der Berta Bescheid!«

So verbrachten sie den Tag faulenzend, lesend und vor sich hin dösend; nur die alte Berta rief zwischendurch streng zum Mittagessen und Kaffeetrinken.

Bis zum Nachmittag schneite es weiter, dann wurde es plötzlich heller, die Sonne schien durch die verbliebenen tiefgrauen Wolken, und fast augenblicklich begann es zu tauen, obwohl es schon auf den Abend zuging. Die hohen alten Bäume und der Rasen des Parks glitzerten im Sonnenschein, und klar und überdeutlich konnte man die Berge ausmachen, die noch fast bis in die Täler von Schnee bedeckt waren.

Gerade als sie mit dem Abendessen beginnen wollten, klingelte das Telefon.

»Das Polizeipräsidium aus München. Ein gewisser Herr Paschke!«, rief Berta. Sie bedeckte die Sprechmuschel mit der Hand und flüsterte: »Der hört sich an wie der Führer persönlich.«

Benedikt spürte, wie ihm der Schweiß ausbrach, als er zum Telefon ging, und auch Franzi war blass geworden.

»Lindgruber«, meldete sich Benedikt. »Ja ... Wie? ... Morgen? ... Sie wissen schon, dass ... Ja, ich verstehe ... Was, nicht nur für diesen Fall? ... Überhaupt ... Darüber wird noch zu reden sein ... so über meinen Kopf hinweg ... Guten Abend.« Kein »Heil Hitler«, wohlgemerkt!

Benedikt setzte sich wieder an den Abendbrottisch und schob seinen Teller mit Wurstsalat von sich.

»Um Gottes willen, Benedikt, red schon!«, rief Franzi.

»Der Fanderl hat einen Mord oder Totschlag, und der Paschke hat mich als Ermittler abgestellt. Das allein ist ja schon eine Unverschämtheit, der weiß genau, dass wir in Flitterwochen sind. Aber die Höhe ist, dass er mich für unbestimmte Zeit nach Rosenheim ausleihen will, Personalprobleme und so weiter und so fort. Der will mich loshaben, dieses Arschloch!«

Benedikt fluchte selten, aber nun musste es sein, und er belegte den Paschke mit noch so einigen nicht stubenreinen Schimpfnamen.

Mit zornrotem Kopf schob Franzi ihren Teller scheppernd beiseite.

»Das ist das Allerletzte!«, rief sie wutentbrannt. »Und das lässt du mit dir machen? Aber ich hätt's ja wissen müssen. Als Polizistenfrau ist man immer die Ausgschmierte. Aber dass es jetzt schon in die Flitterwochen damit losgeht!«

Und sie sprang auf und verließ wutentbrannt und türknallend die Küche.

Benedikt stützte den Kopf in die Hände und versuchte, ein paar klare Gedanken zu fassen. Da wurde draußen der Türklopfer betätigt.

Benedikt öffnete, und draußen stand verlegen und zerknirscht der Fanderl.

»Mei, Benni, hast es schon erfahren? Des tut mir so leid«, stammelte er. »Des wollt ich fei ned!«

»Das ist mir schon klar, dass du da nichts dafür kannst«, erwiderte Benedikt. »Das haben die Herren Dreissiger und Paschke miteinander ausgeheckt.«

Fanderl ließ sich auf einen Stuhl fallen und berichtete: »Ich komm grad aus der Gerichtlichen Medizin. Wären da nicht die Verletzungen, die ganzen Sezierschnitte und der Geruch ... Sie lag da wie eine perfekte Marmorstatue, ein wunderschönes junges Mädchen. Totschlag durch Gewalteinwirkung, vermutlich ein Stein. Kopf und Gehirn rechts deutlich eingedrückt, kein Wasser in der Lunge, also nicht ertrunken ... Und sie war noch Jungfrau!«

Er sackte ein wenig auf seinem Stuhl zusammen und stützte den Kopf in die Hände.

Benedikt ging zur Anrichte und schenkte zwei volle Stamperl Enzian ein. Fanderl, der sonst eigentlich dem Alkohol nur sehr bescheiden zusprach, kippte sein Glas auf einen Zug. Benedikt tat es ihm nach, und Fanderl berichtete ihm von Flora, vom Kloster, der Äbtissin und den Novizinnen und natürlich auch, warum sich Flora von Prielmayer im Kloster aufgehalten hatte.

»Die von Prielmayers, *das* Schauspielerehepaar Münchens. Weit über die Stadt hinaus bekannt, skandalumwittert ... hast du von denen noch nie gehört?«, fragte Benedikt erstaunt.

Fanderl schüttelte den Kopf. »Du woast as doch, i bin a Landei!«

4

Fanderl und Benedikt hatten sich für den nächsten Morgen beim »Seewirt« verabredet. Dem Hinweis der alten Schwester Kreszentia, dass sich dort eventuell eine kleine Liebschaft Floras angebahnt habe, wollten sie unbedingt nachgehen. Beide wirkten etwas übermüdet und angeschlagen. Fanderl war immer wieder durch das herzzerreißende Weinen seines Sohnes, der offensichtlich einen großen Backenzahn bekam, geweckt worden, und Benedikt hatte die halbe Nacht versucht, seine Franzi zu beruhigen, was ihm jedoch kaum gelungen war.

Seit fast dreihundert Jahren befand sich der Seewirt nahe der kleinen Dampferanlegestelle, von der aus das Boot hinüber zur Fraueninsel verkehrte. Genauso lang war das Wirtshaus auch im Besitz der Familie Habegger, inzwischen allerdings ausgebaut und erweitert sowie von einem schattigen Biergarten umgeben.

Während die ersten Habeggers nur einen kleinen Ausschank geführt und an vorbeikommende Fuhrleute und die wenigen Leute, die zur Insel hinüberwollten, etwas Proviant und Getränke verkauft hatten, erlebte der Seewirt Ende des 19. und Beginn des 20. Jahrhunderts durch die stark anwachsende Zahl von Ausflüglern und Sommerfrischlern einen enormen Auftrieb. Man erzählte sich, dass Hieronymus Habegger, der Vater des jetzigen Wirts Josef, sogar die königliche Familie bewirtet habe. Hieronymus Habegger war sehr geschäftstüchtig gewesen und seine Frau eine begnadete Köchin, sodass aus dem Seewirt wohl eine Goldgrube hätte werden können, wäre da nicht der verhängnisvolle Hang des Hieronymus zum Glücksspiel gewesen. Aber so stand nach dem Tod des alten Seewirts sein Sohn Josef mit einer nicht unbeträchtlichen Menge Schulden da. Obwohl er schon seit Jahren mit der hübschen Maria aus Stephanskirchen verbandelt war, blieb ihm nichts anderes übrig, als die schwerreiche Bauerntochter Veronika Stammler zu ehelichen. Deren Eltern waren froh, die schmallippige, immer etwas griesgrämige und nicht mehr ganz junge Veronika loszuwerden. Sie kochte nicht schlecht, hielt eisern das Geld beisammen, und sie und der Josef schafften es, trotz der wahrlich nicht häufig stattfindenden Beischlafbesuche drei Kinder zu zeugen.

Allerdings gab der Josef seine Besuche in Stephanskirchen nie ganz auf, und so liefen auch dort zwei Buben mit der typischen Habegger-Visage – etwas feistschädelig und mit wulstigen vollen, fast weibischen Lippen – umher.

Der Älteste aus Josefs Verbindung mit Veronika war Alfred, der vom Aussehen her seinem Vater sehr ähnelte. Äußerst kräftig, schon jung zur Korpulenz neigend, hatte Alfred die dicken Habegger-Lippen und einen breiten roten Schädel, der auf einem viel zu kurz geratenen Hals saß.

Doch vom Wesen her glich Alfred seinem Vater keineswegs. Während dieser von beschaulich behäbiger Gemütlichkeit war und freundlich im Umgang mit den Gästen, wenn auch ein wenig umständlich und schwerfällig, besaß Alfred von klein auf ein stark ausgeprägtes Selbstbewusstsein. Schon in der Schule war er von Anfang an der Anführer, und es gab nicht viele, die es wagten, ihm zu widersprechen. Wie kein anderer verstand er es, mit sprachlicher Gewandtheit und seinem gebieterischen Auftreten seine Geschwister und seine Altersgenossen in eisernem Griff zu halten. Als einer der Ersten trat er der Rosenheimer Hitlerjugend bei, weil es im Dorf so etwas noch nicht gab, und arbeitete sich rasch in der Organisation hoch. Schließlich gelang es ihm, auch in seinem Dorf einen NSDAP-Ortsverein zu gründen, und als am 30. Januar 1933 Hitler an die Macht kam, marschierte Alfred mit seinem inzwischen schon beträchtlich angewachsenen Tross mit Fahnen und Fackeln durch die Dorfstraße.

Die meisten Dörfler blieben in ihren Stuben, doch es gab auch einige, die sich ihnen mit der Hoffnung auf nun anbrechende große neue Zeiten anschlossen. Fritz Bergleitner hisste eine kleine rote Fahne an seiner Dachrinne, aber da sein Haus ziemlich außerhalb lag, fiel das niemandem auf.

Die zweitgeborene Habegger, die Lisi, ähnelte sehr ihrer

Mutter und wurde deshalb von den Dorfkindern immer »die dürre Goas« genannt. Seit ihr einmal bei einem Sturz auf dem zugefrorenen See zwischen Dorf und Insel die selige Irmengard mit einer Kerze in der Hand erschienen war und sie gerettet hatte, war sie sonderbar geworden. Alle wussten, dass es sich in Wirklichkeit um die Fischersfrau Gruber mit einer Laterne gehandelt hatte, die ihr aufgeholfen und sie nach Hause gebracht hatte; doch die Lisi war von der Erscheinung fest überzeugt und widmete von da an der Seligen ihr Leben. Mindestens dreimal die Woche und natürlich sonntags ruderte sie hinüber zu ihrer Irmengard, und in der Votivkapelle des Münsters hing gut sichtbar ein Taferl, das die Lisi blutend auf dem Eis zeigte, zusammen mit der seligen Irmengard, die hilfreich über ihr schwebte. Der 16. Juli, der Todestag von Irmengard, der ersten Äbtissin von Frauenchiemsee, die vor nicht allzu langer Zeit vom Papst seliggesprochen worden war, war für viele Gläubige in der Gegend, aber besonders für Lisi Habegger der wichtigste Festtag des Jahres.

Das jüngste Habegger-Kind, der Sohn Theo, war zwei Jahre nach der Lisi am Fronleichnamstag auf die Welt gekommen. Da der Altar für die Prozession unmittelbar vor dem Seewirt aufgebaut war, hatten sich die Gebete der Prozessionsteilnehmer mit dem Wimmern und Schreien der Gebärenden vermischt.

Theo hatte weder den typischen Habegger-Kopf noch wie sein Vater eine Neigung zur Korpulenz oder zur Magerkeit wie seine Mutter. Nein, er war ein äußerst ansehnlicher hübscher Kerl, nur seine Lippen waren etwas voll, was ihm aber gut zu Gesichte stand. Er war ein freundlicher, eher zurückhaltender junger Mann und hatte im Gegensatz zu seinem Bruder mit der Partei, ihren Uniformen und Fahnen gar nichts am Hut. Seit er begonnen hatte, politisch zu denken, schwebte ihm eine friedliche, freie Gesellschaft ohne Standesunterschiede und mit gleichen Rechten und Pflichten für alle vor. Natürlich war er wie seine Geschwister sehr in den Betrieb der Gastwirtschaft eingebunden, doch er war der Schöngeist unter ihnen. Er las gerne und spielte schon, seit er fünfzehn war, die Orgel in der

Kirche. Gelegentlich sah man ihn bei Anbruch der Dämmerung auch mal im Häusl des roten Bergleitners verschwinden.

»Mei, die Flora, des arme Madl!«, empfing der Wirt Fanderl und Lindgruber. »Wer macht denn so was? Und Sie sind a wieder mit dabei, Herr von Lindgruber. Des ist ja wunderbar! Was darf ich den Herren anbieten?«

Benedikt und Gustav bestellten Kaffee und setzten sich an einen Tisch, von dem aus man auf den See blicken konnte. Auch heute schien die Sonne immer wieder durch die grauen Wolken und ließ den aufgewühlten See funkeln. Auf dem Weg zum Dampfersteg blitzten noch die letzten Schneereste.

»Haben Sie die Flora besser gekannt, Herr Habegger?«, fragte Benedikt.

»Mei, sie war halt oft herüben zum Einkaufen und hat die Post bracht, immer lustig und freundlich war s'. Mit meinem Jüngsten hat sie sich a bissl angefreundet ghabt. Die haben viel diskutiert, die zwei.«

»Diskutiert?«, fragte Fanderl ein wenig zweifelnd.

»Ja, ja, über Politik, übers Theater und über Bücher, die sie glesen haben. Des mit der Politik hab ich nicht so gernghabt. Und vor allem mein ältester Sohn hat sich immer furchtbar aufgregt. Der is nämlich a ganz a Wichtiger in der Partei, müssen S' wissen.«

»Und Sie, Herr Habegger?«, unterbrach Benedikt.

»I?«, meinte der Wirt. »I führ hier mei Geschäft, i komm mit alle gut aus. Mit der Politik hab i nichts am Hut. I les mei Gastwirtszeitung und sonst nix.«

»Sind denn Ihre Söhne zu sprechen?«, fragte Fanderl.

»Der Groß ist am Schlachthof, aber der Kloane hilft grad meiner Frau in der Küch. Mir habn heut Abend a Vereinsfeier. Da gibt's viel vorzubereiten.«

So machten sich Fanderl und Benedikt auf in die Küche. Am großen Herd stand vor einer Menge von Töpfen die Frau des Hauses.

Ohne einen Gruß sagte sie mit äußerst unfreundlicher Stimme: »Mir ham vui Arbeit und gar koa Zeit!«

Neben ihr stand eine jüngere Frau, die genauso dünn war, ebenso mürrisch blickte und ein goldenes Kettchen mit einem Anhänger der seligen Irmengard um den Hals trug. Sie würdigte die beiden Ermittler keines Blickes.

Aus einem Nebenraum trat ein junger Mann mit einem großen Korb Kartoffeln. Das musste Theo, der Jüngste, sein.

»Wir müssten uns mal mit dir unterhalten, Theo«, sagte Fanderl.

»Wegen der Flora?«, erkundigte sich Theo, und Tränen traten ihm in die Augen.

Unter den missbilligenden Blicken der beiden Frauen folgte er den beiden Polizisten zum Tisch in der Wirtsstube. Da die Gaststätte am frühen Vormittag noch leer war und der alte Wirt im Nebenraum herumräumte, konnten sie sich ungestört unterhalten.

»Die Flora war die Liebste, Schönste und Gescheiteste, die ich bisher kennengelernt habe«, sagte Theo, und wieder schwammen seine Augen in Tränen. »Mit ihr konnte ich über alles reden.«

»Hatten Sie denn auch eine Liebesbeziehung?«, erkundigte sich Benedikt.

Theo zögerte. »Ja, schon so a bisserl.«

»Also wie jetzt, des musst uns schon genauer erklären«, bohrte Fanderl nach.

Theo errötete und wand sich ein wenig. »Sie wollte sich niemandem ganz hingeben, sie wollte sie selbst bleiben. Erst wolle sie sich selbst genau kennenlernen, bevor sie sich auf jemanden einlässt, hat sie gemeint. Geküsst haben wir uns schon, und ich hätt schon auch ganz gern mehr wollen, aber da ist sie hart geblieben. Dabei war sie sonst so fortschrittlich, sie war ja schließlich früher beim Theater, und da geht's bekanntlich locker zu. Aber vielleicht hat sie da auch schlechte Erfahrungen gemacht. Sie is ja auch wegen ihrem Vater weg vom Theater, weil der unbedingt eine große Schauspielerin aus ihr machen wollte.«

»Wie war sie denn politisch eingestellt, die Flora?«, erkundigte sich Benedikt.

Theo zögerte abermals.

»Wenn Sie sich in allem so gut verstanden haben, haben Sie doch bestimmt auch in dieser Hinsicht Ansichten geteilt?«, bohrte Benedikt noch einmal nach.

Theo straffte sich. »Wenn Sie's genau wissen wollen, wir haben die Hitlerschen ganz und gar abgelehnt. Ab und zu haben wir uns mitm Bergleitner und mitm Xaver, dem Knecht vom Huberbauern, unterhalten. Das sind ja noch die Einzigen hier im Dorf mit vernünftigen Ansichten.«

»Und deine Eltern und Geschwister? Was haben die dazu gemeint?«, wollte jetzt der Fanderl wissen.

»Ach, meinen Eltern war das eigentlich egal. Mein Vater hat manchmal gmeint, so eine aus der Stadt wär nichts für mich. Meine Mutter hat gar nichts gsagt, nur grantig gschaut wie immer, und die Lisi hat zu ihrer Irmengard gebetet. Bloß mein großer Bruder, der Alfred, der hat furchtbar gschimpft. Der ist ja sehr aktiv in der Partei, für den gilt ja nichts anderes mehr. Der will ja schon seit Jahren, dass ich da mitmach, und mit der Erna, der Tochter von der Vorsitzenden der NS-Kreisbäuerinnen, will er mich auch immer verkuppeln. Der war einfach stocksauer auf die Flora, vor allem, weil sie nie mit ihrer Meinung hinterm Berg ghalten hat.«

Theo schüttelte den Kopf. »Der Alfred hat nur Angst ghabt vor die berühmten Theaterleut in München und vor der Äbtissin, sonst hätt er die Flora womöglich noch anzeigt. Vollkommen ausgerastet ist er, als die Flora dann noch auf die Idee kam, eine Laienschauspieltruppe zu gründen und jeden Monat im Seewirt was aufzuführen. Von wegen ›subversivem Gedankengut‹ hat er rumgeschrien und dass er sie zum Teufel jagen wird!«

Theo liefen nun die Tränen über die Wangen.

»Sie war mein Lebensmensch«, stammelte er schluchzend. »Des muss doch ein Unfall gwesn sein, wer würd denn meine Flora umbringen?«

»Der Form halber müssen wir dich jetzt noch fragen, wo du gestern zwischen acht Uhr abends und zwei Uhr nachts warst, Theo«, sagte Fanderl.

»Hier in der Wirtschaft, im Ausschank, von abends sieben bis nach eins. Und dann hab ich noch aufgräumt«, antwortete Theo. »Meine Eltern und die Lisi können's bezeugen. Der Alfred hat freighabt.«

In diesem Moment öffnete sich die Küchentür, und die Lisi rief: »Kommst jetzt endlich zum Kartoffelschälen?«

Theo stand auf.

Fanderl und Benedikt tranken ihren Kaffee aus.

»Also der trauert schwer, der Theo, und außerdem hat er ein handfestes Alibi. Aber diesen Alfred müssen wir uns unbedingt schnell vorknöpfen«, meinte Benedikt.

»Dass wir zwei uns immer mit so braunen Gesellen rumschlagen müssen«, sinnierte Fanderl vor sich hin.

»Sei vorsichtig mit dem, was du sagst, du bist Staatsdiener! Haben sie dich eigentlich noch nie gefragt, wann du in die Partei eintrittst?«, fragte Benedikt. »Ich steh da ganz schön unter Druck.«

Fanderl zuckte die Achseln. »Ich hab gesagt, dass ich ja schon Wachtmeister bin und außerdem noch Mitglied in der freiwilligen Feuerwehr. Das wäre genug! Seitdem hab ich nix mehr ghört.«

»Na, wart's mal ab«, meinte Benedikt pessimistisch.

5

Als Fanderl und Benedikt den Seewirt verlassen wollten, trafen sie an der geöffneten Tür mit einem wahrlich aufsehenerregenden Paar zusammen. Die eintretende Dame war groß und stattlich, sie trug einen wallenden schwarzen Nerzmantel und einen ebenso schwarzen Hut mit Federn. Der Spitzenschleier vor ihrem Gesicht war auf so raffinierte Weise durchsichtig, dass man die stark geschminkten Züge darunter ziemlich genau wahrnehmen konnte. Unter dem Hut und seitlich des Schleiers quollen blondierte Locken hervor. Ihr folgte ein Mann mit schwarzer Pelerine und einem schwarzen Filzhut, er war wesentlich schmaler als die Dame und auch um einiges kleiner. Benedikt war sofort klar, wen er da vor sich hatte: das legendäre und skandalumwitterte Schauspielerehepaar Siegfried und Henriette von Prielmayer, die Eltern der toten Flora.

Durch Fini Pichler, die Sekretärin des Kommissariats, die eine begeisterte Theatergängerin und stets bestens über das Leben der Schauspieler informiert war, wusste Benedikt von Lindgruber so einiges über das Paar. Zum Beispiel war niemandem so recht klar, wie das »von« vor den urbayerischen Namen Prielmayer gelangt war. Manche behaupteten, der Prielmayer habe sich den Adelstitel einfach selbst verliehen, er stamme ganz schlicht aus der bekannten Metzgerfamilie Prielmayer, die in München mehrere Geschäfte hatte. Andere meinten, er sei der uneheliche Sohn einer Fanny Prielmayer, einer mittelmäßigen Varieté-Tänzerin, und sein Vater der Sänger Gerofried Liebsam vom Gärtnerplatztheater, der es nie in die erste Besetzung geschafft hatte.

Jedenfalls war Siegfried von Prielmayer als sehr junger Mann wie Phönix aus der Asche in den Besetzungslisten des Münchner Schauspielhauses aufgetaucht und hatte in kürzester Zeit die Herzen des Publikums erobert, vor allem natürlich die der Frauen. Mit dichtem schwarzen Haar, glutvollen dunklen Augen und einem äußerst fein geschnittenen Gesicht war er eine eindrucksvolle Erscheinung. Seine eher helle Stimme war weich und flirrend, konnte aber, wenn die Rolle es verlangte, durchaus an Kraft und Stärke gewinnen. Der einzige Makel Prielmayers war, dass er nicht sehr groß gewachsen war. Er trug deshalb immer Schuhe mit erhöhten Absätzen und sehr lange Hosen, die diese verbargen.

Natürlich war der junge Schauspieler, der von Beginn an eine Rolle nach der anderen spielte, kein Kostverächter, und so reihte sich, bis er Henriette Rottmann kennenlernte, Affäre an Affäre. Das sollte nicht heißen, dass sich die beiden dann in ihrem Zusammenleben besonders treu gewesen wären, nein, alle zwei gingen des Öfteren »ganz schön nebennaus«, was zwangsläufig zu familiären Szenen führte, die absoluten Bühnencharakter hatten.

Siegfried von Prielmayer und Henriette Rottmann hatten sich bei einer privaten Faschingsfeier kennengelernt, zu der Henriette, im Haar eine wilde Federkombination, in einem fleischfarbenen Trikot erschienen war, das nichts, aber auch gar nichts von ihren üppigen weiblichen Formen verbarg, und Siegfried war ihr auf der Stelle verfallen. Die junge Frau war nach dem Besuch so einiger Internate wieder nach München zurückgekommen und hatte sich in den Kopf gesetzt, Schauspielerin zu werden. Allerdings war sie zweimal durch die Aufnahmeprüfung der Schauspielschule gefallen, und auch dem privaten Schauspiellehrer Gero Hauptmann, den sie jahrelang konsultierte, war es nicht gelungen, ihr sonderlich viel schauspielerisches Können beizubringen.

Möglicherweise wäre die Liaison zwischen Siegfried und Henriette von gar nicht so langer Dauer gewesen, hätten nicht beide über einen messerscharfen, berechnenden Verstand verfügt. Henriette erkannte, dass ihr der gefeierte Jungschauspieler den Weg auf die ersehnte Bühne bereiten konnte, und für Siegfried sollte es durch die Verbindung mit der wohlhabenden Bürgerstochter endlich vorbei sein mit Geldknappheit und Schulden. So wurde eine selbstverständlich rauschende Hochzeit gefeiert, und bald stand natürlich auch Henriette auf den Brettern, die die Welt bedeuten, allerdings zu ihrer Empörung nur in den kleinsten und unbedeutendsten Rollen.

Ihre ständigen Beschwerden und Auftritte beim Intendanten brachten große Unruhe in die Truppe, und so waren alle mehr als erleichtert, als sie verkündete, dass sie guter Hoffnung sei und sich deshalb für einige Zeit von der Bühne zurückziehen werde. Nach einer komplizierten Schwangerschaft, bei der Henriette unnatürlich viel Gewicht zulegte, wurde die hübsche kleine Flora geboren. Nach zwei Jahren kehrte Henriette mit einer deutlich üppigeren Figur auf die Bühne zurück und fand sich schließlich damit ab, Frauen mittleren Alters und sogenannte Matronenrollen zu verkörpern.

Neben der Schauspielerei beteiligte sie sich lebhaft am gesellschaftlichen Leben der Stadt, und da ihr Mann mittlerweile schlanke, sehr junge Damen bevorzugte, nahm sie sich ebenfalls einen Liebhaber nach dem anderen. Die kleine Flora, die mehr oder weniger von der Haushälterin aufgezogen wurde, sah diesem Treiben mit erstaunten Kinderaugen zu.

Fanderl, dem inzwischen auch klar geworden war, wen er da vor sich hatte, trat auf die beiden schwarzen Gestalten zu.

»Wenn Sie gestatten«, sagte er und deutete einen leichten Diener an, »Wachtmeister Gustav Fanderl. Ich bin mit den Ermittlungen zum Tode Ihrer Tochter Flora befasst. Das ist mein Kollege, Polizeioberkommissär Benedikt von Lindgruber aus München, ebenfalls in dieser Angelegenheit ermittelnd tätig. Unser tief empfundenes Beileid.«

Die schwarz gekleidete Dame schluchzte etwas theatralisch auf, taumelte, und Fanderl fürchtete einen Moment lang, sie würde Benedikt in die Arme sinken. Doch sie klammerte sich dann doch an ihren Mann, der aufrecht und steif dastand und keine Anstalten machte, sie zu stützen oder gar den Arm um sie zu legen. So geleiteten die beiden Ermittler das dunkle Paar zu ihrem Tisch und orderten beim Wirt noch einmal Kaffee.

»Und einen Cognac, bitte«, rief die Dame hinterher.

Da ihr Mann sich sofort gesetzt hatte und apathisch vor sich hin starrte, half Benedikt ihr aus dem Mantel. Sie schlug den Schleier mit einer gekonnten Handbewegung zurück, und Benedikt fiel auf, dass ihre auf aparte Art schwarz umrandeten Augen keine Spur von in den letzten Stunden geweinten Tränen zeigten. Fanderl wiederum stachen die vollen, dunkelrot geschminkten Lippen Henriette von Prielmayers ins Auge, und er fragte sich, wie man in einer derartigen Lebenssituation noch so viel Wert auf sein Aussehen legen konnte.

Siegfried von Prielmayer sah im Gegensatz zu seiner Frau wesentlich erschütterter aus. Sein schon von Natur aus blasses Gesicht war erschreckend bleich, und er hatte dunkle Ringe unter den Augen. Seine Augen blickten starr und stechend, und Benedikt fragte sich, ob er vielleicht etwas eingenommen hatte. Während seine Frau ihr Cognacglas leerte, ergriff von Prielmayer mit seiner hellen, klaren Bühnenstimme das Wort.

»Wir waren schon auf der Insel bei meiner Schwägerin. Sie hat das Kind nicht beschützt und so der Welt eine außerordentlich vielversprechende junge Schauspielerin genommen!«

Henriette von Prielmayer schluchzte in der gleichen theatralischen Weise wie zuvor und betupfte ihre Augen mit einem Spitzentüchlein.

Dann bat von Prielmayer: »Ich will sie jetzt sehen, meine liebe Flora«, und nun zitterte seine Stimme doch ein wenig.

Seine Frau starrte ihn an, als hätte er einen absolut unanständigen Wunsch geäußert, besann sich dann aber wieder auf ihre Rolle und schluchzte erneut auf.

Nun wandte sich Benedikt an beide zugleich: »Dürfen wir Ihnen, bevor wir Sie nach Rosenheim bringen, noch ein paar Fragen stellen?«

Von Prielmayer erhob sich, als wollte er einen Monolog halten. »Jetzt, jetzt wollen Sie uns befragen? Jetzt, in unserer unermesslichen Trauer, und noch bevor wir von unserem Kinde Abschied genommen haben?« Er erhob seine Stimme, die nun dunkler und getragener klang, so als hätte er die Rolle gewechselt. »Machen Sie sich lieber auf die Suche nach dem Mörder, der offenbar noch frei hier in der Gegend umherläuft, und lassen Sie uns in unserer tiefen Trauer allein.«

Und wieder, wie auf ein Stichwort hin, schluchzte Frau von Prielmayer auf.

Fanderl, der sich bis jetzt pietätvoll beherrscht hatte, ging diese gekünstelte Schluchzerei allmählich gehörig auf die Nerven. Mit seiner gestrengen Polizistenstimme, die er mittlerweile recht gut beherrschte, wandte er sich an das Paar:»Dann müssen wir Sie leider zu einer offiziellen Befragung einbestellen.«

»Tun Sie, was Sie nicht lassen können, meine Herren Wachtmeister«, antwortete von Prielmayer herablassend.»Würden Sie uns nun bitte eine Droschke rufen, die uns nach Rosenheim bringt.«

Normalerweise hätten Fanderl oder von Lindgruber trauernde Angehörige selbst zur Gerichtlichen Medizin gefahren, doch in diesem Fall sahen sie keine Veranlassung dazu. So endete der Auftritt der beiden mit einem weiteren Schluchzen von Frau von Prielmayer und einem stechenden Blick des Herrn von Prielmayer. Auf die Idee, ihren Kaffee und den Cognac zu bezahlen, kamen beide nicht.

Fanderl ließ sich auf seinen Stuhl fallen und trank den inzwischen schon kalt gewordenen Kaffee aus.

»Da können wir uns auf was gefasst machen, mit dene zwei«, stöhnte er.

Benedikt nickte.»Aber wir lassen nicht locker. Ich denke, dass es das Beste ist, wenn wir sie in München in ihrer gewohnten Umgebung aufsuchen. Wir müssen eh das genauere Umfeld der Toten dort in Augenschein nehmen.«

Währenddessen saß Franzi, obwohl Berta ihr eigens Kipferl mit hausgemachter Himbeermarmelade hingestellt hatte, missmutig am Frühstückstisch. Die halbe Nacht hatte Benedikt versucht, ihr klarzumachen, dass er seinen Freund Fanderl nicht im Stich lassen könne, Flitterwochen hin oder her. Franzi hatte zwar weiterhin gewettert und geschimpft, doch in ihrem Innersten konnte sie ihren Ehemann schon verstehen.

Was die zeitweilige Versetzung nach Rosenheim betraf, so sei da sicher noch nicht das letzte Wort gesprochen und er werde vehement dagegen protestieren, hatte Benedikt ihr versprochen. Doch zwischen den Zeilen hatte Franzi schon bemerkt, dass er keine sonderlich großen Hoffnungen hatte, gegen Paschke anzukommen, und dass er womöglich sogar erleichtert war, ein wenig aus dem Gesichtsfeld des fanatischen Nationalsozialisten zu rücken.

Doch wie sollte das gehen? Sie, Franzi, in München, er, Benedikt, in Rosenheim? Und das Kind? Ihr Hutatelier würde sie jedenfalls auf keinen Fall aufgeben.

Franzi biss nun doch mit Appetit in ihr Kipferl und nahm sich vor, sich durch diese neuen Umstände die Laune nicht verderben zu lassen. Sie musste sich einfach etwas einfallen lassen für die nächsten Tage, und sie beschloss, an diesem Nachmittag Gustav Fanderls Frau Therese einen Besuch abzustatten. Sie mochte Therese, die um einiges jünger war als sie und aus einfachen Verhältnissen stammte, sehr gern, denn sie war immer fröhlich und herzlich und hatte einen äußerst gesunden Menschenverstand.

Therese Fanderl freute sich sehr über Franzis Besuch. Sie saßen in der guten Stube, tranken Holundersaft und unterhielten sich über die beschwerlichen ersten Monate der Schwangerschaft, über den schwierigen Beruf ihrer Männer und natürlich auch über das so außergewöhnliche Wetter, das in den letzten Tagen den frühherbstlichen Chiemgau zur Winterlandschaft gemacht hatte. Mittlerweile schien jedoch immer mal wieder die Sonne, es war um etliche Grade wärmer geworden, und der Schnee war vollkommen weggetaut. Während der See fast sommerlich blau blitzte, waren die Berge noch bis fast ins Tal mit Schnee bedeckt. Überall tropfte und plätscherte es, und die dunkelroten Geranien an den Fenstern des Fanderlhauses, die vom Schnee nahezu erdrückt worden waren, zeigten nun doch wieder Leben und reckten ihre Blüten der Sonne entgegen.

Während sich beiden Frauen unterhielten, rannte der kleine

Korbinian unermüdlich durch die Stube und schob ein kleines Polizeiauto vor sich her.

»Ja, der kommt ganz nach seim Vater«, meinte Therese lachend.

Gerade als Franzi sich verabschieden wollte, betrat Thereses Schwiegermutter die Stube. Sie war in Begleitung einer alten Bäuerin in Chiemgauer Tracht, die eine große schwarze Hutschachtel trug. Franzi war beim Anblick der Hutschachtel natürlich wie elektrisiert, konnte ihre Neugier nicht zügeln und fragte nach dem Inhalt.

»Do is der Priener Hut von der Agnes drin, i hab'n ihr wieder hergricht«, erklärte die alte Frau.

»Die Agnes« war Fanderls Mutter und die Bauersfrau die Fanny Müller aus Traunstein. Die Fanny öffnete nun die Hutschachtel und legte den Hut auf den Tisch. Solche Kopfbedeckungen hatte Franzi schon mehrfach bei den Chiemgauerinnen gesehen, vor allem an Sonn- und Festtagen, aber sie hatte ihnen nie große Beachtung geschenkt. Jetzt aber war sie fasziniert. Vor ihr lag ein Hut aus schwarzem Filz – »aus Hasenhaar«, wie die Fanny erläuterte –, mit goldenen Borten um den Kumpf und zwei handgestickten goldenen Quasten – »Können aber auch vier sein«, erklärte die Fanny weiter. Der Hut war nicht sehr hoch und hatte eine nicht sonderlich breite Krempe, deren Unterseite ebenfalls mit feiner Goldstickerei versehen war. An beiden Seiten des Hutes waren lange Samtbänder befestigt, die »Hint-obi-Bänder«, die im Nacken mit einem Haken befestigt wurden und bis zum Trachtenrock hinabreichten.

»Guat hast'n wieder hergricht«, lobte die Agnes. »Sie müssen wissen, Frau von Lindgruber, dass der Hut schon seit vier Generationen in unserer Familie ist. Was der schon alles mitgmacht hat! Und die Fanny, müssen S' wissen, ist die Großnichte von der Huaterer-Nanni. Die Huaterer-Nanni aus Prien hat den Hut nämlich erfunden. Zuerst war's a Strohhut, mit dem hat sie in Berlin a Medaille errungen; erst später sind dann der Hasenfilz, die goldenen Borten, die Quasten und die Goldstickerei dazugekommen. Die Chiemgauerinnen tragen den Hut seit Anfang des Jahrhunderts, und nachdem die Weiberleut seit 1920 auch in den Trachtenvereinen dabei sein dürfen, ist er sehr bekannt geworden. Sie sollten sich mal den Hut von der Luise Riedinger anschaun. Die hat im Dorf den schönsten!« Franzis Begeisterung und Tatendrang waren geweckt. Ihr spukten bereits so einige Ideen durch den Kopf: Man könnte doch zum Beispiel die Hüte der Stadtfrauen mit Accessoires des Priener Hutes kombinieren, ohne dass gleich ein richtiger Trachtenhut dabei herauskommen müsste. Es wurde vereinbart, dass die Luise Riedinger mit ihrem Hut in den nächsten Tagen bei Franzi vorbeischauen sollte, Therese würde ihr Bescheid geben.

Auf dem Nachhauseweg fühlte Franzi sich richtig beschwingt. All ihre Sorgen waren mit einem Mal wesentlich kleiner geworden.

6

»Ich glaub, aus dieser Wirtschaft kommen wir heut gar nicht mehr raus«, stöhnte Benedikt. »Außer dem Alfred müssen wir ja auch noch die zwei Weibsleut einvernehmen.«

»Wir könnten sie natürlich auch aufs Revier bestellen«, meinte Fanderl. »Aber das hab ich auch von dir glernt, dass es immer gscheiter ist, die Leut in ihrer gewohnten Umgebung zu befragen, da reden s' mehr. Außerdem ist's hier einfach gemütlicher.«

Daher baten sie den Wirt, nun seine Frau und die Tochter bei ihnen vorbeizuschicken. Der Alfred sollte erst gegen zwei Uhr mittags vom Schlachthof zurückkommen.

Die beiden Habegger-Frauen nahmen widerwillig am Tisch Platz, eine schaute griesgrämiger als die andere.

»Frau Habegger, Sie haben die Flora ja auch gekannt. Erzählen Sie doch ein wenig über sie«, begann Benedikt die Befragung.

Wie sich herausstellte, war Frau Habegger keine Freundin vieler Worte. »Ja, kennt hab ich sie, mögn hab ich sie nicht«, antwortete sie kurz und bündig, schlug den Blick nieder und knetete ihre Hände.

Benedikt seufzte innerlich auf. »Flora war eng mit Ihrem Sohn Theo befreundet. Was haben Sie davon gehalten?«

»Nix. Die hat hier ned neipasst.«

»Wieso?«

»A Stadtmadl war s', a Theatermensch und a Kommunistin no dazu!«

»Ihr Sohn Alfred hat das auch nicht gutgeheißen?«

»Na!«

Benedikt gab auf und wandte sich an Lisi Habegger. Sie rieb und knetete den Irmengard-Anhänger, der an ihrer schmalen Brust baumelte.

»Die war nie in der Kirch, nie hod s' a Gebet gsprochn. Sogar d'Abendandacht drüben im Kloster hat s' immer gschwänzt!

Die hod an nix glaubt! Die war mit die Roten und mitm Teufel im Bund! Sie war a Hex!«, brach es aus Lisi heraus.

»Woher wollen Sie das wissen? Sind Sie oft in der Kirch?«, fragte Benedikt.

Lisi Habegger nickte eifrig. »Seit die selige Irmengard mich gerettet hat …«, begann sie eifrig, doch Fanderl schnitt ihr das Wort ab.

»Ja, die Gschicht kennen wir schon, Lisi.«

Lisi schaute beleidigt und schien entschlossen, kein Wort mehr zu sagen. Ihr ohnehin schon schmaler Mund wurde zum Strich.

Abschließend bestätigten die Habegger-Frauen, der Wirt und die Bedienung Elsi, die gerade gekommen war, noch, dass der Theo den ganzen Abend bis spät in die Nacht hinter der Theke gestanden hatte. Sie selbst seien entweder in der Küche, ebenfalls hinter dem Tresen und in der Bedienung gewesen. Alle bis spät in die Nacht.

»A paar Hockableiba warn halt da«, erklärte der Wirt abschließend.

»Jetzt vertreten wir uns die Füß, bis der Alfred kommt«, schlug Fanderl vor, und sie traten vor die Wirtschaft. Es waren kaum mehr Wolken am Himmel, ein leichter frischer Wind wehte, der See, auf dem nun wieder Schiffsverkehr war und sogar ein einsames Segelboot kreuzte, glänzte samtblau, und beiden Männern kamen der dichte Schneefall und der heftige Sturm fast wie ein Traum vor.

»Was ist denn das für eine Geschichte mit der Lisi und der Irmengard?«, fragte Benedikt.

»Oh mei«, meinte Fanderl, »i war ja selber dabei. Des dürft schon bald zwanzig Jahre her sein, mir warn alle noch Kinder. Jedenfalls war der See zwischen Dorf und Insel damals fest zugfrorn. Des war natürlich a großer Spaß für uns. Wir sind den ganzen Tag mit die Schlittschuh und die Schlitten rumgrutscht. Die Lisi war auch dabei.«

Als es dann dunkel wurde, erzählte Fanderl weiter, hätten die

Eltern die Kinder nach Hause gerufen, und da sei aufgefallen, dass die Lisi fehlte. Sofort seien alle mit Lichtern und Lampen ausgeströmt und hätten nach ihr gesucht. Es habe wohl schon einige Zeit gedauert, aber dann habe die Gruberin sie gefunden. Offenbar sei die Lisi in der Dunkelheit aus Versehen nicht zum Dorf, sondern in Richtung der Insel gegangen und unterwegs so unglücklich auf den Kopf gestürzt, dass sie das Bewusstsein verloren habe. Und weil die Gruberin einen hellen Fellmantel angehabt und eine Lampe in der Hand getragen habe, sei die Lisi, wie sie wieder zu sich gekommen sei, fest davon überzeugt gewesen, dass die selige Irmengard mit ihrer Kerze sie gerettet habe. Seit diesem Vorfall sei die Lisi ein wenig seltsam. Sie habe sich auch seit damals nicht mehr weiterentwickelt, sie sei heute noch wie ein Kind, und es gebe für sie nichts anderes als die Irmengard und ihren geliebten Bruder Alfred, dem sie jede Meinung nachplappere und jeden Wunsch von den Augen ablese.

»Aber mit dem Tod von der Flora wird sie wohl nichts zu tun haben«, meinte Benedikt, »dazu ist sie doch zu schwächlich und zu unselbstständig.«

Fanderl zuckte die Achseln. »Die ist zäher, als man denkt. Ich könnt mir schon vorstellen, dass sie aus hündischer Liebe zu ihrem großen Bruder zu so was fähig wäre. Doch sie war ja auch den ganzen Abend in der Wirtschaft.«

Fanderl stockte und zeigte zum Seeweg. »Schau mal, Benedikt, da kommt doch dei Frau!«

Und tatsächlich kam ihnen auf dem Seeweg der kleine Einspänner entgegen, der im Besitz der Familie von Lindgruber war und sicher schon fünfzig Jahre auf dem Buckel hatte. Elegant, im grauen Kostüm und ein grünes Hütchen mit Feder auf dem Kopf, fuhr Franzi ihnen entgegen, und es sah aus, als hätte sie ihr ganzes Leben nichts anderes gemacht als einen Einspänner zu lenken. Sie stoppte das Gefährt formvollendet vor ihnen und rief: »I komm grad von der Therese!«

»Da habt ihr wahrscheinlich sauber geschimpft auf eure zwei Polizisten«, meinte Benedikt.

Franzi schüttelte den Kopf. »So wichtig seids ihr zwei jetzt auch wieder nicht. Nein, wir haben einen Hut angeschaut, einen Priener Hut, ich kann euch sagen …«

»Das erzählst du mir dann heut Abend daheim«, fiel ihr Benedikt ins Wort, der ungeheuer erleichtert war, seine Franzi wieder guter Dinge zu sehen.

Und was hat zum Stimmungswandel beigetragen? Ein Hut, was sonst, dachte er und musste innerlich schmunzeln.

Franzi setzte ihren Weg fort, und Fanderl und Benedikt gingen zurück in den Seewirt. Alfred war inzwischen heimgekehrt; er lehnte, ein Glas Bier in der Hand, an der Theke und schaute ihnen mit herausforderndem Blick entgegen. Unter seiner Schankschürze wölbte sich ein für sein jugendliches Alter beachtlicher Bauch, die obersten beiden Hemdknöpfe standen offen und zeigten seinen enorm kurzen dicken Hals.

»Heil Hitler, die Herren!«, rief er.

Fanderl und Benedikt murmelten etwas, und man machte sich auf in die Nebenstube, um ungestört zu sein. Dabei lief mit hochrotem Kopf die Lisi an ihnen vorbei, steckte einen Zettel in ihre Schürzentasche und rief devot: »Bin scho unterwegs, Alfred. Geht alles in Ordnung!«

Alfred wedelte sie weg wie eine lästige Stubenfliege. Dann setzte er sich breitbeinig auf einen Stuhl, verschränkte die Hände über dem Bauch und sagte: »Da wird unser Führer schon noch dafür sorgen, dass unschuldige junge Mädchen in Zukunft nicht einfach so zu Tode geschändet werden können.«

»Sie haben da gründlich was missverstanden, Herr Habegger«, konterte Benedikt. »Niemand ist geschändet worden. Außerdem stellen wir hier die Fragen und Sie antworten. Sonst nichts, haben Sie verstanden?«

Alfred nahm nochmals einen großen Schluck Bier aus seinem Glas und wischte sich dann genüsslich den Schaum aus dem sorgfältig gestutzten Oberlippenbärtchen.

»Sie konnten die Flora nicht leiden. Können Sie uns bitte genau erläutern, wieso nicht?«, wollte Benedikt wissen, den das großspurige Gehabe Alfreds gewaltig störte.

»In unserer ordentlichen deutschen Familie hat die nichts verloren gehabt«, antwortete Alfred. »Des war a Theaterschlampn aus der Stadt mit hirnverbrannten Ideen und außerdem noch a Kommunistenflitscherl. Sogar in ihrer braven Klosterschürzn hat s' ihren Busen und den Hintern immer so nausgstreckt. Des ghört sich ned für a deutsche Frau. Dem Theo hat s' vollkommen den Kopf verdreht mit ihre gschpinnertn Ideen. Und poussiert hat s' ihn auch. A paarmal hab ich ihr gehörig Bescheid gsagt, aber die is ja glei frech worn! Der Theo war ihr ja regelrecht verfallen. Theaterstückln wollten s' hier aufführen – i kann mir schon vorstellen, welche –, und verbotene Bücher haben s' gelesen, Marx und den Brecht und die alle. Und des hab ich scho mitgkriagt … mitm Bergleitner und dem Xaver ham sie sich a no troffen. A Schand war des!« Er trank noch einen Schluck.

»I hab halt ghofft, dass s' bald wieder verschwindet. Da war ja auch a paarmal ihr Vater da und hat mit ihr gredt, und so a komischer Theaterzausel is a amoi kemma. Solche Gestalten wie den, die wird's a bald nicht mehr geben. Ich fress an Besen, wenn des ned a Jud war! Ja, ich hob ihr a schon ein paarmal schwer d'Meinung gsogt, der Flora, und ihr auch deutlich gmacht, dass sie hier ned willkommen is.«

»Ist es da vielleicht zu Drohungen oder gar Handgreiflichkeiten gekommen, Herr Habegger?«, insistierte Benedikt.

»Na …« Alfred wand sich ein wenig und wischte sich ein paar Schweißtropfen von der Stirn. »A richtige Watschn hätt i ihr schon gern mal gebn. Ich war ein paarmal schon kurz davor. I hab halt immer noch ghofft, dass s' bald wieder zruck nach München geht.«

»Wo, Herr Habegger, haben Sie sich aufgehalten in der Nacht, als Flora zu Tode kam?«, fragte Benedikt nach. »Sie hatten ja frei in diesen Stunden.«

»Da war ich bei meiner Verlobten Herta im Grieserhof. Sie ist BDM-Scharführerin im Gau Rosenheim.«

»Die ganze Nacht?«, fragte Fanderl etwas süffisant.

Alfred nickte, nun standen noch ein paar Schweißtropfen mehr auf seiner Stirn.

»Ja, wir gedenken nächstes Jahr zu heiraten.«

»Wir werden Ihre Verlobte natürlich befragen, ob es zutrifft, dass Sie die ganze Zeit bei ihr waren«, meinte Benedikt.

Alfred nickte.

Gerade als sich alle erhoben und Alfred nochmals zu einem Hitlergruß ansetzen wollte, kam Lisi zur Tür herein. Sie wirkte verschwitzt, so als wäre sie eine weite Strecke sehr schnell gelaufen.

»I hab's ihr gebn!«, rief sie Alfred etwas atemlos zu.

»Is scho guat, schleich di jetzt«, antwortete der kurz angebunden und scheuchte seine Schwester zur Tür hinaus.

Als Fanderl und Lindgruber den Seewirt verließen, war es schon später Nachmittag.

»Wir haben ganzen Tag noch nichts gegessen«, bemerkte Benedikt. »Mein Magen knurrt.«

»Ich geh jetzt heim und schau, was die Therese gekocht hat. Die Franzi wird doch sicher auch was vorbereitet haben«, erwiderte Fanderl.

»Wohl eher die Berta«, meinte Benedikt. »So wie ich meine Franzi kenn, bastelt die an dem Hut, den sie heut kennengelernt hat. Und morgen früh gehen wir gleich zu der Verlobten.«

7

»Ihr müsst gleich nach der Andacht naus in den Klostergarten und nachschauen, was des Unwetter alles angrichtet hat. Da gibt's sicher viel zum tun«, wies Schwester Kreszentia die beiden Novizinnen an.

Der Klostergarten, von vielen Besuchern der Insel bewundert, war neben der Küche Kreszentias Leidenschaft. Jetzt, zu Beginn des Frühherbstes, war der Garten eine Pracht gewesen, bis der Schneefall einsetzte. Gladiolen, bunte Astern und Dahlien, Kirchweihblümerl, Stockrosen, Sonnenblumen und noch so einiges mehr hatten das Auge des Betrachters erfreut. Nach dem Kälteeinbruch sahen viele Pflanzen zerzaust und geknickt aus, doch Kreszentia hoffte, dass sich das meiste wieder erholen würde, genau wie im angrenzenden Gemüsegarten.

Hilda freute sich, Sophie stöhnte auf. Während Hilda sich gleich die Gartenschürze umband und Gartengerät aus dem Schuppen holte, setzte sich Sophie erst mal auf die Gartenbank.

»Ich lese nur noch das Kapitel fertig, dann helfe ich dir«, rief sie der Mitschwester zu.

Hilda verdrehte die Augen.

Sophie versenkte sich wieder in ihr Buch, doch die Buchstaben verschwammen ihr vor den Augen, und ihre Gedanken schweiften zu Flora. Wie oft war sie hier auf der Bank neben Sophie gesessen, hatte nachgefragt, was sie denn gerade lese, hatte manchmal ein wenig über »ihre Heiligen« gespöttelt und dann Geschichten erzählt vom Theater, von den Ballettstunden, die sie genommen hatte, und noch so einiges mehr an Ratsch und Tratsch aus der großen Stadt München, die Sophie noch nie besucht hatte. Manchmal hatte Sophie sich dann vorgestellt, wie sie mit der Flora wie zwei ganz normale junge Mädchen Arm in Arm durch die Stadt bummeln, Kleider anprobieren, Kaffee trinken und dabei eine Menge Spaß haben würde.

Zu Hause in Coburg hatte es Ella gegeben, die, in Sophies

Alter, eine Mischung aus Dienstmädchen, Zofe und Vertrauter gewesen war. Sophie erinnerte sich gern daran, wie Ella ihr jeden Morgen das Haar mit hundert Strichen gebürstet, sie bei der Auswahl der Tageskleidung beraten und ihr abends das heiße Bad mit Rosmarinessenz oder Baldrian eingelassen hatte. Manchmal waren sie auch zusammen ins Städtchen zum Hutmacher oder zur Schneiderin gegangen. Ella hatte so einiges über die Einwohnerschaft Coburgs gewusst, was der höheren Tochter Sophie nie zu Ohren gekommen wäre, und vor allem hatten sie viel zusammen gelacht. Nur eines hatte Sophie nicht gemocht: Wenn Ella über männliche Bekanntschaften und den einen oder anderen Verehrer, den sie hatte, plauderte. Ein eigenartiges Gefühl, das sie nie recht deuten konnte, war dann in ihr aufgestiegen.

Natürlich war auch Sophie zu den Winterbällen und den zahlreichen sommerlichen Unternehmungen ihres Städtchens eingeladen gewesen, doch sie hatte sich in dieser Gesellschaft immer ein wenig fremd gefühlt. Wenn wirklich einmal ein Verehrer auftauchte, wusste sie überhaupt nicht damit umzugehen, und spätestens nach ein, zwei Versuchen hatten sich die Herren dann wieder zurückgezogen. Natürlich drängten ihre Mutter und ihre älteren Schwestern sie dazu, sich endlich einmal auf dem Heiratsmarkt zu zeigen, und ließen auch nichts unversucht, um sie zu verkuppeln, doch nichts hatte so richtig gefruchtet.

»Du bist einfach ein kalter Brocken«, hatte ihre älteste Schwester einmal sehr direkt gesagt.

Als dann die von ihrer Familie ziemlich krampfhaft initiierte Verlobung mit Eberhard Baron von Münnerstadt so peinlich fehlgeschlagen war und der große Skandal gerade noch abgewendet werden konnte, hatte sich Sophie zuerst zu ihrer Tante nach Bad Kissingen zurückgezogen und war schließlich bei den Benediktinerinnen auf Frauenchiemsee eingetreten. Doch nie hatte sie das Gefühl gehabt, eine eigene Entscheidung getroffen zu haben, es wurde über sie bestimmt, und sie nickte dazu.

Im Kloster hatte sie sich anfänglich recht wohlgefühlt. Die ganzen gesellschaftlichen Anforderungen fielen weg, sie konnte in ihre Bücher abtauchen und musste sich nicht mehr entscheiden, welches Kleid und welchen Hut sie heute tragen sollte. Doch dann war Flora gekommen und hatte die Welt von draußen in die klösterliche Abgeschiedenheit gebracht. Sophie war von einer seltsamen Unruhe ergriffen worden, die sie sich nicht erklären konnte.

Hilda hatte mittlerweile schon ein ganzes Beet geharkt und hoffte, dass der von der Schneelast platt gedrückte Salat sich irgendwann wieder aufrichtete. Sie hatte gar nicht erwartet, dass sich Sophie zu ihr gesellen würde, und eigentlich war es ihr auch lieber so. Ihre Mitschwester hatte keinerlei Interesse an Pflanzen und konnte ein Unkräutlein nicht von einer Blume unterscheiden. Da sie aber zu stolz war, jedes Mal nachzufragen, harkte sie oft die falschen Gewächse aus dem Beet, und Hilda blutete das Herz.

Wie anders war da Flora gewesen. Sie hatte Interesse gezeigt, nachgefragt und sich schließlich recht geschickt angestellt. Und während Sophie bei der Gartenarbeit immer ächzte und stöhnte und sich den Rücken hielt, hatte Flora geplaudert und vor sich hin gepfiffen.

Hilda hatte ihr vom Bauernhof in Brannenburg, von ihren acht Geschwistern und von der Krankheit der Mutter erzählt. Als die Mutter vor drei Jahren gestorben war, hatte der Vater mit viel Enzian ein halbes Jahr getrauert und nach einem Jahr die Rosa Gfellner aus Bad Aibling geheiratet. Für Hilda hatte dies das Ende bedeutet. Als Älteste war sie wie eine Mutter für die jüngeren Geschwister gewesen und hatte die Stelle der Hausfrau übernommen. Es war viel Arbeit gewesen, doch sie hatte es sehr gern getan und sich oft vorgestellt, selbst einmal mit einem tüchtigen Mann einen Bauernhof zu bewirtschaften und viele Kinder zu haben. Aber Rosa Gfellner hatte alles an sich gerissen, sie war nun die neue Frau im Haus, und der Vater hatte keinerlei Anstalten gemacht, seiner ältesten Tochter beizustehen. Nein, er war froh, als Hilda fort war, da musste er kein schlechtes Gewissen haben und vor allem die Reibereien zwischen den beiden Frauen nicht mehr ertragen.

Hilda hatte noch ein wenig gewartet, ob ihr nicht der Franzl Ottinger vom Nachbarhof, mit dem sie oft bei der Kirchweih getanzt und der sie auch ein paarmal sehr leidenschaftlich geküsst hatte, einen Antrag machte. Aber der Franzl äußerte sich nicht, und nach einigen Nächten voller Schmerz und Tränen entschied sie sich für Frauenchiemsee. Doch Hilda war ehrlich zu sich; sie war eine leidenschaftliche Person und hätte gerne einmal den Körper eines Mannes an ihrem gespürt. Sie wusste, dass die Phantasien, die sie zuweilen hatte, keineswegs klösterlich waren.

An einem schönen Sommerabend – Sophie war schon zu ihren Heiligen gegangen – sprach sie mit Flora darüber. Flora hörte ihr lange zu und meinte dann, dass diese körperlichen Wünsche doch ganz normal seien und es wohl keine Nonne gebe, die nicht immer mal wieder davon heimgesucht werde. Sie, Hilda, sollte doch einmal in sich gehen und sich fragen, was ihr wichtiger wäre: Eine Braut Jesu zu sein oder eine Frau mit einem Mann aus Fleisch und Blut an ihrer Seite, dem sie auch Kinder gebären wollte. Auch von sich erzählte Flora ein wenig; von ein paar ihrer Liebeleien am Theater, die aber mehr ein Spiel gewesen seien, vom promiskuitiven Leben ihrer Eltern, das sie ganz und gar nicht billigte, und von ihrer tiefen Zuneigung zu Theo, dem Sohn des Seewirts.

Hilda richtete sich auf und wischte sich den Schweiß von der Stirn. Wo war eigentlich Sophie? Vermutlich in der Klosterbibliothek, um ein neues Buch zu holen. Hilda setzte sich noch ein wenig auf die Bank und spürte, wie sich Schweißperlen mit Tränen vermischten und in ihren Augen brannten. Flora war tot, nie mehr würde sie die Beete harken, nie mehr hier neben ihr sitzen, mit ihr lachen oder ihr Zuspruch geben. Was war Schreckliches geschehen mit ihr? Und warum starben denn gerade die Menschen, die sie in ihr Herz geschlossen hatte, wie die Mutter, wie Flora?

»Hilda, auf zum Küchendienst«, rief Schwester Kreszentia aus einem Fenster des Küchentraktes.

Wie lange würde wohl die alte Schwester noch da sein, die

ihr so herzlich zugetan war, die sie manchmal drückte und »mei liabs Madl« zu ihr sagte?

»Waren denn nicht gestern schon Floras Eltern da?«, fragte Hilda, als sie in der Küche vor einem Berg zu schälender Kartoffeln saß. Kreszentia nickte und antwortete nur mit einem kurz angebundenen »Ja«. Sie wollte nicht weiter darüber reden, und Hilda bemerkte das sofort.

Es war eine schreckliche Zusammenkunft zwischen der Äbtissin und Floras Eltern gewesen. Kreszentia hatte Tee serviert und sich dann sofort zurückgezogen. Doch schon in der kurzen Zeit, als sie den Tee in die Tassen goss und die Zuckerdose zurechtrückte, hatte sie eine ungeheure Spannung im Raum gefühlt. Die Äbtissin hatte die Hände ineinander verkrampft, dass die Knöchel weiß hervortraten, kreisrunde rote Flecken brannten auf ihren Wangen in dem ansonsten leichenblassen Gesicht. Vom Gesicht ihrer Schwester sah man nichts, da es vom Schleier verhüllt war, nur hie und da schluchzte sie auf, und Schwester Kreszentia empfand bei diesem Schluchzen das Gleiche wie Fanderl und Benedikt. Es waren Bühnenschluchzer, es fehlte ihnen an Ehrlichkeit. Siegfried von Prielmayer saß leicht gekrümmt auf der Kante seines Stuhles, ein wenig sah er aus wie eine schwarze Krähe, die gleich aufflattern und der Äbtissin die Augen aushacken würde. Als Schwester Kreszentia gerade dabei war, die Türe hinter sich zu schließen, ertönte seine Stimme, und es war deutlich seine Bühnenstimme, die in das eiskalte Schweigen hinein ertönte.

»Du hast uns das Liebste genommen, das wir hatten, Elisabeth.«

Schwester Kreszentia kannte die Geschichte der Äbtissin und ihrer Schwester sehr gut. Als Elisabeth Rottmann, die kurz darauf Schwester Klara wurde, ins Kloster gekommen war, hatte sie zu der mütterlichen Schwester Kreszentia, die damals in ihren mittleren Jahren war, bald Vertrauen gefasst und ihr ihre Geschichte erzählt.

Elisabeth und Henriette Rottmann waren die Töchter des Hofapothekers Rottmann und wuchsen sorglos in gediegener, wohlhabender Umgebung auf. Allerdings waren die Schwestern von klein auf sehr verschieden. Elisabeth, die Ältere, war schon immer die Ernsthaftere, Besonnenere der beiden und eher zurückhaltend im Umgang mit anderen Menschen. Sie blieb gerne für sich, las jedes Buch, das ihr in die Hände fiel, und gab, eher knochig, mit schmalem Gesicht und glattem brünetten Haar, nicht allzu viel auf ihr Aussehen.

Henriette, drei Jahre jünger, war die Extrovertierte, Lustige, die immer eine Schar von Freundinnen um sich hatte, ihr lockiges blondes Haar jeden Tag in einer anderen Frisur präsentierte und schon mit vierzehn verführerische weibliche Kurven entwickelte, was die Blicke der Männer auf sie zog. Den zahllosen Bällen, an denen Henriette ab ihrem sechzehnten Lebensjahr teilnahm, immer mit voller Tanzkarte, blieb Elisabeth lieber fern. Gelegentlich allerdings legte die Mutter Wert auf ihr Erscheinen, kam sie doch langsam ins heiratsfähige Alter.

Auf einem dieser Bälle lernte Elisabeth Erhard Strassner kennen, einen Studienassessor aus gutem Hause. Er hatte beste Manieren, trug eine Nickelbrille und machte Elisabeth unaufdringlich formvollendet den Hof. Seine ruhige, etwas altmodisch seriöse Art gefiel ihr.

So unternahm man einiges zusammen, machte Spaziergänge im Englischen Garten, ging in Museen und las sich gegenseitig Gedichte vor. Zwischendurch griff Erhard nach Elisabeths Hand, und einmal küsste er sie zum Abschied sanft auf die Lippen. Die ganze Familie und auch Elisabeth erwarteten in Bälde seinen Antrag; Elisabeth konnte sich ein ruhiges Leben an Erhards Seite ganz gut vorstellen. Dass natürlich auch geschlechtliche Vereinigung und möglicherweise schmerzhafte Geburten zu einer Ehe gehörten, war ihr klar, doch sie stellte sich diese als kurze Episoden vor, die man eben hinnehmen musste, ehe man wieder am Kamin saß und in Ruhe ein Buch las.

Eines Sommerabends, als es schon dämmerte, kam Elisabeth von einem Besuch bei Ilse, einer ihrer wenigen Freundinnen, nach Hause zurück und hörte im Durchgang zum Dienstboteneingang seltsam seufzende, keuchende Geräusche. Warum sie nachforschte und nicht einfach weiter durch den Garten zur Haustür ging, konnte sie später nie sagen. Es waren Erhard und Henriette, die diese Laute ausstießen, an die Wand gelehnt küssten sie sich mit weit geöffneten Lippen. Erhards Hand bewegte sich unter Henriettes hochgeschobenen Röcken, während diese mit einer heiseren, dunklen Stimme, die Elisabeth nicht an ihr kannte, »Ja, ja, ja« keuchte.

Einige Tage später reiste Elisabeth zu Verwandten der Mutter nach Freising, bevor sie dann nach Frauenchiemsee ging und dort Schwester Klara wurde.

Während des Besuchs der von Prielmayers wirtschaftete Schwester Kreszentia in der Klosterküche, die einige Räume weit von denen der Äbtissin entfernt lag, und obwohl sie sich bemühte, nicht zu lauschen, drangen Fetzen der lautstarken Auseinandersetzung bis zu ihr herüber.

»Du hast nicht auf sie geachtet!« – »Mit diesem Gastwirtssohn … du hättest dem sofort Einhalt gebieten sollen … Wer weiß, ob nicht er dahintersteckt.« – »Sie hätte eine glänzende Karriere vor sich gehabt … das wolltest du unterbinden, weil du das Theater hasst, immer schon gehasst hast … von deinem lächerlichen Äbtissinnenthron hast du auf uns herabgeblickt, als wären wir dreckige Zigeuner!«

»Ja, du hast sie mir genommen … aus Rache für damals, für diese Lächerlichkeit«, schrie Henriette von Prielmayer abschließend mit gellender Stimme.

Als die von Prielmayers gegangen waren und Schwester Kreszentia das Geschirr abräumte, sah sie die Äbtissin in ihrem Schlafzimmer über den Betschemel gebeugt, ihre Schultern zuckten, und ihr Schluchzen ähnelte dem Gewimmer eines verwundeten Tieres. Kreszentia konnte nicht anders, als zu ihr zu treten und ihr tröstend die Hand auf die Schulter zu legen.

8

»Wo ist denn dieser Grieserhof?«, fragte Benedikt.
»Ned weit«, antwortete Fanderl. »Die Dorfstrass hoch und
links in Wald eini. Aber stell dich drauf ein, des is eigentlich kein
richtiger Bauernhof mehr. Der BDM hat ihn zum Treffplatz,
Übungslager und Ferienhaus umgebaut. Die besagte Verlobte
Herta ist die Leiterin von allem.«

Sie gingen die Dorfstraße entlang, und Benedikt fiel die eine
oder andere Begebenheit aus ihrem letzten Fall vor drei Jahren
ein. Und gerade, als er an den Knecht Xaver denken musste, der
ihn damals nach Rosenheim in die Gerichtliche Medizin gefahren
hatte, kam ihnen dieser entgegen. Benedikt konnte seinen
Schreck kaum verbergen, denn der Xaver war um mindestens
zehn Jahre gealtert. Die sommerlich gegerbte Haut war grau
geworden, tiefe Falten durchzogen sein Gesicht. Sein Körper
schien noch ausgemergelter als früher.

Der Xaver hob kurz die Hand zum Gruß. »I muas amoi zum
Fritz schaun, den hob i scho tagelang nimmer gsehn«, erklärte
er und setzte seinen Weg fort.

Seit den Vorkommnissen vor drei Jahren waren sich der Fritz
Bergleitner und der Xaver herzlich zugetan. Nicht nur dass sie
ihre politische Einstellung teilten, nein, sie halfen sich gegenseitig
und waren gute Freunde geworden.

»Was ist denn mit dem Xaver passiert?«, fragte Benedikt.
»Der ist ja nur noch ein Schatten seiner selbst.«

»Der Xaver war zwei Wochen in Dachau«, antwortete Fanderl
mit verhaltener Stimme. »Der Huberbauer hat alles in Bewegung
gesetzt, damit er wieder rauskommt. Aber seitdem ist
er nicht mehr der Alte. Er trinkt doppelt so viel wie früher, isst
nichts mehr und läuft nachts schlaflos durchs Dorf. Er hat in der
Wirtschaft zu später Stund einen despektierlichen Witz über den
Führer erzählt. Wer ihn hinghängt hat, weiß man nicht; könnt
aber gut der Alfred gewesen sein.«

Bedrückt gingen sie nebeneinanderher und nahmen nicht einmal die warmen Strahlen der Herbstsonne wahr, die ihnen ins Gesicht schienen.

»Erzählst mir den Witz? Wir sind ja hier unter uns«, bat Benedikt.

Fanderl räusperte sich und erzählte mit leicht gesenkter Stimme: »Hitler und sein Fahrer sind mit dem Auto unterwegs im Oberland. Da läuft ihnen die Sau vom Bauern Mayer so dumm über den Weg, dass sie diese überfahren und sie auf der Stelle tot ist. Der Fahrer geht zum Bauern Mayer, um Bericht zu erstatten. Erst nach langer Zeit kommt er wieder, nach Alkohol stinkend und einige Kränze fette Würst um den Arm. Als Hitler wissen will, wo er denn so lange gewesen sei, erzählt der Fahrer: ›Mei, ich bin hineingegangen und hab gesagt: Heil Hitler, die Sau ist tot. Da haben sie alle gejubelt und mich zum Essen und Trinken eingeladen.‹«

Bei den letzten Häusern bogen sie von der Dorfstraße ab und erreichten einen Waldweg. Die frische Waldluft und das Zwitschern der Vögel erinnerten Benedikt an die Morgenausritte, die er als junger Mann mit seinem Vater unternommen und so geliebt hatte.

Nach wenigen hundert Metern standen sie vor einem großen Anwesen, auf dem sich um ein altes, nicht mehr ganz so gepflegtes Bauernhaus mehrere kleinere, wohl später gebaute Häuser und Schuppen im Rund gruppierten. Auf der Freifläche zwischen dem Bauernhaus und den kleineren Häusern spielten einige Mädchen Ball. Sie trugen die typische Uniform des Bundes Deutscher Mädel: dunkelblauer Rock, grob gestrickte Kniestrümpfe und weiße Blusen mit einem schwarzen Halstuch, das mit einem Lederknoten gebunden war. Die meisten von ihnen waren tatsächlich blond und hatten ihr Haar zu Zöpfen geflochten. Um einen großen Holztisch vor dem Bauernhaus saßen weitere Mädchen. Eine las aus einem Buch vor, dessen Titel Benedikt leider nicht ganz ausmachen konnte. »Das deutsche Mädel und …«, mehr konnte er leider nicht entziffern.

Als die lesenden Mädchen die beiden Männer näher kommen sahen, wurde das Buch zur Seite gelegt. Alle sprangen auf und begrüßten die beiden mit ihren hellen Stimmen mit dem Hitlergruß. Auch die ballspielenden Mädchen näherten sich.

»Gustav Fanderl, Wachtmeister, und Benedikt Lindgruber, Polizeioberkommissär aus München. Wir sind in einer polizeilichen Ermittlung hier«, stellte Fanderl sich und seinen Kollegen vor.

»Ah, wegen der Wasserleich vom See drunten«, vermutete eine ganz Vorwitzige.

Fanderl ging darauf nicht ein. »Wir suchen eure Scharführerin, die Frau Herta …« In diesem Moment fiel ihm ein, dass er ja gar keinen Familiennamen von Alfreds Verlobter wusste.

»Ich hol sie!«, rief die Vorwitzige und rannte los.

In der Zwischenzeit konnte sich Benedikt nicht zurückhalten zu fragen: »Wieso seid ihr hier draußen? Habt ihr keine Schule?«

»Wir sind die fünfte Klasse vom Rosenheimer Mädchenlyzeum, wir haben hier eine Woche BDM-Freizeit. Vormittags haben wir immer vier Stunden Unterricht«, erklärte eine der hinzugekommenen Ballspielerinnen.

Mittlerweile war die Vorwitzige mit einer jungen Frau aus dem Haus getreten, die umgehend fragte: »Herta Schmitt, Scharführerin, Heil Hitler, was kann ich für Sie tun?« Ihrer Stimme hörte man an, dass sie es gewohnt war, Anweisungen und Befehle zu erteilen.

»Das würden wir gerne unter vier Augen mit Ihnen besprechen«, antwortete Fanderl und bemerkte die Enttäuschung der umstehenden Mädchen, die schon alle die Ohren gespitzt hatten.

Herta Schmitt, die, ganz im Gegensatz zu ihrem Verlobten, groß gewachsen und schlank war und einen sehr sportlichen Eindruck machte, bat die Polizisten in die Stube und ließ sie Platz nehmen. Der Führer, dessen Bildnis ihnen direkt gegenüber hing, blickte streng auf sie herab.

»Ihr Verlobter, Alfred Habegger, hat uns mitgeteilt, dass er die ganze Nacht, nach der die Tote aufgefunden wurde, bei Ihnen verbracht hat. Können Sie das bestätigen?«

Herta Schmitt nickte, ein wenig zu eifrig, wie es Fanderl vorkam.

Benedikt schaltete sich ein:»Haben Sie denn hier ein Einzelzimmer, wo Sie derartige Besuche empfangen können, und finden Sie Männerbesuch im Beisein so vieler heranwachsender Mädchen nicht etwas befremdlich?«, fragte Benedikt.

Herta Schmitt hatte einen roten Kopf bekommen, und ihre Stimme klang nicht mehr so fest.

»Ja, ich hab ein kleines Schlafkammerl für mich, und von den Mädeln hat's niemand mitbekommen.«

»Gut, dann nehmen wir das mal so auf«, sagte Benedikt.»Wie lange war Ihr Verlobter denn da?«

Hertas Gesicht wurde noch ein wenig röter.

»So ganz genau weiß ich das nicht mehr, jedenfalls war's schon dunkel, und die Mädchen waren in ihren Zimmern, wie er gekommen ist. Ganga is er dann im Morgengrauen, da hat's doch so gschneit.«

Als sie alle drei wieder draußen vor dem Haus standen, trat erneut die Vorwitzige auf sie zu.»War des ned die kloane depperte Schwester von deinem Alfred, die vorhin da war?«, fragte sie unschuldig.

Herta Schmitt erstarrte.

»Was, die Lisi war da? Was wollte sie denn?«, fragte Fanderl streng.

Die Scharführerin wand sich.»Die hat mir nur a kleines Liebesbrieferl von ihm bracht.«

Die Mädchen kicherten.

»Können wir das mal sehen, Frau Schmitt?«, fragte Fanderl.

»Das hab ich weggeworfen«, antwortete Herta, und ihre Stimme klang, als würde sie gleich zu weinen beginnen.

»Da, im Papierkorb liegt's doch no!«, rief die Vorwitzige, und beiden Ermittlern war nicht ganz klar, ob das nun pure Naivität oder knallharte Berechnung war.

Fanderl kippte den Papierkorb aus, der Gott sei Dank noch nicht viel enthielt, und hatte in Nullkommanix ein kleines zerknülltes Zettelchen gefunden. Er strich es glatt und las.

»Wenn die Polizei kommt, sag, dass ich die ganze Nacht bei dir war. Ich war in einer Geheimsache mit der Partei unterwegs. Alfred«.

»Mei, was hätt ich denn machen sollen«, schluchzte Herta, und Tränen tropften auf ihren weißen Blusenkragen.

»Wir müssen so schnell wie möglich den Alfred erwischen«, meinte Fanderl. »Ned, dass uns der noch entkommt.«

So ließen sie die Mädchen zurück, die jetzt alle etwas bedrückt wirkten, und die Herta, die am Türrahmen lehnte und weinte, und über die Schulter rief Fanderl noch: »Sie werden sich wegen Falschaussage zu verantworten haben, Frau Schmitt!«

Wieder wanderten sie, diesmal sehr schnellen Schrittes, den Waldweg zurück und bogen auf die von der Mittagssonne beschienene Dorfstraße mit ihren stattlichen, sauber herausgeputzten Häusern. Die üppigen Geranien an den Balkonen leuchteten rot.

Dort waren sie kaum ein paar Schritte gegangen, als sie wieder der dürren, ein wenig schiefen Gestalt des Knechts Xaver begegneten.

»Ihr müssts schleunigst komma«, rief er, »den Fritz haben s' halb totgschlagn!«

»Wie, wer denn?«, fragte Benedikt aufgeregt.

»I ko mir's scho denga!«, antwortete Xaver.

»Wir teilen uns auf«, schlug Benedikt vor. »Du läufst zum Seehof wegen dem Alfred, und ich schau nach dem Bergleitner.«

Benedikt kannte das Bergleitnerhäusl ja schon, doch erschien es ihm noch ein wenig heruntergekommener als damals.

In seiner Schlafkammer lag Fritz Bergleitner mit einem vollkommen entstellten Gesicht. Beide Augen waren zugeschwollen, die Nase, ebenfalls geschwollen, war schief und blutverkrustet und die Lippe aufgeplatzt. An seinem Bett saß eine nicht mehr ganz junge Frau mit langen roten Haaren, sie kühlte mit einem Lappen seine blaugrüne Schulter.

»Des is die Resi«, stellte Xaver die Frau vor. Diese nickte nur und musterte Benedikt mit einem misstrauischen Blick.

»Was ist denn passiert, Herr Bergleitner?«, fragte Benedikt. »Wer war das? Sollen wir einen Arzt holen?«

Bergleitner winkte ab.

»Um Gotts wuin, nur des ned! Des warn halt die Üblichen. D'Tür haben s' mir eintreten, alles durcheinandergeschmissen, und dann san s' auf mich los.«

Erst jetzt bemerkte Benedikt die kaputte Haustür, die nur noch halb in den Angeln hing, die aufgerissenen Schubladen, umgestürzte Stühle und zerbrochenes Geschirr.

»Da müssen S' Anzeige erstatten, Herr Bergleitner.«

»Und was soll des bringa?«

Bergleitners Aussprache war etwas undeutlich wegen seiner Verletzungen. Auch die Rothaarige schüttelte spöttisch den Kopf.

»Aber Gott sei Dank haben s' meine Bücher ned gfundn!«, meinte Bergleitner triumphierend. »Danke, dass Sie mir damals den Lion Feuchtwanger empfohlen habn, Herr Kommissär. Ich hab alles von ihm glesen, was ich hab kriegen können.«

Benedikt erinnerte sich gut, dass er seinerzeit mit dem sehr belesenen Bergleitner lange über Oskar Maria Graf und Lion Feuchtwanger gesprochen hatte. Mittlerweile gehörten beide zu den verfemten Schriftstellern, die am 10. Mai auf die brennenden Bücherberge vor der Münchner Universität geworfen worden waren.

»Ich richt dir dei Tür und räum a bissl auf, und d'Resi kümmert sich noch um dich und kocht dir a Suppn«, erklärte Xaver, der plötzlich einen ganz energischen Eindruck machte. »Mehr könn ma nicht machen!«

Benedikt stand etwas hilflos in der Stube. Er verstand gut, warum Bergleitner keine Anzeige erstatten wollte, und konnte sich auch denken, wer hinter allem steckte.

Der Xaver begleitete ihn noch bis vor die Tür. »Der Alfred mit Konsorten war's, da bin i mir sicher. Der is zu allem fähig. Aber gegen den ko ma nichts macha.«

Unterdrückte Wut lag in seiner Stimme. Mittlerweile war auch die Resi dazugekommen.

»Beim Herrn Kommissär kannst offen sein, Resi«, sagte Xaver. »Der steht auf unserer Seitn.«

Die Resi sagte: »Freilich warn die des; die waren ja vorher no bei mir, der Alfred, der Beppi und der Franz, und wie s' ganga sind, ham s' noch gsagt, dass sie jetzt dem Fritz noch a gehörige Abreibung verpassen wollen. Weil er die jungen Leut mit bolschewistischem Gedankengut verseuche. Aber ich hab den Fritz nimmer warnen können.«

»Was haben denn die drei Herren bei Ihnen gewollt?«, fragte Benedikt arglos.

Xaver hüstelte ein wenig verlegen.

Die Resi schaute Benedikt in die Augen, strich sich eine rote Locke aus der Stirn und sagte: »Wissen Sie, Herr Kommissär, zu mir kommen alle die, die mal für a Stünderl Lust und Liebe brauchen. Aussagen kann ich nicht gegen die, das sind meine Kunden!«

Benedikt machte sich auf den Weg hinunter zum Seewirt, wohl wissend, dass er nicht viel gegen den Alfred Habegger unternehmen konnte. Dass der Mann ein falsches Alibi angegeben hatte, war klar, dass er aber mit noch ein paar anderen den Bergleitner zusammengeschlagen hatte, konnte Benedikt ihm nicht beweisen. So wie es bis jetzt auch keinerlei Beweise gab, ob er in dieser Nacht überhaupt mit Flora in Kontakt gekommen war.

Unten im Seewirt erfuhr Benedikt, dass Fanderl den Alfred schon mit auf die Wache genommen hatte.

»Der hod nix gmacht, der Alfred, glauben S' mir«, rief der Wirt.

Seine Frau schaute nicht mehr griesgrämig, sondern bitterböse, und die Lisi umklammerte fest ihren Irmengard-Anhänger.

Auf der Wache saß Alfred Habegger dem Fanderl bereits am Schreibtisch gegenüber. Benedikt fiel auf, dass Fanderl in diesem etwas trostlosen Raum viel selbstbewusster und auch wesentlich stattlicher wirkte als damals vor drei Jahren.

»Sie haben uns bewusst belogen, Herr Habegger. Sie haben in der besagten Nacht nicht Ihre Verlobte besucht und haben diese zu einer Falschaussage gezwungen. Das ist erwiesen. Außerdem besteht der starke Verdacht, dass Sie und zwei Ihrer Parteigenossen den Fritz Bergleitner brutal zusammengeschlagen haben. Wir haben Zeugen. Ob Sie in der besagten Zeit auch die Flora von Prielmayer erschlagen haben, wird sich noch erweisen. Aufgrund Ihrer vielfachen Drohungen gegen die Tote bestehen auf alle Fälle deutliche Verdachtsmomente gegen Sie. Wir werden Sie für heute Nacht einmal hierbehalten.«

»Ein so ein Blödsinn!«, schrie Alfred Habegger. »Nix, gar nix könnts ihr mir beweisen!«

Da magst du ja leider recht haben, dachte Benedikt bei sich, aber so eine Nacht hier in der Arrestzelle kann dir nur guttun. Und vielleicht geschieht ja doch noch ein Wunder.

»Ich geh jetzt heim und schreib den Bericht, und nachm Abendessen spiel ich noch mit meim Korbinian. Der hat mich ja die letzten Tage kaum gsehn«, sagte Fanderl Abschied nehmend.

So machte sich auch Benedikt auf in Richtung Heimat. Er freute sich auf ein kräftiges Abendessen und ein schönes, friedliches Zusammensein mit seiner Frau. Als er die Stube betrat, war der Tisch, an dem sie normalerweise zu Abend aßen, übersät mit Papierblocks, zahllosen Stiften, einigen Filzteilen und glänzenden Goldschnüren.

»Griaß di, Benni!«, rief Franzi, und ihre Stimme klang lebhaft und angeregt. »Ich hab den Tisch braucht für meine Skizzen zum Priener Hut. Die Berta ist bei ihrer Schwester, der geht's nicht gut. Du musst dir halt a Wurstbrot machen.«

Benedikt schnitt sich eine große Scheibe Brot ab, legte Presssack darauf und quetschte sich an die äußerste Tischkante. Dann erfuhr er von Franzi alles über den Priener Hut und konnte schließlich auch noch ein wenig von seinem eigenen Tag berichten.

Rechtschaffen müde gingen sie schließlich zu Bett, und als Franzi ihm einen wunderschönen Gutnachtkuss gab, drückte er sie noch einmal fest an sich und dachte: Ich lieb sie halt einfach so, wie sie ist!

9

»Erni, wo bleiben denn heute die Eier mit Speck?«, rief Henriette von Prielmayer indigniert.

Die Hände resolut in die Hüften gestützt, trat die Haushälterin Erni aus der Küche.

»Das haben wir doch ausgmacht, gnä Frau«, antwortete sie. »Nur zweimal in der Woch und am Sonntag. Wegen der Figur und wegen dem Budget.«

»Machen Sie bitte heute ausnahmsweise welche, Erni«, befahl Henriette. »Wir haben schwere Tage hinter uns!«

Erni nickte und verschwand in der Küche. Schon wieder musste sie weinen. »Mei arms Floramadl«, schluchzte sie und trocknete sich die Augen mit dem Geschirrhandtuch.

Sie hatte sie doch praktisch aufgezogen, die kleine Flora. Sie hatte sich über ihre ersten Schritte und Worte gefreut, lange bevor die meist abwesenden Eltern es bemerkten, hatte sich immer Zeit genommen für die Sorgen Floras in der Schule und mit den Eltern, hatte die Geburtstagsfeiern des Mädels organisiert und auch schon mal dem einen oder anderen Verehrer die Tür geöffnet.

»Ernilein, wenn ich dich nicht hätt«, hatte Flora oft gesagt und sie umarmt.

In letzter Zeit waren Floras Klagen heftiger geworden, und Erni, die zwar eine tüchtige Haushälterin war und eine Menge gesunden Menschenverstandes besaß, wusste gar nicht mehr, wie sie dem Madl helfen sollte. Der Vater mit seinem mehr als übertriebenen Ehrgeiz holte Flora, kaum hatte sie ihre Hausaufgaben gemacht, regelmäßig in sein Zimmer und ließ sie Stund über Stund Sprechübungen, Deklamation, Bewegung, Tanz, Gesang und … Erni hatte vergessen, was noch alles … machen. Bis in den Abend hinein übte er mit dem Kind.

Oft hatte Erni mitbekommen, wie die säuselnde, lobende Stimme von Prielmayers, die sich wie Liebkosungen anhörte, überging in kaltes, hartes Dozieren, um schließlich irgendwann in Geschrei und entsetzlichen Tobsuchtsanfällen zu enden. Wie oft hatte Flora dann weinend am Küchentisch gesessen. Hie und da waren Erni an Floras Oberarmen blaue Flecken aufgefallen. »Ich bin nicht so, wie er mich haben will. Ich kann das nicht. Das ist alles umsonst«, hatte Flora geschluchzt, und Erni hatte ihr zum Trost Schokoladenpudding gekocht.

Als schließlich die Äbtissin von Frauenchiemsee Flora eingeladen hatte, bei ihr im Kloster eine Auszeit zu nehmen und darüber nachzudenken, was denn nun eigentlich aus ihr werden sollte, hatte Erni das gutgeheißen. Ob allerdings die Äbtissin, diese strenge, sauertöpfische Brillenschlange, Flora bei der Entscheidung helfen konnte, bezweifelte Erni ein wenig. Aber es war besser als nichts! Natürlich hatte es noch eine lautstarke heftige Auseinandersetzung zwischen Vater und Tochter gegeben, aber schließlich war Flora abgereist.

Dass Henriette von Prielmayer, die Mutter, in dieser Sache niemals Stellung bezogen hatte, nahm Erni ihr schwer übel. Meist war sie ja eh außer Haus und bekam nichts mit, und an dem Tag, als Flora das Haus verließ, war sie mit Leopold Segmüller in einer Theaterprobe gewesen. Leopold Segmüller, Jungschauspieler und wohl fünfzehn bis zwanzig Jahre jünger als Henriette, war deren Freund, Vertrauter und – »da friss i an Besen«, meinte Erni – auch ihr Bettgenosse.

Was sollte sie, Erni, denn jetzt eigentlich noch in diesem Haus, wo Flora für immer weg war? Jahrzehnte arbeitete sie nun schon für von Prielmayer. Am Anfang, zu den Junggesellenzeiten des Herrn, hatte sie lippenstiftbeschmierte Sektkelche und seidene Dessous weggeräumt, dann hatte sie die Launen Henriettes ertragen, die wilden, ausschweifenden Feste vorbereiten und vor allem wieder alles in Ordnung bringen müssen, und nie würde sie vergessen, wie sie einmal tatsächlich ein wild kopulierendes Paar in der Badewanne vorgefunden hatte. Da war sie kurz davor gewesen zu kündigen. Doch dann war Flora gekommen, und sie hatte sofort ihr Herz an das Madl verloren.

Eigentlich hätte sie jetzt der Prielmayerin ihre Eier mit Speck über den seidenen Morgenmantel kippen und sagen sollen: Ich geh!, aber etwas hielt sie doch noch in diesem Hause. Sie wollte unbedingt wissen, was mit ihrer Flora geschehen war. Viele Gedanken gingen ihr da durch den Kopf, manche wagte sie kaum zu denken, geschweige denn auszusprechen. Doch sie wusste, dass zwei sehr fähige Polizisten mit dem Fall befasst waren, die heute vorbeikommen wollten. Sicherlich würden sie ihr auch ein paar Fragen stellen.

»Das hat aber gedauert«, lamentierte Henriette, als Erni die Speckeier ziemlich lieblos auf den Tisch knallte. »Um halb zwölf muss ich zu Vera von Breithausen. Ich brauche schließlich noch ein paar schwarze Kleider.«

»Diesen Termin wirst du ausfallen lassen müssen«, meinte Siegfried hinter seiner Zeitung hervor. »Um halb zwölf haben sich die Polizisten angesagt.«

»Was? Das ist aber äußerst ungünstig«, jammerte Henriette, während sie mit großer Geschwindigkeit ihre Eier verspeiste. »Was wollen die denn noch? Wir haben noch nicht einmal unsere Tochter zu Grabe getragen, ich habe jetzt keine Nerven für so was!«

»Wirst du aber haben müssen«, entgegnete Siegfried lakonisch.

»Was sagen wir denen denn überhaupt?«, wollte Henriette wissen.

»Was sollen wir denn sagen? Dass wir zu der Zeit daheim waren, natürlich«, war die Antwort ihres Mannes. »Und untersteh dich, wieder so dumm rumzuschluchzen. Bleib gefasst, das macht einen viel besseren Eindruck!«

»Wenn ich aber weinen muss? Ich habe schließlich mein geliebtes Kind verloren!« Henriette begann tatsächlich zu schluchzen.

»Ach was«, sagte Siegfried, und seine Stimme war eiskalt. »Du hast doch nie eine herzliche Beziehung zu ihr gehabt. Du warst eifersüchtig, weil sie hübsch und schlank war und weil ihr der Leopold dauernd schöne Augen gemacht hat, und du hast es ihr nie verziehen, dass du nach ihrer Geburt fett geworden bist, obwohl sie daran ja vollkommen unschuldig war. Dass du deine zweitklassigen Rollen spielen musst, das hast du ihr auch in die Schuhe geschoben. Dabei fehlt dir einfach das Talent, sieh das doch endlich ein.«

Henriette saß erstarrt und mit offenem Mund da. So hatte Siegfried noch nie mit ihr gesprochen.

10

Benedikt und Fanderl saßen im Bummelzug nach München. Fanderl war aufgeregt wie ein Kind auf Klassenausflug. »Da, schau, Benedikt, der Wendelstein! Mei, der Schnee liegt fast bis ins Tal!« Und er biss mit großem Appetit in eine Wurstsemmel aus Bertas reich gefülltem Proviantkorb.

Fanderls gute Laune sprang nun auch auf Benedikt über, dabei hatten sie sich am frühen Morgen beide schon schrecklich geärgert. Sowohl bei Benedikt als auch bei Fanderl hatte das Telefon bereits um halb sieben Uhr morgens geklingelt. Es war der Dreissiger aus Rosenheim gewesen, der sich furchtbar darüber aufregte, dass sie den Alfred Habegger so einfach in Gewahrsam genommen hatten. Der Rosenheimer Gauleiter Zwerchl habe bereits um sechs Uhr morgens bei ihm angerufen und sich dafür verbürgt, dass der Alfred Habegger und seine beiden Parteigenossen die ganze besagte Nacht bei ihm gewesen seien. Es habe sich um äußerst wichtige Parteiangelegenheiten gehandelt, über die er aus Gründen der Geheimhaltung natürlich nicht sprechen könne. Der Herr Habegger sei demnach unverzüglich freizulassen, befahl der Dreissiger, und in Zukunft sollten solche Dinge zuerst mit ihm besprochen werden.

»Hat er bei dir auch so gschnauft?«, erkundigte sich Benedikt. »Er klang wie kurz vorm Herzanfall.«

Fanderl nickte. »Ja mei, wenn die hohe Politik schon in aller Früh anruft, da kann man schon Herzrasen kriegen. Wir hätten ihn ja eh rauslassen müssen, den Alfred, aber mit einem so saudummen Alibi is des mehr als ärgerlich. Der is jetzt praktisch ausm Schneider.«

»Wart mal ab«, meinte Benedikt nachdenklich. »Manchmal passieren Sachen, die man sich einfach nicht vorstellen kann. Ich jedenfalls hab weiter ein Auge auf ihn.«

Fanderl nickte zustimmend, war jedoch schon wieder halb

abgelenkt von der vorbeiziehenden Landschaft. In einer guten halben Stunde würden sie in München sein.

»Schön wär's, wenn wir noch Zeit hätten fürs Hofbräuhaus. Das würd ich so gern mal kennenlernen«, meinte Fanderl, »und in den ›Simplicissimus‹ möcht ich auch mal. Aber ich muss ja heut Abend wieder heim. Du Beneidenswerter darfst noch bis morgen bleiben.«

»Darum musst du mich nicht beneiden. Du weißt, was mir morgen bevorsteht«, entgegnete Benedikt, der sich vorgenommen hatte, ins Amt zu gehen und mit Paschke wegen der Versetzung nach Rosenheim ein ernstes Wort zu reden.

Tief in seinem Innersten jedoch – er wagte es sich selbst noch nicht ganz einzugestehen – fand er die Versetzung nach Rosenheim inzwischen gar nicht mehr so schlecht. Er wusste, dass es im Rosenheimer Amt doch etwas gemütlicher zuging als in München. Mit dem Dreissiger würde er schon irgendwie auskommen, und den Paschke wäre er vorerst mal los. Sie könnten im Chiemgauer Haus leben mit der Berta als Haushälterin und einem schönen, großen Park für das Kind. Wären nur nicht Franzi und das Hutatelier! Er wusste, dass er da auf Granit beißen würde.

Mittlerweile waren sie in München angekommen, und Benedikt versprach Fanderl, die Befragung bei den von Prielmayers möglichst rasch durchzuziehen, damit sie anschließend noch ins Hofbräuhaus gehen konnten.

Sie fuhren mit der Straßenbahn, aus der Fanderl wieder begeistert hinausblickte, bis zum Josefsplatz. Dort, in einem stattlichen Haus aus der Gründerzeit, residierten die von Prielmayers in einer riesigen luxuriösen Wohnung, in der wohl viel Geld Henriettes steckte.

Eine kleine, runde Person mit Dutt und einer blütenweißen Hausschürze öffnete ihnen und stellte sich als »Erna Brettschneider, Haushälterin« vor. Sie geleitete sie durch einen langen und breiten Flur, der fast so groß war wie Fanderls ganze Wohnung. Bevor sie die Tür zum Salon öffnete, fragte sie mit halblauter

Stimme, ob die Herren anschließend auch noch bei ihr vorbeischauen würden.

Sie nickten.

Der Salon der von Prielmayers, ebenfalls fast so groß wie Fanderls Wohnung, war mit erlesenen Antiquitäten ausgestattet. Dichte Samtvorhänge hingen an den Fenstern, und die Wände zierten zahlreiche Gemälde, die alle sehr wertvoll aussahen. Dazwischen befanden sich Fotografien von Theateraufführungen, auf denen häufig Siegfried, gelegentlich aber auch Henriette zu sehen waren.

Die Dame des Hauses empfing sie, bekleidet mit einem schwarzen Samtensemble mit mehrreihiger Perlenkette auf der üppigen Brust, und wieder war sie so perfekt geschminkt wie bei ihrem Auftritt im Seewirt. Siegfried von Prielmayer trug einen seidenen Hausmantel, auf dem eine Unzahl kleiner roter Drachen den Betrachter anzüngelten; Fanderl hatte Mühe, die Augen davon abzuwenden. Sie wurden in Fauteuils gebeten, in denen man schier versank. Ohne zu fragen, schenkte von Prielmayer jedem ein Gläschen Sherry ein, und Henriette stellte eine Schale Nüsschen auf den Tisch.

Als Fanderl einmal von dem Sherry genippt hatte, wusste er, dass er nichts mehr von diesem Getränk zu sich nehmen durfte; die Süße brannte in seinem Magen, und der Alkohol stieg ihm zu Kopf.

»So, meine Herrschaften, womit können wir Ihnen dienen?«, fragte von Prielmayer, als wären sie Kunden in einem Geschäft und er wollte ihnen etwas verkaufen.

»Wir sind hergekommen, um Floras Umgebung kennenzulernen – vielleicht könnten Sie uns später ihr Zimmer zeigen –, und um generell mehr über sie als Person zu erfahren, etwa, wer ihre Freunde waren. Und, ob Sie das nun wollen oder nicht, wir müssen Sie fragen, wo Sie sich in der Todesnacht aufgehalten haben. Das ist Formsache, diese Frage stellen wir jedem, der mit dem Fall zu tun hat.«

Henriette schluchzte leise auf, doch ein scharfer Seitenblick ihres Mannes brachte sie sofort zum Schweigen.

Von Prielmayer antwortete enthusiastisch: »Sie war ein fröhliches, offenes und vor allem sehr begabtes Kind ohne Feinde, und ich bin mir sicher, dass ihr eine große Karriere als Schauspielerin bevorgestanden hätte. Seit etwa einem Jahr hatte ich ihre Ausbildung selbst übernommen, und sie war mit großem Eifer dabei.«

»Nun ja, manchmal war es ihr schon ein wenig zu viel«, bemerkte Henriette.

»Woher willst du das wissen? Du hast doch nie teilgenommen an unseren Übungen, du warst doch immer unterwegs«, blaffte von Prielmayer.

»Es scheint aber doch ein wenig so gewesen zu sein«, mischte sich Benedikt in den Disput der Eheleute. »Sie hatte sich immerhin für eine längere Pause entschieden!«

»Diesen Floh haben ihr der Leopold, die Erni und die werte Frau Äbtissin ins Ohr gesetzt. Es gibt immer wieder Krisen in einem Künstlerleben, da darf man jedoch nicht aufgeben, die muss man durchleben, auch wenn es schmerzvoll ist. Ich hätte sie überhaupt nicht gehen lassen sollen. Ich habe sie auch mehrfach zur Rückkehr bewegen wollen, aber umsonst. Und nun ist sie tot, und die große Chance ist vertan.«

Siegfried von Prielmayer schlug so heftig mit der Faust auf den Tisch, dass die Nüsschen in der Schale hochsprangen und einige von ihnen auf den edlen Perserteppich darunter kullerten.

»Wer ist Leopold?«, fragte Fanderl und wünschte sich nichts sehnlicher als ein kleines Bier, um den Sherry-Geschmack wegzuspülen, der ihm so zu schaffen machte.

»Leopold Segmüller ist Jungschauspieler und der Intimus und Herzensfreund meiner Gemahlin«, erklärte von Prielmayer, und seine Stimme troff vor Sarkasmus.

»Er ist mein bester Freund und Schauspielkollege«, berichtigte seine Gattin. »Und er war auch Flora sehr zugetan!«

Ob das alles platonisch abgelaufen ist, bezweifle ich, dachte Benedikt bei sich. »Und Floras Freundeskreis, wie setzte sich der zusammen?«, fragte er noch nach.

»Oh, sie war sehr beliebt und hatte viele Freundinnen und

Freunde aus der Schule und vom Theater«, erklärte von Prielmayer. »Viel zusammen war sie mit Ernestine Becker, einer Bal-
lettelevin, und natürlich mit Leopold.«

Henriette zog die Brauen hoch.

»Verehrer hatte sie an jedem Finger einen, doch da war nichts
Ernstes darunter. Sie hat sich auf die Schule und ihre Theateraus-
bildung konzentriert«, ergänzte der Vater. »Sie hätte in diesem
Schuljahr Matura gemacht.«

»Was wissen Sie über Floras Beziehung zu Theo Habegger,
den Sohn des Seewirts?«, erkundigte sich Benedikt.

Von Prielmayer ließ ein verächtliches Schnauben hören. »Ein
Dorfbub, der Sohn eines Wirts, ich bitte Sie! Das war doch nicht
Floras Niveau. Sie haben doch hoffentlich schon überprüft, ob
nicht er aus Wut darüber, dass sie ihn zurückgewiesen hat, die
Tat begangen hat?«

»Natürlich haben wir das, Theo Habegger kommt für die
Tat nicht in Frage«, antwortete Fanderl. »Doch wir hatten sehr
wohl den Eindruck, dass es sich um eine sehr ernste Freundschaft
zwischen den beiden gehandelt hat.«

»Ach was, das waren Hirngespinste von Kindern«, meinte
Henriette von Prielmayer spöttisch.

»Wann haben Sie denn Ihre Tochter zuletzt gesehen?«, wollte
Benedikt nun wissen.

Von Prielmayer sagte: »Ich war vor zehn Tagen noch einmal
bei ihr und wollte ihr zum wiederholten Male klarmachen, dass
sie sich diese Flausen aus dem Kopf schlagen muss. Doch sie war
leider nicht sehr zugänglich.«

»Und Sie, Frau von Prielmayer?«, fragte Fanderl nach, weil
Henriette von Prielmayer stumm dasaß und ihr Sherry-Glas
umklammert hielt.

Sie zuckte die Achseln. »Ich habe sie nie aufgesucht, ich habe
das alles meinem Mann überlassen.«

Einige rote Flecken hatten sich auf ihrem Hals gebildet, und
es war nicht klar, ob sie vom Sherry oder von der Peinlichkeit
ihrer Aussage herrührten.

»Bevor wir jetzt Floras Zimmer besichtigen, müssen wir

Ihnen zuletzt noch die Frage stellen, wo Sie beide in der Nacht waren, als Flora zu Tode kam«, erklärte Fanderl mit seiner gestrengen Polizistenstimme, über die Benedikt immer wieder von Neuem erstaunt war.

Von Prielmayer lehnte sich zurück. »Ganz einfach, wir waren hier, zu Hause. Wir sind froh über jeden ruhigen Abend, an dem wir nicht auf der Bühne stehen. Ich habe mich mit meinem Textbuch beschäftigt, ich soll demnächst Heinrich IV. in dem gleichnamigen Shakespeare-Stück verkörpern.«

Bei der Erwähnung von Heinrich IV. hatte von Prielmayer eine wahrhaft königliche Haltung angenommen, es fehlte ihm eigentlich nur noch die Krone.

»Und meine Frau ... Ja, meine Liebe, was hast du eigentlich getan?«

Henriette blickte zögernd auf. »Ich habe, glaube ich, einen Brief an meine Schulfreundin Alma geschrieben. Sie müssen wissen, ich war für einige Jahre auf der berühmten Odenwaldschule. Dort wurde auch meine Liebe zum Theater geweckt.«

»Das tut ja hier nun wirklich nichts zur Sache, meine Liebe«, fuhr von Prielmayer rüde dazwischen. »Ich denke, wir haben Ihnen nun alles gesagt. Wir möchten, dass Sie alles daransetzen, dass der Untäter, der ja wohl immer noch frei umherläuft, von Ihnen rasch dingfest gemacht wird. Unsere Haushälterin Erni wird Ihnen nun noch Floras Zimmer zeigen.« Und er betätigte ein Glöckchen hinter seinem Stuhl, auf dessen Klingeln hin Erni so rasch erschien, als wäre sie bereits vor der Türe gestanden.

Erni führte sie ein Stockwerk höher. Hier waren die Räume nicht mehr so riesig wie im Erdgeschoss, und Fanderl atmete auf.

Floras Zimmer war ein typisches Jungmädchenzimmer, verspielt, helle Schleiflackmöbel, weiße Musselinvorhänge. Auf dem zierlichen Schreibtisch mit den geschwungenen Beinen stapelten sich allerdings neben Schulbüchern auch Werke von Bert Brecht und Erich Mühsam, die ja mittlerweile auch zu den Verfemten gehörten. Nicht gerade die klassische Lektüre für junge Mädchen. Neben dem Bett lag noch aufgeschlagen Shakespeares »Der

Widerspenstigen Zähmung«. Offenbar hatte sie mit ihrem Vater daran gearbeitet.

Auf dem Fensterbrett stand ein silbergerahmtes Foto, das drei lachende junge Leute zeigte. In der Mitte war Flora zu sehen, sie trug einen Strohhut und eine Art Matrosenkleid und hatte die Arme um ihre Freunde gelegt. Links stand ein sehr ernsthaft blickender junger Mann mit wilder dunkler Lockentolle, der einen weißen Schal dekorativ um den Hals geschlungen hatte, rechts ein Mädchen in Floras Alter in einem schwarzen Trikot, die Haare straff nach hinten zu einem Knoten gesteckt.

»Der Leopold und die Ernestine«, erklärte Erni und bemühte sich, ihre Tränen zu unterdrücken. »Ich hab alles so lassen, wie's war«, fügte sie hinzu. »Ich hab noch keine Kraft zum Aufräumen ghabt.«

Nun weinte sie doch, setzte sich auf das zierliche Stühlchen vor Floras Schreibtisch und putzte sich mit einem karierten Taschentuch die Nase.

»Hat Flora sich das Zimmer so eingerichtet?«, fragte Benedikt, um einfach mal einen unverfänglichen und nicht zu schmerzlichen Anfang zu machen.

Erni schüttelte den Kopf. »Nein, ihre Frau Mama hat die Sachen für sie ausgesucht. Das ist eigentlich nicht so richtig Floras Geschmack. Die hätte gerne was Schlichteres, Sachliches gewollt.«

»Erzählen Sie uns ein wenig von Flora, Frau Brettschneider«, bat Fanderl. »Sie haben sie doch sehr gut gekannt.«

Erni Brettschneider schluchzte auf, und es waren wirklich wahrer Schmerz und Trauer in diesem Schluchzen zu spüren. »Sie war mei Madl«, sagte sie. »Ich war eine Art Oma, zu der sie mit allem gehen konnte. Mit die kloana und mit die großn Sachen. Sie hat mir alles erzählt, von der Schul, von ihre Freund, Lustiges, Trauriges, Tratschereien und, ja, auch von ihre politischen Ansichte und Pläne. Des war ein wenig schwierig für mich zum verstehen, ich hab ihr halt immer geraten, vorsichtig zu sein. Man weiß doch, wie schnell in unseren Zeiten was passieren kann. In der letzten Zeit, bevor sie wegganga is, war sie oft recht niedergschlagn. Wegen ihrem Vater, der halt gmeint hat, dass er sie so formen kann, wie er sich das vorstellt. Des war a Qual für sie. Das Theaterspielen an sich hat sie ja schon mögen, aber sie hätte so gern mit ganz normale Leut von der Straß und mit Kindern gespielt. ›Theater vom Volk fürs Volk‹, hat sie immer gesagt.«

Benedikt musste an die von Flora geplanten Vorstellungen im Seewirt denken.

»Was haben Sie sich gedacht, als sie sich entschlossen hat, nach Frauenchiemsee zu gehen?«, wollte Fanderl wissen.

»Ich hab's gut gefunden, auch wenn ich mir natürlich wegen der Schul Sorgen gemacht hab. Und a bisserl Angst hab i ghabt, dass sie schließlich noch Nonne wird. Bei der Tante! Aber so hat des nicht mehr weitergehen können, des hatte ja Ausmaße angnommen ...« Erni verstummte.

»Was meinen Sie?«, fragte Benedikt behutsam.

»Man soll nicht schlecht über seine Herrschaft reden.« Erni schwieg wieder.

»Bei einer Mordermittlung muss alles auf den Tisch, Frau Brettschneider«, sagten nun beide Ermittler fast gleichzeitig mit den strengsten Polizistenstimmen, die sie überhaupt hatten.

Erni richtete sich auf ihrem Stuhl auf und atmete noch einmal durch. »Der hat sie einerseits misshandelt, wenn ihm was nicht gepasst hat – ich hab die blauen Flecken an ihre Arm und am Rücken doch gsehn –, und andererseits hat er sie abbusselt wie verrückt, wenn er zufrieden war. Aber nicht ganz so, wie das ein Vater mit seiner Tochter tut. Und die gnä Frau hat bei allem zugschaut und nichts unternommen.« Sie schnaufte. »Und weil ich schon dabei bin: Der von Prielmayer war nicht die ganze besagte Nacht zu Hause. Mein Dienst endet um acht Uhr abends. Normalerweise geh ich dann heim. Ich wohn in der Apianstraß. Aber an diesem Abend war ich noch bei der Josefa. Des is a alte Freundin von mir, die wohnt den von Prielmayers praktisch gegenüber. Wir haben so gegen neun Uhr aus dem Fenster gschaut wegen dem Wetter, es is ja plötzlich so ein schrecklicher Sturm aufgekommen, und gegraupelt hat's. Da ist bei den von Prielmayers eine Droschke vorgefahren, und er ist eingestiegen. Sie ist oben am Fenster gstandn und hat ihm nachgwinkt. Das kommt ja schon öfter vor, dass er abends noch wegfahrt, meist zu einer seiner vielen Damen, aber da steht sie ja nicht am Fenster und winkt. Wann er heimgekommen ist, kann ich natürlich nicht sagen.« Fanderl hatte alles akribisch in sein schwarzes Büchlein notiert. Sie dankten der Erni Brettschneider für ihre Offenheit und versprachen, alles so lange wie möglich vertraulich zu behandeln. Es könnte jedoch schon der Fall eintreten, wo sie eine Aussage machen müsse.

»Das ist in Ordnung«, meinte Erni.»Jetzt, wo mei Madl nimmer da is, werd ich eh nicht mehr so lange in diesem Haus bleiben.« Und wieder flossen ihre Tränen.

Als sie das Prielmayerhaus verließen, schlug es gerade zwölf Uhr mittags.

»Ach, d'Weißwurstzeit is schon vorbei«, bedauerte Fanderl. Benedikt beruhigte ihn, es gebe ja im Hofbräuhaus genügend anderes Wohlschmeckendes, und sie machten sich auf den Weg.

Er zog sich länger hin als gedacht, denn Fanderl blieb vor so einigen Geschäften stehen und erwog den Kauf einer Kette für Therese, erkannte dann aber, dass dafür sein Geldbeutel einfach zu schmal war. Dann mussten noch Dom und Alter Peter besucht werden, wo der eigentlich nicht sehr christliche Fanderl für das Ungeborene von Franzi und Benedikt eine Kerze entzündete. Benedikt war, obwohl ihm schon gehörig der Magen knurrte, äußerst gerührt.

Endlich erreichten sie das Hofbräuhaus, und erst jetzt fiel Benedikt auf, dass sie an seiner Dienststelle in der Ettstraße direkt vorbeigegangen waren, ohne dass er sie bewusst wahrgenommen hatte.

Vor dem Hofbräuhaus stand – und das war die Überraschung des Tages – Adelheid Schwärzler, Franzis langjährige beste Freundin. Benedikt hatte ihr am Abend zuvor noch kurz Bescheid gesagt. Adelheid sah blendend aus wie immer, sie trug ein

Pepitakostüm und einen knallroten Hut mit schwarzer Feder, sicher eine Kreation Franzis.

Sie eilte auf die beiden zu und umarmte sie in ihrer zupackend energischen und doch so liebevollen Art. Fanderls Augen strahlten; Benedikt wusste, dass er Adelheid ganz besonders verehrte. Seit dem Fall vor drei Jahren, als er sie als Franzis Freundin kennengelernt hatte, erkundigte er sich immer wieder angelegentlich nach ihr und hatte sie auch schon ein paarmal bei den Lindgrubers getroffen.

»Meine Herren, lasst uns die schnöde Tagesarbeit vergessen, a Mass trinken und was Gscheits essen!«, rief Adelheid.

Während des Essens, alle drei hatten sie krustigen Schweinebraten mit Semmelknödel und Kraut bestellt, wurde über dies und das geplaudert, nach dem Essen – Benedikt hatte sich gerade ein Zigarillo angesteckt – kamen sie dann doch auf den Fall zu sprechen. Adelheid, die sich als Maskenbildnerin beim Nationaltheater ja mitten im Theatermilieu bewegte, wusste schon ein wenig Bescheid darüber. Doch es war ihr klar, dass ihre beiden Freunde natürlich in dem laufenden Fall Geheimhaltungspflicht hatten und nicht viel preisgeben konnten.

»Ihr müsst euch hier in München bei den Theaterleuten umschauen«, empfahl Adelheid. »Da werdets ihr eine Menge erfahren. Die von Prielmayers kenn ich kaum, aber den Leopold Segmüller und die Ernestine Becker kenn ich beide ganz gut. Wie wär's denn, wenn ich für heut Abend mit denen ein Treffen arrangiere? Die sind, wenn sie nicht Aufführung haben, eh jeden Abend unterwegs.«

Fanderl schaute traurig. Da er ja am Abend wieder heim in seine verwaiste Dienststelle und zu Frau und Kind musste, würde er nicht mit dabei sein können.

Erst als Benedikt ihm versprach, beim nächsten Münchenbesuch mit ihm nach Schwabing in die Künstlerkneipe Simplicissimus zu gehen, hellten sich seine Züge wieder auf.

11

Während Fanderl und Benedikt in München Berufliches und Kulinarisches in einen guten Einklang brachten, hatte sich im Chiemgau das große Wohnzimmer des Lindgruberschen Anwesens mit Damen gefüllt. Auf einer Anrichte standen Getränke, Körbe mit Brezn und auf feinen weißen Porzellantellerchen auch so einige verführerische Süßigkeiten. Die Damen hatten sich um den großen runden Tisch in der Mitte gruppiert. Die beiden ältesten Besucherinnen waren Fanderls Schwiegermutter Agnes und die Fanny Müller aus Traunstein. Therese war natürlich auch gekommen, auf ihrem Schoß saß der kleine Korbinian, aß eine Breze und schielte nach den Süßigkeiten. Daneben saß Franzi, die es aber immer nur kurz auf ihrem Stuhl hielt. Dauernd sprang sie auf, schenkte Getränke ein und plauderte mit der einen oder anderen. Ebenfalls in der Runde befand sich Luise Riedinger, sie strotzte vor Glück und Gesundheit und hatte einen so dicken Bauch, dass man fast ein wenig Angst haben musste, dass es gleich losgehen würde mit der Geburt.

Zur großen Freude der Luise war auch Annamirl Meierhofer gekommen, die gleichfalls hochschwanger war und einen beträchtlichen Bauch unter ihrer Dirndlschürze vorweisen konnte. Die beiden waren einmal beste Freundinnen gewesen, doch wie es manchmal so geht, hatten der Lauf des Lebens und so einige Vorkommnisse in den letzten Jahren die Freundschaft getrübt. Nun jedoch wirkten beide sehr froh, wieder nebeneinandersitzen und sich über ihre Schwangerschaften austauschen zu können. Auch Berta, die diesmal nicht als dienstbarer Geist fungierte, sondern einfach Gast war wie alle anderen, saß mit in der Runde und freute sich, dass das so lange verwaiste Wohnzimmer im Lindgruberhaus nun wieder voller Leben war.

Der Hauptgast des Nachmittags jedoch war Margarete Bendler aus Rosenheim. Fanny Müller, die für Franzi dieses Treffen hauptsächlich arrangiert hatte, hatte sie mitgebracht und war mächtig stolz darauf. Margarete hatte in Rosenheim tatsächlich einen Hutladen, in dem sie natürlich hauptsächlich Trachtenhüte herstellte, aber auch andere Kopfbedeckungen sowie Schultertücher verkaufte. Franzi war ganz aus dem Häuschen, dass so ganz in der Nähe jemand aus ihrer Zunft tätig war. Margarete Bendler war eine junge Witwe, die ihren Mann kurz nach der Hochzeit durch einen Verkehrsunfall verloren hatte und die, statt sich als trauernde Ehefrau in ein Leben in Stille und Zurückgezogenheit zu begeben, den Mut gehabt hatte, sich selbstständig zu machen und »Huaterin« zu werden. Margarete war eine sehr kleine Frau, die aber ihre fehlende Körpergröße durch Selbstbewusstsein und Schlagfertigkeit mehr als ausglich. Man hatte sie noch nie anders als in selbst geschneiderten, manchmal etwas ausgefallenen und immer pfiffigen Dirndln gesehen, über die die meist sehr traditionell gekleideten Chiemgauerinnen oft nur den Kopf schütteln konnten.

Auf dem großen Wohnzimmertisch standen natürlich einige Kaffeetassen und Gläser, aber hauptsächlich war er voll mit Hüten, Priener Hüten wohlgemerkt. Jede Besucherin hatte ihr Exemplar und manchmal sogar noch das der Schwester oder Mutter mitgebracht, und es gab die unterschiedlichsten Versionen zu bestaunen. Goldquasten, schmale Zierbänder, Flechtbänder, Goldstickerei, schwarze breite und helle luftige »Hint-obi-Bänder« und noch vieles mehr waren da zu sehen. Hüte, denen man ihr Alter deutlich ansah, und glänzende neue Kopfbedeckungen lagen nebeneinander auf dem Tisch, jede Besitzerin konnte eine oder auch mehrere Geschichten zu ihrem Hut erzählen, und Margarete Bendler nahm einen jeden fachmännisch prüfend in die Hand und gab Kommentare und Ratschläge dazu ab.

In einer Ecke des Wohnzimmers war ein Standspiegel aufgestellt, vor dem sich die Frauen ihre eigenen Hüte und, wenn erlaubt, auch die anderer Besucherinnen aufsetzten. Franzi schwirrte schon der Kopf vor Familien- und Hutgeschichten und vor Dialekt- und Fachausdrücken, die sie tatsächlich noch nie zuvor gehört hatte. Sie hätte sich noch viel mehr Zeit gewünscht, um sich mit jeder Besucherin und vor allem mit Margarete Bendler ausführlich zu unterhalten, und man kam überein, dass sie die kleine Huaterin so bald wie möglich in ihrem Laden besuchen würde.

Zum Abendläuten gingen alle nach Hause. Der kleine Korbinian war quengelig und müde geworden, und schließlich warteten die Männer daheim auf ihr Abendessen. Voller Rührung blickte Franzi ihren Besucherinnen nach, wie sie alle mit ihren Hüten – manche trugen ihn in der Hand, andere hatten ihn aufgesetzt – den Parkweg hinuntergingen, und ein Gefühl überkam sie, das sie heftig anrührte und das sie gar nicht so recht benennen konnte. War es vielleicht die Erkenntnis, dass sie nun ein wenig angekommen war hier bei den Leuten am Chiemsee und jetzt ein Stück weit dazugehörte?

Luise Riedinger und Annamirl Meierhofer liefen noch ein Stück des Weges gemeinsam, aufgrund ihrer Leibesfülle bewegten sie sich gemächlich und blieben zwischendurch stehen, um wieder zu Atem zu kommen.

»Hast du sie eigentlich kennt, die Tote vom See?«, fragte Annamirl.

»Ja, schon a bisserl«, antwortete Luise und erzählte, dass sie Flora vor einigen Monaten ein paarmal bei der Milchsammelstelle getroffen habe. Sie sei gleich auf sie zugekommen, sie hätten sich sehr nett unterhalten, und Flora habe sie schließlich gefragt, ob sie nicht Interesse hätte, als Schauspielerin in einer Laiengruppe mitzuwirken. Allerdings sei alles erst ganz am Anfang. Luise hatte abgelehnt und erzählt, dass sie im Herbst ein Kind erwarte. Sie sei über sich selbst erstaunt gewesen, dass sie das einer fast Fremden anvertraute, von der sie kaum etwas wusste. Sie seien sich dann noch einige Male über den Weg gelaufen, und Flora habe sich immer ganz liebevoll nach ihrem Befinden erkundigt.

»Ich hab sie nur zweimal gsehn«, berichtete Annamirl. Einmal sei Flora mit Theo Habegger und Fritz Bergleitner oben auf der Aussicht auf dem Bankerl gesessen, und sie hätten sich sehr lebhaft unterhalten.

»Ich glaub, die haben politisch diskutiert. Ich hab's dem Ludwig erzählt, und der hat gemeint, dass die zu sorglos seien mit ihren Ansichten, so in aller Öffentlichkeit. Wie schnell ist der Xaver wegkommen, nur wegen einem blöden Witz!«

Das zweite Mal habe sie Flora zusammen mit einem jungen Mann mit Motorrad unten an der Dampferanlegestelle gesehen. Der junge Mann habe sehr außergewöhnlich ausgesehen, mit langen, lockigen schwarzen Haaren und einem riesigen grellbunten Schal um den Hals.

»Sicher ein Künstler aus München«, mutmaßte Annamirl.

»Das Motorrad, stell dir vor, das hab ich letzte Woche noch mal gesehen. Der Ludwig hat mich zur Hebamme gefahren, zur Breitmoserin nach Rimsting, weil meine Füß plötzlich so dick worn sind. Da is das Motorrad vor der Wirtschaft gstandn. Ich hab's gleich erkannt, weil auf das Schutzblech hinten eine Maske aufgmalt war, so eine Theatermaske.«

»Wann hastn des gsehn?«, fragte Luise.

»Ich glaub, des war nach der Beerdigung von der Michelbergerin. Das Wetter war doch so furchtbar an dem Tag, da is doch dann der Schnee kemma.«

»An deiner Stelle, Annamirl«, meinte Luise nachdenklich, »würd ich das den Polizisten erzählen. Das könnte wichtig sein.«

Annamirl nickte. »Ich wünsch dir alles Gute, Luise. Ich freu mich schon sehr auf dei Kind!«, sagte sie.

»Ich mich auf deins auch«, antwortete Luise. »Dann können s' miteinander spielen, so wie mir zwei früher!«

Trotz ihrer Leibesfülle gelang es den beiden, sich liebevoll zu umarmen, und jede ging ihres Weges. Aufgrund der nahenden Geburt und der vielen Dinge, die noch zu erledigen waren, vergaß Annamirl fürs Erste das Motorrad, und Fanderl und Benedikt erfuhren nichts davon.

12

Der Sommer war noch einmal nach München zurückgekehrt, und der Englische Garten war voll von sonnenhungrigen Spaziergängern, Müttern und Kindermädchen mit Kleinkindern, älteren Herrschaften mit Dackel und Liebespaaren, die die letzten warmen Tage nutzen wollten. Im Biergarten um den Chinesischen Turm saßen ebenfalls viele Ausflügler bei Bier und Brotzeit, und kaum einer konnte sich noch vorstellen, dass erst vor wenigen Tagen Schnee auf den Münchner Straßen gelegen hatte. Ernestine und Leopold tranken zusammen eine Maß und aßen Obatzten. In erster Linie war es Leopold, der dem Obatzten zusprach, Ernestine nahm zwischendurch winzige Häppchen, die sie ewig kaute. Als Tänzerin musste sie strengstens auf die Figur achten. Beide machten einen niedergeschlagenen, traurigen Eindruck, in zwei Tagen sollte Floras Beerdigung sein, und alles erschien ihnen noch wie ein böser Alptraum.

»Dass wir nie mehr mit ihr hier durch den Englischen Garten laufen werden, dass wir nie mehr ihr fröhliches Lachen und ihr Pfeifen hören werden ...«, sagte Ernestine mit erstickter Stimme.

»Nie mehr wird sie sich lachend hinten auf mein Motorrad schwingen, und nie mehr werden wir mit ihr im Maisinger Weiher baden«, ergänzte Leopold mit heiserer Stimme. Er schwieg einen Moment, dann fuhr er fort: »Ich bin ja gespannt auf den Polizisten, den uns die Adelheid gleich vorstellen wird. Er soll ein recht patenter Kerl sein, mit ihrer besten Freundin verheiratet und dazu politisch unangepasst, was ja für einen Polizisten was heißen will.«

Ernestine nickte. »Ich kann's einfach immer noch nicht glauben, dass jemand die Flora ...« Das schreckliche Wort wollte einfach nicht über ihre Lippen.

Leopold legte die Gabel beiseite. »Manchmal gehen mir so seltsame Gedanken durch den Kopf«, meinte er zögernd. »Das mit ihrem Vater war schon alles andere als normal. Der war von Ehrgeiz zerfressen und wollte sein Geschöpf aus ihr machen, und dazu war ihm jedes Mittel recht. Dass sie weggegangen ist, hat er nicht verkraftet.«

»Du glaubst doch wohl nicht, dass ihr Vater ... Nein!« Ernestine sah ihn entsetzt an, konnte es sich dann aber doch nicht verbeißen zu sagen: »Na ja, bei deiner doch recht häufigen Anwesenheit im Hause von Prielmayer könnte dir da einiges aufgefallen sein.«

Leopold schüttelte ärgerlich den Kopf. Er mochte es gar nicht, wenn er auf seine Beziehung zu Henriette von Prielmayer angesprochen wurde. Ja, sie rief ihn häufig zu sich, angeblich, um seinen Rat wegen einer ihrer eher unscheinbaren Rollen einzuholen, sie umsorgte ihn, machte ihm Geschenke, und so blieb es nicht aus, dass er ab und zu in ihrem Bett landete. Natürlich war sie um einiges älter als er, doch sie war zärtlich und leidenschaftlich, und er mochte ihren großen Busen. Außerdem war nicht außer Acht zu lassen, dass sie Einfluss am Theater besaß, und das war für Leopold nicht unwichtig.

Als einfacher Deggendorfer Bauernbub, der schon früh bemerkt hatte, dass er gern in andere Rollen schlüpfte, und der in den spärlichen Theateraufführungen der Schule immer die Hauptrolle spielte, hatte er sich mit enormem Fleiß hochgearbeitet und sich das Geld für seinen Schauspielunterricht als Hilfsarbeiter und manchmal auch als Galan reicher älterer Damen verdient. Die Aufnahmeprüfung in die Schauspielschule hatte er auf Anhieb bestanden. Er war noch neu im Ensemble des Schauspielhauses, und die Zeiten waren, seit Hitler an der Macht war, hart geworden. Schon mehrere Kollegen, allen voran die jüdischen und die politisch Unangepassten, hatten das Haus entweder durch Kündigung oder aus eigener Entscheidung verlassen.

Leopold gefiel die neue Stimmung im Lande keineswegs, doch er liebte das Theater, er liebte München, und auch wenn er es noch nicht ganz wahrhaben wollte, er hatte Flora geliebt.

Wie sich in Zukunft seine Beziehung zu Henriette und dem

Hause von Prielmayer gestalten würde, war Leopold überhaupt noch nicht klar, denn Flora war ja nicht mehr da.

Wenn er ehrlich zu sich war, hatte er bei jedem Besuch gehofft, auch sie anzutreffen und mit ihr etwas Zeit verbringen zu können. Sie waren dann immer in Floras Zimmer gesessen, Flora im Schneidersitz auf ihrem Bett, ihm Marx, Engels oder Brecht und manchmal auch ein Gedicht der Romantik vorlesend, er auf dem Teppich liegend, voller Bewunderung für ihre schmalen Fesseln und die zierlichen Zehen. Oder er hatte eine neue Rolle bei ihr einstudiert, dann war er auch zuweilen neben ihr auf dem Bett gesessen. Doch ihr Duft und ihr Knie an dem seinen hatten ihn oft die einstudierten Sätze wieder vergessen lassen. Sonderlich lange hatte die Zweisamkeit allerdings nie gedauert, denn Henriette hatte ihre Rechte eingefordert und ihn über Erni zu sich rufen lassen. Ob Flora von seinem Verhältnis mit ihrer Mutter etwas geahnt hatte, wusste er nicht. Jedenfalls war das Thema zwischen ihnen nie angesprochen worden.

Natürlich hatte er Flora auch außerhalb ihres Hauses ziemlich oft gesehen, wenn sie mit dem Freundeskreis unterwegs waren. Doch dann war sie mit allen gleich freundschaftlich kumpelhaft gewesen und er nur einer unter vielen und nicht mehr, was ihn heftig schmerzte.

Und nun war sie nicht mehr da, und er hatte versagt. Leopold verdrängte die Erinnerung an seine beiden letzten Besuche bei Flora am Chiemsee, er musste das alles tief in sich vergraben, sonst hielt er es nicht aus.

»Ich glaub, da kommen sie«, rief Ernestine.

Adelheid kam winkend auf sie zugesteuert, neben ihr ein groß gewachsener, gut aussehender Mann mit markantem Kinn und ein wenig tief liegenden, doch sehr schönen dunklen Augen, der Ernestine auf Anhieb gefiel.

»Darf ich euch den Benedikt von Lindgruber vorstellen, für mich einfach der Benni«, sagte Adelheid, und Leopold fiel auf, dass sie wohl bewusst keinen Polizeititel erwähnte. Sie wollte ihn als Privatperson in die Runde einführen.

Nachdem sie sich alle vorgestellt und Adelheid und Benedikt etwas zu trinken und zu essen vor sich stehen hatten, sagte Benedikt: »Ich bin heute Abend nicht hier, um Verhöre mit euch zu führen. Ich möchte einfach den Freundeskreis und das Umfeld Floras kennenlernen. So zwanglos wie möglich.«

»Mit Zwanglosigkeit haben wir kein Problem«, meinte Ernestine lachend und fügte ernsthafter hinzu: »Wir wollen ja schließlich alle dazu beitragen, den Fall aufzuklären.«

Benedikt gefiel das schlanke Mädchen mit dem aparten Gesicht und den straff nach hinten gebundenen blonden Haaren, das er schon vom Foto in Floras Zimmer kannte. Ihm fiel auf, dass jede ihrer Bewegungen, selbst wenn sie nur den Maßkrug zum Mund führte, überaus graziös war.

Leopold wirkte zurückhaltender und verschlossener. Nervös zupfte er ständig an seinen langen Locken und rückte seinen zitronengelben Schal zurecht. Adelheid war es schließlich, die das Eis brach, indem sie einen Schwank von ihrem Intendanten erzählte. Benedikt ertappte sich dabei, dass er während des Gesprächs immer wieder Ernestine anschauen musste, ihren schönen Mund, ihre Mandelaugen und die winzige Zahnlücke, die sie beim Lachen zeigte.

Schließlich schlug Adelheid vor: »Jetzt wird's langsam kühl, gehen wir doch woanders hin. Wir könnten zum Wein-Feldmann fahren, da gibt's guten Wein, aber auch Bier und eine delikate Gulaschsuppe. Was meint ihr?«

So quetschten sie sich zu viert in Adelheids kleines Cabrio und brausten durch die Stadt, über die sich schon langsam die Dämmerung senkte. Vereinzelt brannte schon die Straßenbeleuchtung, die letzten Käufer waren vor Geschäftsschluss noch unterwegs, und ein milder, fast südlicher Wind blies durch die Straßen. Als sie sich der Isarbrücke näherten, streiften die letzten Strahlen der untergehenden Sonne den anmutigen Friedensengel hoch oben auf seiner Säule, und in seinem gleißend goldenen Gewand leuchtete er über den sich schon verdunkelnden Isaranlagen. Die Isar selbst führte gemütlich plätscherndes Wasser, und es war kaum vorstellbar, dass dieses beschauliche Gewässer oft im Frühjahr nach der Schneeschmelze zu einem reißenden gelbbraunen Strudel anschwoll. Das Hochwasser hatte schon mehrfach zu Brückensperrungen, ja sogar zu Einstürzen geführt. Sie fuhren erst am Bayerischen Nationalmuseum vorbei und dann an dem direkt an den Englischen Garten angrenzenden Areal, auf dem das Prestigeprojekt des Führers, das »Haus der Deutschen Kunst«, errichtet werden sollte. Benedikt hatte in der Zeitung gelesen, dass am 15. Oktober die Grundsteinlegung erfolgen sollte. Mit Wehmut erinnerte er sich zurück an den Glaspalast im Alten Botanischen Garten, der 1931 ein Raub der Flammen geworden war, und an die verschiedenen Kunstausstellungen, die er dort als Bub und junger Mann mit seiner Mutter besucht hatte.

»Is schon schön, unser München, gell!«, rief Adelheid in die Runde. »Für mein Lebtag möcht ich hier nicht weg.«

Benedikt nickte, brachte aber kein Wort über die Lippen. Die Kehle war ihm wie zugeschnürt, denn vielleicht würde er ja seine geliebte Heimatstadt schneller als gedacht verlassen müssen. Mit Grauen dachte er an die bevorstehende Unterredung mit Paschke.

Rasch schob er diese trüben Gedanken zur Seite und beschloss, sich einfach einen schönen Abend zu machen. Warum sollte er nicht mal ein paar Gläser Wein zur Entspannung trinken!

13

»Einfach weggehen sollt ma«, meinte Fritz Bergleitner seufzend. Sein Gesicht sah schon wesentlich besser aus, und auch seine Lippen waren kaum mehr geschwollen. Resi schüttelte den Kopf. »Wo sollten wir denn hin, Fritz? Wir sind Freiwild, das weißt du doch!« »Aber wir zwei bleiben, solang es geht, beieinander, gell! Ich hab doch nur dich und den Xaver!«, sagte Fritz eindringlich. Resi mochte den Fritz sehr gern. Sie wusste, dass er sich erotisch nicht zu Frauen hingezogen fühlte, doch er war ihr bester Freund, zu dem sie mit allem kommen konnte, der immer zur Stelle war – und der noch nie ihr Gewerbe mit einer abfälligen Bemerkung bedacht oder gar versucht hatte, sie davon abzubringen.

Sie selbst war es, die des Öfteren mit sich haderte, sich immer wieder vornahm, damit Schluss zu machen und irgendwo, wo sie niemand kannte, als Magd oder Bedienung anzuheuern. Doch dann hätte sie ja den Fritz zurücklassen müssen, denn sie war sich sicher, dass der Fritz bis zu seinem Ende, komme was wolle, in seinem Dorf bleiben würde. Im Krieg und bei der Revolution in München war er gewesen, der Fritz, und Resi wusste, dass das für ihn mehr als genug gewesen war.

Auch Resi hatte einmal andere Zeiten erlebt. Als junges, hübsches Bauernmadl hatte sie den Kumpfererbauern unterhalb von Anger geheiratet. Die Eltern der beiden hatten die Heirat beschlossen, und Resi hatte eingewilligt, weil sie eine folgsame Tochter und der junge Kumpferer ein ganz stattlicher Mann war. Doch schon im Laufe des ersten Ehejahres hatte sich bei ihm eine derartige Behäbigkeit und Antriebsarmut eingestellt, gepaart mit einer enormen Trink- und Fresssucht, dass es ein Gräuel war. Da der Kumpferer vor lauter Essen, Trinken und Schlafen seine Arbeit auf dem Hof vernachlässigte, wurde es für Resi zu viel, und der Bastian wurde als zusätzlicher Knecht eingestellt. Der war ein guter Arbeiter und zudem ein geselliger, lustiger Mann mit blitzenden blauen Augen und ein wenig zu langen blonden Locken. Und es kam, wie es kommen musste: Während der Kumpferer seine Würste verdrückte und mit Bier nachspülte, verliebten sich die Resi und der Bastian unsterblich ineinander.

Es war die alte Bäuerin, die nach einigen Monaten des vollkommenen Glücks die Resi und den Bastian nackt und selig ineinander verschlungen im Bett des Knechts entdeckte. Der Bastian wurde sofort entlassen, eine Woche später ging die Resi, die gehofft hatte, dass der Bastian weiterhin bei ihr bleiben würde und sie sich anderswo gemeinsam etwas Neues aufbauen könnten. Doch dem war nicht so, der Bastian verschwand auf Nimmerwiedersehen, und die Resi fand schließlich eine Stelle als Bedienung in Murnau.

Dort stellte sie nach Kurzem fest, dass sie schwanger war, und mit einer Stricknadel, einer ätzenden Lösung und unter Mithilfe der alten Köchin des Hauses versuchte sie, das Kind abzutreiben. Dies gelang, nur hätte die Resi beinahe selbst ihr Leben dabei verloren. Drei Wochen lag sie in Kochel im Spital, dann wurde sie, ihrer Fruchtbarkeit vollkommen entledigt, ins Nichts entlassen.

Monatelang streunte sie durch die Gegend, färbte ihr Haar hennarot und umrandete die Augen schwarz. So begann es. Als ihr dann ganz in der Nähe des Chiemsee-Dorfs eine alte Tante ein ziemlich baufälliges Häusl hinterließ, zog sie dort ein, und in kürzester Zeit war bekannt, dass die Resi eine Frau für die Lust war.

Für die Lust der Männer, deren Frauen sie im Kindbett, während einer Krankheit oder einfach aus Unlust nicht mehr ins eheliche Bett ließen. Und auch für die Herren der Kirche und die Jungmänner, die neugierig waren und wissen wollten, wie es ging, war die Resi immer zur Stelle.

Nachdem Resi beim Fritz noch ein wenig Ordnung gemacht und ihm eine Suppe gekocht hatte, ließ sie ihn allein. Für diesen Abend hatte sich der Sigi aus Endorf angesagt; er liebte schwarze Spitzenstrümpfe, also musste sie sich noch ein wenig für ihn zurechtmachen. Auf dem Weg zu ihrem Häusl traf sie auf den Xaver, der ihr leicht schwankend und mit etwas glasigen Augen entgegenkam. Er war wohl im Seewirt gewesen, obwohl sie ihn dort nicht mehr sehr gerne sahen und er eigentlich wegen dem Alfred Habegger auch nicht mehr gern dort hinging. Doch sein Herr, der Huberbauer, achtete sehr auf Xavers Alkoholkonsum und schloss, wenn es zu schlimm wurde, den Schnaps weg. Und der Seewirt hatte einen guten Enzian, das wusste der Xaver.

Der Xaver hob etwas unsicher die Hand zum Gruß. »Wie geht's dem Fritz?«, fragte er.

»Schon wieder ganz gut, der schlaft jetzt«, antwortete Resi und wollte ihren Weg fortsetzen.

Doch der Xaver hielt sie am Arm fest. »So könna mir die ned davonkommen lassen!«

»Ach, Xaver, was willst denn machn? Mir müssen aufpassen, des weißt doch, vor allem du«, sagte Resi.

Doch der Xaver hielt sie weiterhin fest. »A bissl Pfeffer müss ma dene in Arsch streuen«, grummelte er. Dann ließ er endlich Resis Arm los und setzte seinen Weg fort.

Resi blickte ihm nach und machte sich Sorgen.

Obwohl die alte Michelbergerin, die mit beachtlicher Geschwindigkeit sämtliche Dorfneuigkeiten verbreitet hatte, ja schon ein paar Tage unter der Erde war, sprach sich immer noch alles recht schnell im Dorf herum. So wussten fast alle, dass der Fritz Bergleitner vom Alfred Habegger und seinen Parteigenossen bös zusammengeschlagen worden war. Einige wussten auch aus Quellen, die sie nicht nennen wollten, dass die drei zuvor noch bei der Resi gewesen waren. Und fast allen Dorfbewohnern war inzwischen auch bekannt, dass die drei vom Kreisleiter ein Alibi bekommen hatten. Wichtige, streng geheime Parteibesprechung, die ganze Nacht hindurch. Selbst die, die mit den neuen Herren im Land sympathisierten und oft keinerlei Mitleid mit dem Bergleitner hatten, hegten leise Zweifel daran. Und so verstand fast ein jeder die Installation, die am nächsten Morgen den Dorfbrunnen zierte.

Drei fast lebensgroße Strohmandl waren dort aufgebaut, als Gesichter dienten Holzscheiben, auf denen man die drei sofort erkennen konnte: die dicken Lippen Alfreds, die große knollige Nase vom Beppi und Franz' Glatze mit dem bescheidenen Haarkranz darum. Auf jeder Strohbrust steckten große Parteiabzeichen, und aus dem Unterteil ihrer Strohröckchen ragten riesige gelbe Rüben, die eindeutig ihre männlichen Glieder darstellen sollten. Der Verfertiger dieser Gestalten musste lange nach so großen Erdfrüchten gesucht haben. Vor den dreien lag ein blutgetränkter Kleiderberg; das Blut stammte wohl von roten Rannen, und die Kleider sollten natürlich den zusammengeschlagenen Bergleitner darstellen.

Vor dem ganzen Szenario war ein großes Schild aufgestellt, auf dem in etwas unbeholfener Schrift stand: »Wichtige nächtliche Versammlung unserer hochverehrten Parteigenossen«.

In kürzester Zeit hatte sich davor eine beträchtliche Anzahl von Dörflern eingefunden. Einige glotzten und begriffen noch nicht ganz, andere feixten und tuschelten miteinander, wieder andere lachten hellauf, und ein paar waren in heller Aufregung. Die drei Dargestellten waren nicht anwesend, der Alfred war schon wieder mal im Schlachthof, und die beiden anderen Parteigenossen wohnten in anderen Orten. Der Sieberer Otto, der gleich nach dem Alfred der rührigste und überzeugteste Parteigenosse im Ort war, nutzte die Gelegenheit, baute sich vor der Installation auf und rief mit empörter Stimme: »Das ist ein Werk der Bolschewiken, ist doch klar, wer da dahintersteckt!«

»Welche Bolschewiken denn, Otto?«, fragte der als liberal bekannte Kramer Wiesler. »Der Bergleitner liegt im Bett und kann sich nicht rühren, und der Xaver in seinem Dauerrausch ist doch zu so was gar nicht fähig.«

Inzwischen war auch der Huberbauer zu der Menschenansammlung getreten, schüttelte den Kopf und bestätigte, dass der Xaver voll mit Bier und Enzian nach Hause gekommen war, sich nicht mehr auf den Beinen habe halten können und die ganze

Nacht schnarchend seinen Rausch ausgeschlafen habe. Insgeheim nahm sich der Huberbauer aber doch vor, den Xaver zur Rede zu stellen, denn sicher war er sich nicht, ob der nicht doch seine Hand mit im Spiel gehabt hatte. Doch immer noch hielt der Huberbauer zum Xaver, trotz seiner Trinkerei und seiner verqueren Ansichten. Wenn er nüchtern war, war er immer noch ein guter Arbeiter, und er erinnerte ihn an die Zeit, als seine Frau, die Huberbäuerin, noch da gewesen war.

An die Resi dachte niemand, sie war eine Frau und zu so etwas gar nicht in der Lage.

Mittlerweile war der Fanderl, der in Gedanken noch ganz bei seinem Münchenbesuch war, dazugekommen. Er umkreiste das Objekt und hatte schwer damit zu tun, sich das Lachen zu verkneifen.

»Ich werde eine Aufnahme von der Sache machen und Ermittlungen gegen Unbekannt einleiten«, sagte er mit seiner strengen Amtsstimme.

Rasch holte er seinen Fotografierapparat, den er ganz neu besaß und auf den er mächtig stolz war, und lichtete das Strohkunstwerk von allen Seiten ab. Er freute sich schon darauf, dem Benedikt die Bilder zeigen zu können. Dann notierte er noch einiges in sein schwarzes Büchlein, und kaum hatte er sich zum Gehen gewandt, begannen der Sieberer und ein paar andere, das Kunstwerk abzubauen. In kürzester Zeit war alles verschwunden, nur noch ein paar Strohhalme und eine der voluminösen gelben Rüben lagen am Boden.

Die nahm sich die Schneiderlisl für die Suppn mit, die sie am Mittag kochen wollte.

14

Etwas Schweres, Dunkles und unerhört Schmerzhaftes saß auf Benedikts Kopf und Brust und verursachte ihm höllische Schmerzen. Es gelang ihm einfach nicht, es abzuschütteln. Sein Mund war vollkommen ausgedörrt, und ein ekelerregender bitterer Geschmack lag auf seiner Zunge. Mit größter Willenskraft öffnete er die verklebten Augen. Er lag unter einer verschwitzten Wolldecke, und an der Wand gegenüber tanzte eine Frau. Er brauchte eine Weile, bis er erkannte, dass es ein Foto war, und nach weiteren Minuten erkannte er darauf Ernestine. Ein heißer Schreck durchfuhr ihn. Wieso lag er hier, was war letzte Nacht geschehen? Langsam richtete er sich auf und setzte sich auf die Bettkante. In seinem Kopf hämmerte es, und es gelang ihm gerade noch, das Bittere, das aus seiner Kehle aufstieg, wieder hinunterzuschlucken. Auf dem Tischchen neben dem Bett stand ein Glas Wasser, das er mit einem großen Schluck leerte, erst dann entdeckte er den Zettel daneben.

»In der Küche steht Kaffee, bin schon bei der Probe«.

Benedikt blickte nochmals auf das Tanzfoto gegenüber. Waren sie sich etwa nähergekommen heute Nacht? Was war passiert und wie viel? Zugleich mit der Bitterkeit im Hals stieg ein ungeheuer schlechtes Gewissen in ihm auf. Das war doch nicht möglich! Er als Frischverheirateter im Bett mit einer anderen Frau!

Langsam kehrten die Erinnerungen an den gestrigen Abend zurück. Er konnte sich an die scharfe Gulaschsuppe erinnern, die einen solchen Durst in ihm ausgelöst hatte, dass er in aller Schnelle gleich ein paar Glas Wein getrunken hatte. Leopold war ihm mit traurigen Augen gegenübergesessen, und Benedikt hatte kaum Zugang zu ihm gefunden. Lediglich bei der Erwähnung von Floras Vater war Leopold etwas aus sich herausgegangen und hatte erzählt, dass die arme Flora vollkommen unter dem Kuratel ihres überehrgeizigen Vaters gestanden hatte.

»Er hat sie missbraucht, nicht so sehr körperlich – obwohl, das schon auch ein wenig –, aber hauptsächlich mental. Er hatte sich ein Bild von ihr gemacht, und dem musste sie aufs Haar entsprechen. Ich würde mich nicht wundern, wenn er mit der Sache zu tun hätte«, hatte Leopold voller Hass ausgestoßen.

Ernestine und Adelheid hatten die Köpfe geschüttelt und zu bedenken gegeben, dass es doch nahezu ausgeschlossen sei, dass ein Vater, und sei er auch noch so ehrgeizig, seiner Tochter so etwas antun würde. Ansonsten hatte Leopold nicht viel gesagt. Er schien unruhig und nervös, und während Benedikt genau geschildert wurde, in welchen Aufführungen und Rollen Ernestine getanzt hatte, erfuhr er von Leopold so gut wie nichts. Dieser verabschiedete sich dann frühzeitig unter dem Vorwand, noch seinen Text lernen zu müssen. Ernestine und Adelheid hatten Benedikt dann von der Beziehung Leopolds zu Frau von Prielmayer erzählt und dass es eigentlich Flora gewesen sei, die er unendlich verehrt habe. Er habe sehr unter ihrer Abwesenheit gelitten und sei auch ein- oder zweimal mit dem Motorrad zum Chiemsee gefahren, um sie zu besuchen.

Von Ernestine, die neben Benedikt saß, sodass sich ihre Arme zeitweise berührten, erfuhr Benedikt, dass Flora und Ernestine von klein auf beste Freundinnen gewesen waren.

»Sie war meine Allerliebste. Was haben wir alles zusammen erlebt!«, hatte Ernestine mit Tränen in den Augen gesagt und ihre Hand auf die Benedikts gelegt.

Sie, Ernestine, habe Flora immer geraten, ihrem Herzen zu folgen und nicht ihrem Vater. »Mit Kindern hätte sie gerne was gemacht, sie konnte so gut mit ihnen umgehen.«

Dann hatte sie noch ein wenig von sich erzählt, dass sie sich ihre Ballettausbildung hart habe erkämpfen müssen, dass sie ihren Beruf liebe, obwohl er manchmal schrecklich anstrengend sei, und dass sie manchmal so furchtbar gerne eine Leberkässemmel essen würde. Hatte sie dabei ihren Kopf an Benedikts Schulter gelegt?

So ungefähr ab diesem Zeitpunkt verschwamm alles in Benedikts Erinnerung. Plötzlich waren da eine Menge laute junge

Leute gewesen, und irgendwie hatten sie sich dann in einem kleinen Etablissement wiedergefunden, wo sie aus schmalen Kelchgläsern etwas Grünliches getrunken und zu einer Musik, an die er sich nicht mehr entsinnen konnte, getanzt hatten. Er hatte Ernestines schlanken, biegsamen Körper an seinem gespürt, ihre kleinen harten Brüste an seiner Brust und die weichen Arme um seinen Hals. Noch schwach konnte er sich erinnern, dass Adelheid ihm mit dem Finger gedroht und »Du, du, Benni!« gerufen hatte und er nicht verstanden hatte, was sie ihm sagen wollte. Ab da wusste er gar nichts mehr.

Wie war er in diese Wohnung gekommen? Seine Kleider lagen ordentlich gefaltet auf einem Stuhl vor dem Bett, was ihn ein wenig verwunderte. Er zog sich an, trank in der kleinen Küche einen noch heißen Kaffee und fühlte sich ein wenig besser. Da plötzlich schoss es ihm durch den Kopf – die Unterredung mit Paschke! Er schaute auf die Uhr, Viertel vor elf. In einer Viertelstunde musste er im Präsidium sein.

In welchem Stadtviertel Münchens befand er sich denn überhaupt? Er wusch sich noch rasch das Gesicht, es half nichts, er musste unrasiert zu Paschke. Sollte er Ernestine noch einen Zettel schreiben? Er entschied sich dagegen.

Als er das Haus verließ, stellte er erleichtert fest, dass er sich in einer Seitenstraße zum Promenadeplatz befand und es zum Präsidium nicht einmal zehn Minuten waren.

Das rasche Gehen an der frischen Luft tat ihm gut, und er nahm sich vor, das Gespräch einfach auf sich zukommen zu lassen und immer korrekt und höflich zu Paschke zu sein.

Unter der Tür zum Präsidium traf er den Kollegen Krüger. »Was machst denn du hier, du arbeitest doch jetzt in Rosenheim?«, fragte dieser neugierig.

Aha, so weit ist es also schon, dachte Benedikt, und entgegen aller guten Vorsätze stieg Wut in ihm hoch. »Vorerst«, gab er kurz angebunden zur Antwort.

»Ach, ist doch vielleicht besser für dich, jetzt, wo der Otterer fort ist«, entgegnete Krüger.

»Wie, fort? Ist er krank?«

»Na ja, wie man's nimmt.«

Krüger trat nahe an ihn heran und senkte die Stimme. »Er ist in Haar in der Psychiatrie. Und dabei hat er noch Glück ghabt, dass s' ihn nicht gleich nach Dachau gschafft ham. Er hat seinen Schreibtisch zertrümmert, alle Akten aus dem Fenster geworfen, und dann wollt er auch noch den Paschke angreifen. Sei froh, dass du nicht da warst. Das war eine Aufregung, und ausgschaut hat's bei euch, das kannst du dir nicht vorstellen!«

»Ja, aber warum hat er denn das gemacht?«, fragte Benedikt mit heiserer Stimme.

»Keine Ahnung«, meinte Krüger und ging seines Weges.

Benedikt blieb noch einige Minuten im Aufgang des Präsidiums stehen. Er konnte gar nicht glauben, dass sein Kollege Otterer so etwas getan hatte. Der Otterer, mit dem er jahrelang immer gut und ohne Aufregung zusammengearbeitet hatte, mit dem er so manchen komplizierten Fall gelöst hatte, diese wahre Seele von Mensch – außer wenn es um Politisches ging.

Doch während er die Treppe zu Paschkes Büro hinaufstieg, wurde es ihm immer klarer. So langsam entfernte der Paschke alle ihm unliebsamen, nicht linientreuen Beamten aus seinem Amt. Ihn schickte er nach Rosenheim ins Exil, und dem Sozialdemokraten Otterer hatte er sicher einen Auftrag erteilt, den dieser nicht mit seinem Gewissen vereinbaren konnte. Zu gern hätte er sich jetzt mit dem Kollegen unterhalten und nachgefragt, aber der saß in der Psychiatrie, und eine Familie, bei der man etwas erfahren konnte, hatte er nicht.

Benedikt atmete noch einmal fest durch, bevor er bei Paschke klopfte. Der öffnete ihm doch tatsächlich mit einem fast jovialen Hitlergruß die Tür und bot ihm einen Platz in seiner edlen Sitzgruppe an.

»Conjäckchen, Herr von Lindgruber?«, säuselte er.

»Nein, danke«, lehnte Benedikt ab und verspürte sofort wieder den bitteren Geschmack des grünen Getränks auf der Zunge.

»Na, und wie geht es Ihnen in Rosenheim? Es ist doch ein wunderbares Stückchen Land dort. Die Berge, die hübschen Dörflein, der Chiemsee nicht weit. Und Sie sollen ja ein ganz wunderbares Anwesen dort haben«, plauderte Paschke vor sich hin. »In Rosenheim war ich noch gar nicht«, antwortete Benedikt trocken. »Wir sind noch voll mit dem Fall auf der Fraueninsel beschäftigt.« Der Fall schien Paschke nicht zu interessieren. »Na, da werden Sie aber schauen, wenn Sie nach Rosenheim kommen. Der Herr Oberamtsrat Dreissiger hat schon ein schönes Büro für Sie bereitstellen lassen, soviel ich weiß, mit Alpenblick. Ein Büro ganz für Sie allein!«

»Allein wäre ich hier ja jetzt auch im Büro«, entgegnete Benedikt spitz. »Wie mir berichtet wurde, ist der Herr Otterer erkrankt. Was fehlt ihm denn?«

Paschke schaute unschuldig. »Der arme Mensch, das muss ein Fall vorübergehenden Irreseins gewesen sein. Er soll sich jetzt mal auskurieren, dann wird man weitersehen. Aber auf einen so verantwortungsvollen Posten kann er natürlich nicht mehr zurückkehren. Na ja, er hat ja eh nicht mehr lange bis zum Ruhestand, der arme Mann.«

Dann breitete Paschke eine Reihe Papiere vor Benedikt aus. »Sehen Sie, da müssen Sie nur noch unterschreiben, und schon sind Sie in Ihrem geliebten Voralpenland. Ihre Gattin wird sicher auch begeistert sein!«

»Aber es war nie mein Wunsch, nach Rosenheim versetzt zu werden«, konterte Benedikt. »Das haben Sie einfach über meinen Kopf hinweg entschieden. Ich kann das so nicht akzeptieren!«

Plötzlich kam Paschke sein freundliches Getue abhanden. Er baute sich vor Benedikt auf, und seine Stimme wurde hart und schneidend. »Ich würde Ihnen sehr empfehlen, die Versetzung nach Rosenheim anzunehmen, werter Herr von Lindgruber. Wenn Sie davon Abstand nehmen wollen, habe ich für Sie nur noch die Stelle des Archivleiters in Aschaffenburg zur Verfügung. In München jedenfalls – unserer Hauptstadt der Bewegung – wird sich keine Stelle mehr für Sie finden!«

Benedikt bemerkte, wie sich der Schweiß unter seinem Kragen

sammelte, und er verstand den Otterer, dass er auf den Paschke – warum auch immer – losgegangen war.

»Ich werde mich beim Polizeipräsidenten beschweren, er war ein guter Freund meines verstorbenen Vaters«, sagte Benedikt und bemühte sich, seine Stimme nicht laut und schrill klingen zu lassen.

»Ach, das wissen Sie noch nicht?«, entgegnete Paschke süßlich. »Der Herr Polizeipräsident ist letzte Woche vorgezogen in den wohlverdienten Ruhestand gegangen. Die neue politische Situation erfordert eben neue Mitarbeiter, die unserem Führer treu und ergeben dienen!«

Wie Benedikt Paschkes Büro verlassen hatte, konnte er später nicht mehr sagen. Hatte er die Versetzungspapiere unterschrieben? Er glaubte ja.

Er beschloss, zum Abschied noch Fini Pichler, der theaterbegeisterten Sekretärin, einen Besuch abzustatten, und fand sie tatsächlich an ihrem angestammten Arbeitsplatz. Sie sprang auf und umarmte ihn herzlich.

»Mei, der Herr von Lindgruber«, rief sie begeistert. »Wenigstens noch einer von der alten Truppe!«

»Ja, aber leider nur zum Abschiednehmen, ich komm nach Rosenheim«, klärte Benedikt sie auf.

Fini Pichler schlug die Hände über dem Kopf zusammen. »Was, dann bin ich ja ganz allein hier! Die Neuen, die da nachkommen, des is nichts Gscheits, das kann ich Ihnen sagen! Was gibt's denn Neues im Fall von Prielmayer? Ich hab ihn vorgestern als jugendlichen Held in der Bühnenfassung von den ›Lustigen Weibern von Windsor‹ gesehen, der war auch schon mal besser. Es heißt ja, dass er mit dem schrecklichen Tod der Tochter was zu tun haben soll.«

Benedikt ging nicht auf ihre Bemerkung ein und fragte nach dem Otterer.

Fini Pichler verbarg ihren Kopf zwischen den Händen. »Eine absolut tragische Sach, Herr von Lindgruber. Das ganze Amt war in Aufruhr, und der Paschke … Sie können sich gar nicht vorstellen, wie der getobt hat.«

Fini Pichler erzählte, dass der Paschke den Otterer mit einem sehr delikaten Fall betraut hatte. In einem Wirtshaus in der Au habe eine Messerstecherei zwischen SS-Leuten und angeblichen Sozialisten stattgefunden. Dabei habe nach Handgemenge und Schlägerei einer von der SS einen Sozi mit einem Schnitzelmesser so schlimm erwischt, dass dieser noch an Ort und Stelle verblutete. Die Zeugen, die sich was zu sagen trauten, hatten das bestätigt. Doch der Paschke und ein paar von der hiesigen SS hätten es dann so hingedreht, dass ein Sozi den anderen erstochen habe. Der Otterer, der sehr rasch vor Ort gewesen sei, habe alles wahrheitsgemäß aufgenommen und wollte sich natürlich auf die Version Paschkes auf keinen Fall einlassen. Er weigerte sich strikt, und da habe ihm der Paschke mit Versetzung ins Archiv nach Aschaffenburg gedroht. Daraufhin sei der Otterer durchgedreht, habe seinen Schreibtisch demoliert, die entsprechenden Akten aus dem Fenster geworfen und sei, als der Paschke dazukam, sofort auf ihn losgegangen. Schließlich hätten ihn zwei Männer aus der Psychiatrie in der Zwangsjacke abtransportiert. Der Paschke habe keine Anzeige erstattet; es sei ihm wohl peinlich gewesen, dass so etwas in seinem straff geführten Amt geschehen konnte.

»Schrecklich«, meinte Benedikt. »Mir hat er auch mit dem Archiv in Aschaffenburg gedroht, das muss ja die Hölle dort sein!«

»Na, des stimmt ned, meine Base lebt in Aschaffenburg, des is a richtig nettes Städtchen mit einem sehr schönen Schloss«, widersprach Fini Pichler.

Benedikt verabschiedete sich von Fini Pichler, die einige Tränen vergoss, und machte sich auf den Weg zum Bahnhof.

Als er im Zug saß und die sanfte grüne Landschaft und die oberbayerischen Berge an ihm vorbeizogen, fühlte er sich so elend wie noch nie in seinem Leben. Er hatte seine geliebte Franzi mit einer anderen Frau hintergangen und hatte soeben sein geliebtes München verloren. Und wie sollte er seiner Ehefrau erklären, dass sein Lebensmittelpunkt nun Rosenheim war? Sie würde ihn verlassen, das war sicher, und sein Kind würde er nur selten zu Gesicht bekommen.

Als der Zug in Prien ankam, überlegte er tatsächlich, ob er sich nicht im Bahnhofskiosk ein paar Stamperl genehmigen sollte, um das Ganze besser zu überstehen. Doch er konnte sich gerade noch zusammenreißen, nahm sich eine Droschke nach Hause und beschloss, Franzi zunächst einmal nur von der Versetzung zu berichten. Was mit Ernestine geschehen war, war ja noch gar nicht so ganz klar. Er dachte an die ordentlich zusammengefalteten Kleider neben dem Bett. Das war eigentlich überhaupt nicht seine Art.

Die Droschke fuhr ein Stück direkt am See entlang, von der Fraueninsel blitzten ein paar Lichter durch die Dunkelheit, und Benedikt wünschte sich auf einmal nichts sehnlicher, als in der Stille eines Klosters alle seine Sorgen vergessen und wieder zur Ruhe kommen zu können. Er war alles andere als ein praktizierender Christ – schon die kirchliche Trauung hatte ihm einiges abverlangt –, doch nun ertappte er sich auf dem Rücksitz des Wagens dabei, wie er die Hände faltete. Er bat Gott oder sonst ein höheres Wesen, das seine Geschicke lenkte, um die weitere Liebe seiner Frau, die Gesundheit seines Kindes, die Vergebung seiner Sünden, sofern er welche begangen hatte, und auch um einen schnellen und erfolgreichen Abschluss des Falls.

15

Schwester Kreszentia hatte den leichten Schlaf des Alters. Selten geschah es, dass sie tief einschlief, meistens dämmerte sie an der Oberfläche dahin und bekam fast alles mit, was geschah. So war es auch in dieser Nacht, in der zudem der Mond hell durch ihr Zellenfenster schien. Kreszentia richtete sich auf, denn draußen auf dem Gang waren langsame, tapsende Schritte zu hören. Ging da jemand zum Abtritt? Sie bemerkte, dass die Schritte vor ihrer Tür innehielten, dazu erklangen leise Seufzer – oder war es gar ein Weinen?

Kreszentia schlüpfte in die Pantoffeln, schlurfte schwerfällig zur Tür und öffnete. Davor stand in einem weißen Nachtgewand, barfuß, schmal und hager die Äbtissin. Sie zitterte am ganzen Leib und streckte ihre Hände zu der alten Schwester aus. »Kreszentia, ich kann nicht mehr weiter«, flüsterte sie.

Kreszentia zog die Äbtissin in ihre Zelle, setzte sie auf den einzigen Stuhl im Raum und breitete eine Wolldecke über sie.

»Der Herr will nicht mehr mit mir sprechen. Er hat sich abgewandt von mir«, schluchzte Klara.

»Redet, Klara«, ermunterte Kreszentia sie und ließ dabei bewusst den Titel weg, denn sie ahnte, dass dies ein Gespräch unter Schwestern und nicht zwischen Vorgesetzter und Untergebener werden würde.

Klara zog die Wolldecke enger um sich. »Ich war nicht aufrichtig, was Flora betrifft, und ich habe gelogen«, sagte sie nun mit schon etwas festerer Stimme. »Ich werde mein Amt als Äbtissin niederlegen und mich in Einsamkeit und Schweigen zurückziehen.«

Kreszentia schüttelte energisch den Kopf. »Das erscheint mir wie eine Flucht, meine Liebe. Erzählt doch zuerst einmal, was vorgefallen ist.«

»Von Anfang an habe ich Flora meiner Schwester nicht gegönnt. Henriette ist eitel, selbstbezogen und nicht zur Liebe fähig. Sie hat kein Kind verdient. Ich war es, die ein Kind hätte haben sollen. Ich hätte es zu einem wertvollen und gottesfürchtigen Menschenkind erzogen und wäre immer für es da gewesen. Ich habe eifrig betrieben, dass Flora zu mir kommt. Ich war der Meinung, dass die Theaterwelt und das unmoralische Verhalten der Eltern schlecht sind für das Kind. Doch so war es ja gar nicht. Flora war stark und wäre ihren eigenen guten Weg gegangen. Und vor allem habe ich bemerkt, dass es mir im Grunde gar nicht nur um Flora ging. Nein, ich wollte mich rächen für das, was Henriette mir angetan hat. Ich wollte ihr Flora wegnehmen – und diesem eitlen, selbstgefälligen von Prielmayer natürlich auch!«

Klara saß gebeugt und hatte die Hände so fest ineinander verschränkt, dass das Weiß der Knöchel hervortrat. »Ich habe gelogen, ich wusste um die Beziehung Floras zu Theo Habegger. Davon habe ich der Polizei nichts gesagt. Es war so schön zu sehen, wie diese Liebe langsam aufblühte. Das hat mich alles so sehr an mich selbst erinnert, als ich damals einem Mann in Liebe zugetan war. Natürlich war ich nicht einverstanden mit der Weltanschauung der beiden und mit ihren kruden Plänen, aber ich habe mir gedacht, dass Gott und die Liebe das schon regeln werden. Ich spreche mit dir darüber, Kreszentia, denn du bist meine einzige Vertraute und weißt alles von mir. Ich bin es nicht würdig, eure Äbtissin und eine Dienerin Jesu zu sein, ich war dessen nie würdig. Seinerzeit bin ich vor der bösen, unmoralischen Welt ins Kloster geflohen, es war nie eine Berufung«, endete sie aufschluchzend.

Kreszentia hatte sich auf das Bett gesetzt und Klara aufmerksam zugehört. »Ich danke dir für dein Vertrauen, Klara«, sagte sie. »Doch gestatte mir, offen und ehrlich mit dir zu sprechen. Ja, vielleicht war das damals zunächst eine Flucht, doch dass – vielleicht nicht gleich, aber nach einiger Zeit – die Berufung zu dir gekommen ist, da bin ich mir sicher. Und glaubst du denn, dass du die Einzige hier im Kloster bist, die Anfechtungen ausgesetzt ist und sich mit schlechten Eigenschaften wie Eifersucht, Missgunst und Lüge herumschlägt? Ich will dir keine langen Geschichten erzählen, aber jahrelang habe ich damit gehadert, dass du Schwester Notburga und nicht mir die Betreuung der Hausapotheke übergeben hast. Wo ich doch Pflanzen und Kräuter so sehr liebe. Ich sage dir offen, dass es Momente gegeben hat, da habe ich dich und Notburga gehasst. Doch es ist leichter geworden, und der Herr hat mir dabei geholfen. Und glaubst du wirklich, dass ich – und ich denke, auch alle anderen – noch nie in meinem Leben gelogen habe? Weit gefehlt!«

Die alte Schwester schüttelte den Kopf und sprach weiter. »Versuche, deine Schwester so anzunehmen, wie sie ist, und denke nicht zu schlecht über sie und ihren Gemahl. Und vor allem denke an die Verantwortung, die du hast, dem Kloster, uns und den Gläubigen gegenüber. Denke auch an unsere beiden Novizinnen, denn sie leiden sehr unter dem, was vorgefallen ist. Du kannst das nicht alles hinwerfen, das wäre wahrlich selbstgefällig, meine Liebe! Der Herr weiß um dich, und Er schaut auf dich, nur du willst es nicht wahrhaben. Nein, sich einfach davonzustehlen, das geht wirklich nicht. Es ist mein ausdrücklicher Wunsch, dass du als Äbtissin einmal an meinem Grab stehst, du und niemand anders. Und dass du der Polizei dein Wissen über die Beziehung von Flora mit dem Theo verheimlicht hast, ist Schnee von gestern. Die wissen das schon längst!« Dann erhob sich Kreszentia ächzend. »Wir sollten bis zur Laudes noch ein paar Stunden schlafen!«

Klara sah noch einen Moment nachdenklich vor sich hin, dann erhob sie sich ebenfalls. »Ich danke dir, meine Liebe, und wünsche dir eine gute Nacht!«, sagte sie und verließ den Raum schon ein wenig aufrechter als zuvor.

Ob es der außergewöhnlich helle Mond war, der noch andere Schwestern hinter den Klostermauern nicht schlafen ließ?

So hatte sich Schwester Notburga stundenlang in ihrem Bett hin und her gewälzt, ohne in den Schlaf zu finden. Sie hatte gebetet, auch für die arme Flora, sie hatte an ihren Bruder gedacht, der sich mit seinem kleinen Hof so schwertat, doch vorrangig hatte sie an die Klosterapotheke gedacht. Pflichtbewusst und sorgfältig führte sie diese seit Jahren, und nun plötzlich fehlte etwas.

Das war ihr noch nie passiert, und sie machte sich Sorgen. Sie wusste, dass außer ihr nur Schwester Kreszentia einen Schlüssel zur Apotheke besaß, weil sie sich manchmal getrocknete Kräuter für die Küche holte. Doch warum sollte Schwester Kreszentia die starke Schlaftinktur, die Notburga aus Baldrian und verschiedenen anderen Kräutern mischte, fürs Essen brauchen? Und hätte sie die Tinktur für ihren schlechten Schlaf benötigt, dann wäre sie doch zu ihr gekommen. Notburga mutmaßte, dass da jemand anderes dahintersteckte, der sich Zugang zum Schlüssel verschafft hatte. Aber sie konnte sich beim besten Willen nicht vorstellen, wer das sein sollte. Sie nahm sich vor, die Sache am nächsten Tag zur Sprache zu bringen, und fiel nach diesem Entschluss in einen unruhigen, wirren Schlaf.

Am nächsten Tag nach dem Mittagsmahl, als alle versammelt waren, berichtete Notburga von ihren fehlenden Tinkturfläschchen. Natürlich herrschte sofort helle Aufregung unter den Schwestern; es wurde getuschelt, und verschiedenste Mutmaßungen wurden geäußert, bis die Mutter Oberin eingriff. Sofort herrschte Stille an der Tafel, und fast allen fiel auf, dass die Mutter einen wesentlich lebhafteren Eindruck machte als die Tage zuvor, an denen sie immer sehr bedrückt und geistesabwesend gewirkt hatte. Es wurde noch einmal klargestellt, dass nur Notburga und Kreszentia Schlüssel hatten, diese auch immer bei sich trugen und nicht aus der Hand gaben. Die beiden Schwestern musterten sich ein wenig argwöhnisch, und man merkte, dass die alte Fehde um die Klosterapotheke wieder ein wenig aufbrach.

Äbtissin Klara sagte energisch: »Wenn eine aus dieser Runde hier nicht vor allen über ihr Vergehen sprechen will, kann sie sich mir jederzeit allein anvertrauen. Ich stehe zur Verfügung.« Mit diesen Worten hob sie die Mittagsrunde auf.

Schwester Kreszentia stellte befriedigt fest, dass die Mutter Oberin fast wieder die alte war, doch sie selbst trieb eine Begebenheit aus der letzten Woche um. Sie erinnerte sich, dass sie mit ihrem Apothekenschlüssel einige Kräuter geholt und die Tür wieder abgesperrt hatte, dann jedoch hatte sie den Schlüssel, den sie sonst immer in der rechten Tasche ihrer Schürze verstaute, für einen kurzen Moment neben den Herd gelegt, als sie in die Speisekammer ging, um verschiedene Gemüse und Eier zu holen. Da sie nicht alles auf einmal tragen konnte, musste sie zwei Mal gehen, und wenn sie genau darüber nachdachte, schien es ihr, dass der Schlüssel, als sie mit dem Gemüse zum ersten Mal aus der Kammer kam, plötzlich nicht mehr dagelegen hatte. Kurz war sie der Meinung gewesen, dass sie ihn doch schon in die Schürze gesteckt hätte, und schalt sich eine schusselige alte Kuh. Als sie jedoch schließlich mit den Eiern aus der Kammer kam, hatte der Schlüssel wieder neben dem Herd gelegen.

Sie wusste wirklich nicht, was sie von sich halten sollte. Wer war zu der Zeit noch in der Küche gewesen? Am ehesten kamen die Novizinnen Hilda oder Sophie in Frage, doch was sollten so junge Dinger in der Apotheke, und noch dazu mit einer starken Schlaftinktur?

Kreszentia beschloss, dass ihr altes Hirn ihr wohl einen Streich gespielt hatte, und vergaß die Sache.

Auch die beiden Novizinnen kämpften mit dem Schlaf.

Hilda dachte an die bald bevorstehende Einkleidung, denn ihr Entschluss, zur Braut Christi zu werden, war noch wankender geworden als einige Zeit zuvor. Sie hatte nämlich einen Brief erhalten, der sie sehr beschäftigte und bei dem sie nicht wusste, ob sie sich freuen oder Angst haben sollte.

Franzl Ottinger, ihr ehemaliger Galan vom Kirchweihtanz, hatte ihr geschrieben. Ob er nicht einmal zu Besuch kommen könne, er müsse mit ihr sprechen, denn ihm seien verschiedene Dinge klar geworden. Hilda konnte aus dem Brief nichts anderes schließen, als dass Franz doch noch Zuneigung für sie empfand und mit ihr über die Zukunft reden wollte. Aber stimmte das mit der Zuneigung nun wirklich, oder brauchte er nur eine tüchtige Bäuerin für seinen Hof? Und so wälzte sie, anstatt zu schlafen, viele Gedanken in ihrem Kopf, und ihre gesunden Bauernwangen leuchteten nicht mehr so rot wie ehedem.

Sophie tat sich noch schwerer. Kaum war sie endlich eingeschlafen, schreckte sie aus wirren, unschönen Träumen wieder hoch, und bald hatte sie derartige Angst vor diesen Träumen, dass sie nicht mehr einschlafen wollte und sich künstlich wachhielt. Auch sie fürchtete die bevorstehende Einkleidung und war nahe daran, sich wieder in die Arme und den Schutz der Familie zu begeben. Eine ständige hochgradige Unruhe hatte von ihr Besitz ergriffen; sie fühlte sich krank und schwach, und einmal hatte bei der Morgenandacht doch tatsächlich ihre klare, helle Singstimme versagt.

Doch keine der beiden Novizinnen wollte ihre Sorgen mit Kreszentia oder gar der Äbtissin teilen, und auch miteinander sprachen sie nicht darüber. Eine jede blieb mit ihrer Qual allein.

16

Als Benedikt die Tür aufsperrte, kam ihm Franzi schon entgegengelaufen, umarmte und küsste ihn.

»Ach, Liebster, wie schön, dass du wieder da bist«, rief sie, und Benedikt trieb es fast die Tränen in die Augen bei ihrem Anblick. »Ich habe eine Überraschung für dich. Du hast doch sicher Hunger!«

Trotz des bitteren Restalkohols, der von den Ausschweifungen der letzten Nacht noch immer in ihm steckte, nickte Benedikt freudig.

»Ich habe Apfelstrudel für dich gemacht, Berta hat mir dabei geholfen. Den magst du doch so gern!«

Nun traten Benedikt wirklich die Tränen in die Augen, denn er wusste, dass Kochen und Backen wahrlich nicht zu den großen Leidenschaften seiner Franzi gehörten.

»Jetzt essen wir in Ruhe, und du erzählst mir alles von München«, sagte Franzi und eilte schon in die Küche voraus.

Ich liebe dich so sehr, dachte Benedikt bei sich. Aber alles erzählen kann ich dir beim besten Willen nicht!

Der kleine Tisch in der Küche war liebevoll gedeckt, der Strudel duftete, und eine große Schüssel Schlagrahm stand daneben. Benedikt merkte, wie ihm das Wasser im Munde zusammenlief, der schlechte Geschmack im Mund war auf einmal verschwunden, und er verspürte richtigen Hunger.

Sie aßen voller Genuss, und Berta und Franzi teilten Benedikt freudig mit, dass die Luise Riedinger von einem kräftigen Buben entbunden worden sei und alle bei bester Gesundheit waren.

»Aber die Geburt hat lang gedauert, und sie muss schon ganz schön gelitten haben, die Arme«, erzählte Franzi. »Mir wird schon ein wenig Angst, was da auf mich zukommt!«

»Stell dich auf Schmerzen und ein unbeschreibliches Glücksgefühl ein«, meinte Berta, die seit Jahrzehnten Witwe war und zwei Töchter irgendwo im Österreichischen hatte.

»Außerdem bin ich doch bei dir«, sagte Benedikt tröstend. Berta lachte schallend. »Die jungen Väter, die stehen bei der Geburt immer dumm im Weg rum, oder sie sitzen in der Kuchl und trinken Schnaps!«

Nach dem Essen – Benedikt fühlte sich vom vielen Apfelstrudel wohlig träge und wäre am liebsten gleich ins Bett gegangen – setzten sie sich an den Kamin, und Franzi schaute ihn erwartungsvoll an. Benedikt erzählte von der Zugfahrt, die Fanderl so begeistert hatte, von der luxuriösen Wohnung der von Prielmayers und von der netten Haushälterin Erni, die so sehr um ihre Flora trauerte. Dann ging er über auf das Treffen mit Adelheid im Hofbräuhaus sowie die späteren Zusammenkünfte am Chinesischen Turm und im Weinhaus mit Leopold und Ernestine. Bei der Nennung dieses Namens wurde Benedikts Kehle eng, er begann innerlich zu zittern und hatte das Gefühl, einen roten Kopf zu bekommen.

Franzi jedoch bemerkte nichts. Sie rückte ein wenig näher an Benedikt heran und fragte mit ganz ruhiger Stimme nach der Unterredung mit Paschke. Benedikt beschönigte nichts. Er berichtete offen, wie es abgelaufen war, erzählte auch noch die schlimme Geschichte vom Otterer und machte sich dann auf den großen Ausbruch Franzis bereit. Doch nichts geschah, sie blieb ganz ruhig.

»Eigentlich habe ich nichts anderes erwartet«, sagte sie. »Es ist ja vielleicht auch gut so, mit diesem schrecklichen Paschke wärst du nie und nimmer zurechtgekommen. Und was er mit dem armen Otterer gemacht hat, zeigt doch, welch Geistes Kind er ist!«

Benedikt war derart erstaunt, dass er erst gar nicht wusste, was er sagen sollte.

»Du bist dir aber schon über die Konsequenzen klar?«, fragte er dann.

»Weißt du was«, antwortete Franzi und rekelte und streckte sich in ihrem Sessel, sodass man schon ganz gut ihr kleines Bäuchlein sehen konnte, »ich bekomm zuerst einmal unser Kind, das geht jetzt vor, und dann sehen wir weiter. Ich finde es so schön hier und so komfortabel mit der Unterstützung durch die Berta, und darum habe ich mir überlegt, dass ich nach unserem Urlaub jede Woche für drei Tag nach München ins Geschäft fahr und den Rest der Zeit hier verbringe. Das müssen die Kunden einfach schlucken!«

Benedikt stand auf, hob sie aus ihrem Sessel in seine Arme und trug sie hinüber ins Schlafzimmer.

»Meine Liebste, du«, flüsterte er, bevor er anfing, ihr die Bluse und den Rock aufzuknöpfen.

So angenehm und liebevoll verliefen der Abend und die Nacht bei den Fanderls nicht. Gegen Abend war – wohlgemerkt nicht in der Polizeistation, sondern abends während des Essens in der Privatwohnung – Alfred Habegger aufgetaucht. Er schäumte vor Wut und bezichtigte Fanderl, die Sache am Dorfbrunnen als Lappalie abgetan zu haben.

Fanderl zeigte ihm die Fotos, was den Alfred natürlich noch mehr schäumen ließ, gewährte ihm Einblick in seine Aufzeichnungen und berichtete, dass er unverzüglich Anzeige gegen Unbekannt erstattet habe.

»Gegen Unbekannt! Das ist ja lächerlich! Das waren die Bolschewiken Bergleitner und der Knecht Xaver vom Huberbauer, das ist doch klar! Nur diese sind zu solch einer unverschämten und unanständigen Aktion fähig und gehören sofort in Haft genommen«, brüllte Alfred Habegger, sodass der kleine Korbinian anfing zu weinen.

Therese begann nun ebenfalls zu schreien: »Schau, dass d' nauskommst, Alfred! Solche Sachen besprichst bitte mit meim Mann in der Wache und ned bei uns in der Kuchl. Du bringst mir ja das Kind ganz durcheinander!«

Das machte sogar auf den wütenden Alfred Eindruck, und er verstummte.

Fanderl schob ihn zur Tür hinaus und sagte energisch: »Der Bergleitner, das weißt grad du ganz genau, liegt zusammengeschlagen im Bett und war zu der Sache gar nicht fähig, und der Xaver war nach Angaben seines Dienstherrn die ganze Nacht daheim, um seinen Rausch auszuschlafen. Ich würde an deiner Stelle nicht so viel Wind um die Sache machen, Alfred, es bestehen nämlich immer noch einige gravierende Verdachtsmomente gegen dich. Halt dich lieber zurück!«

Der Alfred trat nun tatsächlich den Rückzug an, nur am Gartentürl blieb er noch mal stehen und schrie: »Da is das letzte Wort noch nicht gesprochen, des kannst mir glauben, Fanderl!«

Fanderl kehrte zurück zu seinem Abendbrot, doch nun war ihm der Appetit vergangen. Therese schimpfte immer noch vor sich hin, und der kleine Korbinian rief: »Böser, böser Mann!«

Die Nacht der Fanderls wurde nicht besser, der zweite Backenzahn brach durch, und alle halbe Stunde weinte der Kleine jämmerlich. Erst gegen Morgen fielen sie alle in einen unruhigen Schlaf und hätten tatsächlich verschlafen, wenn nicht um sieben Uhr das Telefon geklingelt hätte. Es war Benedikt, der ungemein fröhlich und ausgeschlafen klang. Er teilte Fanderl unter anderem mit, dass er Siegfried von Prielmayer telefonisch für den Nachmittag einbestellt habe, um ihnen zu berichten, wo er sich in der Mordnacht aufgehalten habe. Dieser habe sich zwar außerordentlich echauffiert, dann aber sein Kommen zugesagt.

Schade, dachte Fanderl, dabei wär ich doch so gern noch mal nach München gefahren.

Benedikt und Fanderl trafen sich um acht Uhr in der Wachstube. Benedikt mit wachen Augen und einem Lächeln auf den Lippen, Fanderl mit zerzaustem Bart und Ringen unter den Augen. Das Wetter hatte sich noch nicht entschieden, ob es noch einmal mit einem wunderbaren Spätsommertag oder mit dunklen Wolken und Regengüssen aufwarten sollte. Auf der einen Seite des Sees schien die Sonne, auf der gegenüberliegenden war es pechschwarz, und man sah, dass es dort stark regnete. Es war, als hätte das Wetter die unterschiedlichen Gemütsverfassungen der beiden Freunde in sich vereint.

Benedikt wurde ernster, als er von München berichtete: Vom Abend mit Adelheid, Leopold und Ernestine – wobei er die Stunden ab Mitternacht geflissentlich aussparte –, von seiner unerfreulichen Unterredung mit Paschke und der traurigen Geschichte des Kollegen Otterer.

»Dass du trotzdem noch so fröhlich daherkommst, wundert mich«, meinte Fanderl.

Als gutem Freund konnte Benedikt ihm nun schon erzählen, dass Franzi die Sache mit der Versetzung nach Rosenheim ganz verständnisvoll aufgenommen habe und dass aus diesem Grund im Hause Lindgruber die Sonne wieder schien.

»I freu mi auch ganz sakrisch, dass du jetzt in Rosenheim bist und mir jederzeit unter die Arme greifen kannst«, lachte Fanderl und klopfte Benedikt auf die Schulter. »Und genießts eure Zeit zu zweit jetzt noch. Wenn amal a Kind da is, is es zwar a große Freud, aber man hat keine Ruh mehr ... Blähungen, Zähn, Beulen am Hirn und so weiter und so fort!«

Dann wurden die beiden wieder dienstlich.

Benedikt sagte: »Jetzt hören wir uns mal an, was der von Prielmayer zu sagen hat, und dann sollten wir uns diesen Jungschauspieler Leopold noch einmal genauer anschauen. Der war sehr zurückhaltend mir gegenüber und hat auf mich einen etwas unruhigen, konfusen Eindruck gemacht. Ich denke, der hat noch lange nicht alles erzählt.«

Dann machten sie sich auf, um den von Prielmayer zu treffen.

17

Ernestine betrat den Ballettsaal. Sie genoss es, am Morgen eine der Ersten zu sein. Der lichtdurchflutete große Raum mit den Stangen und Spiegeln an den Wänden und dem Flügel in der Ecke gehörte noch ihr allein, die Luft durch die geöffneten Oberlichter war morgendlich frisch und noch nicht geschwängert von den Körperausdünstungen vieler hart trainierender Menschen. Es war still, das Klavierspiel und die laute, gestrenge Stimme von Madame Ezechovskaja würden erst später einsetzen.

Ernestine zog ihr Ballettjäckchen über, streifte die Stulpen hoch und band sich die Spitzenschuhe. Dann trat sie an die Stange und begann mit den ersten Übungen, die sie im Schlaf beherrschte. Ihre Gedanken schweiften ab.

Flora, die Trauer um sie und die Gedanken an sie trug sie stets in sich, doch nun gesellten sich dazu die Erinnerungen an den Abend am Chinesischen Turm und in der Weinstube. Er hatte ihr sehr gut gefallen, dieser groß gewachsene Benedikt mit seiner lässigen Eleganz, der sanften Stimme, seinen Augen und seinem Mund. Eigentlich hatte sie ihm noch mehr von Flora erzählen wollen, doch ab einem gewissen Zeitpunkt mochte sie dieses traurige Thema nicht mehr berühren, und es schien ihr, dass ihm auch nicht mehr viel daran gelegen war. Sie wollte nur noch genießen, seine schmale Hand auf ihrem Arm, ihr Kopf an seiner Schulter, Sätze, die sie wechselten und die eindeutig schon ein wenig erotische Herausforderung in sich trugen. Und dann der Tanz mit ihm, sein harter starker Männerkörper an ihrem, und seine Lippen, die fast die ihren berührt hätten. Doch leider oder Gott sei Dank hatte er dem Alkohol zu sehr zugesprochen. Sie hatte ihre liebe Mühe gehabt, ihn in ihre Wohnung zu schaffen, ihm Jackett, Hemd, Hose und Schuhe auszuziehen und seinen schweren Körper in ihr Bett zu bugsieren. Eigentlich wäre das ja Adelheids Aufgabe gewesen, doch die war, wie es so ihre Art war, irgendwann mit einem Galan verschwunden.

Ein wenig enttäuscht war Ernestine schon gewesen, als dann dieser schnarchende Mann nicht mehr ansprechbar neben ihr lag. Zu gern hätte sie ihn an sich gezogen, ihn geküsst und gestreichelt und noch einiges mehr mit ihm gemacht, doch dann versuchte sie, klar und pragmatisch zu denken. Er war jung verheiratet, und sie wollte ihn und auch sich nicht in Gewissenskonflikte stürzen, und außerdem war er der Polizist, der Floras Tod untersuchte. Das wäre nie und nimmer gut gegangen, aber schade war es doch.

Und wieder schweiften ihre Gedanken zu der geliebten toten Freundin, und wie jedes Mal, wenn sie an Flora dachte, brannte ihre Kehle und sie hatte das Gefühl, zu wenig Luft zu bekommen. Sie wünschte sich, einmal ein paar Stunden richtig weinen zu können, das hatte sie bis jetzt noch nicht geschafft.

Die letzte Begegnung mit Flora kam ihr wieder in den Sinn. Es war ein heißer Augusttag gewesen, und sie hatte schon am frühen Vormittag den Zug nach Rosenheim genommen. Flora hatte sie am Bahnhof erwartet, Ernestine erinnerte sich noch genau an die stürmische, erhitzte Umarmung ihrer Freundin. Plaudernd und lachend waren sie durch das kleine Städtchen gebummelt und hatten sich in einem Hutgeschäft, in dem sie von einer überaus lustigen, charmanten kleinen Frau bedient wurden, Sonnenhüte gekauft. Flora hatte einen mit gelbem Band und leicht gefranstem breiten Rand genommen, Ernestines Kopfbedeckung war eher eine Kappe mit großem Sonnenschild. Sie hatten noch die wunderbaren Trachtenhüte in den Regalen bewundert und der kleinen Dame gegenüber bedauernd geäußert, dass sie als Städterinnen so was nicht tragen konnten.

»Schad«, hatte die kleine Dame augenzwinkernd geantwortet, »ihr hättet die Köpf dazu. Aber was nicht ist, kann ja noch werden. Vielleicht heiratet eine von euch mal einen Chiemgauer Buam!«

Ernestine war aufgefallen, dass Flora bei diesen Worten leicht errötete und ein wenig verlegen wurde. Ernestine wusste von Theo Habegger, davon hatte ihr Flora schon in ihren zahlreichen Briefen geschrieben, aber sie war nun doch erstaunt, dass es so ernst war.

Mit dem Bus fuhren sie weiter nach Prien, und mit einer Tüte Brezn und einer Flasche Limonade liefen sie zum Kahnverleih und mieteten einen Kahn für mehrere Stunden. Ernestine setzte sich auf das Bänkchen und Flora ihr gegenüber an die Ruder. Sie nahmen nicht Kurs auf die Herreninsel mit dem riesigen Schloss Ludwigs II., nein, Flora bog nach links ab und steuerte eine der kleineren Nebenbuchten des Sees an. Nach ungefähr zwanzig Minuten gelangten sie an einen breiten Schilfgürtel, und Flora zog die Ruder an und ließ den Kahn ins Schilf gleiten, bis sie ringsum von Grün umgeben waren. Sie breiteten eine alte Decke über den Boden des Kahns, und ohne jegliche Scheu voreinander zogen sie sich aus und legten sich nackt in die Sonne.

»A halbe Stund, sonst kriegen wir an Sonnenbrand«, meinte Flora und begann zu erzählen.

Zuerst vom Kloster, von der Tante Äbtissin, die viel groß-zügiger mit ihr war als erwartet, von der lieben Kreszentia, bei der sie immer das Gefühl hatte, die alte Nonne könnte ihr direkt ins Herz schauen, und von den Novizinnen Hilda und Sophie.

»Die Hilda ist eine ganz Nette, ein gstandenes, lustiges Bauernmädel, aber einfühlsam und gescheit. Ich hab schon viel von ihr gelernt. Und was ich mit der schon gelacht habe! Bei der Sophie tu ich mir ein wenig schwer, sie tut immer so vornehm und heilig und schwanzelt um mich herum. Aber ich weiß nicht recht, was sie eigentlich von mir will. Einmal will sie mit mir beten und singen, und ein andermal will sie nur Theaterklatsch von mir hören und Geschichten aus der Großstadt.«

»Und der Theo?«, fragte Ernestine nach.

»Der Theo ist der netteste und gescheiteste Mann, den ich je kennengelernt hab«, antwortete Flora. »Wir ergänzen uns in allem und können stundenlang miteinander reden und Ideen entwickeln. Hab ich dir schon erzählt, dass wir im Seewirt eine Wirthausbühne eröffnen wollen? Aber nicht so derbe blöde Bauernstückln, sondern eine gute Mischung aus Unterhaltung und ein wenig politischer Aufklärung. Ich bin schon dabei, ein Stück dafür zu schreiben, und nach Mitspielern schauen wir uns auch schon um.«

Mit ernstem Gesicht schüttelte Ernestine den Kopf. »Du weißt aber schon, in welchen Zeiten wir leben«, bemerkte sie. »Sei bloß vorsichtig!«

»Ja, ja«, antwortete Flora. »Ich weiß schon, und der Bruder vom Theo, der Alfred, der setzt uns auch ganz schön zu. Der ist einer der größten Nazis, und das nicht nur im Dorf! Letztes Mal, als ich am Dampfersteg gestanden bin und auf das nächste Schiff nüber zur Insel gewartet habe, ist er hinter mir hergekommen, hat mich an die Schultern packt und gesagt, dass er mich umbringt, wenn ich mir den Theo schnapp und in seiner Wirtschaft auch noch bolschewistische Theaterstückl spiele. Und seine Schwester Lisi, die tut immer ganz freundlich mit mir, aber in Wirklichkeit hasst sie mich und würd mich auch am liebsten umbringen. Weil ich ihr den Bruder wegnehm, weil ich selten in die Kirche gehe und weil meine Ansichten vom Teufel sind. Die ist nicht ganz richtig im Kopf; sie lebt nur für die selige Irmengard und für ihren großen Bruder. Aber ich hab vor denen keine Angst. Der Theo beschützt mich doch, und es gibt auch noch eine Menge vernünftige Leut im Dorf.«

»Schläfst du mit deim Theo?«, fragte Ernestine.

»Ob du's glaubst oder nicht«, entgegnete Flora, »ich hab noch nie mit jemandem geschlafen. Wenn ich an meine Eltern denk, was die alles so treiben, kreuz und quer. Und dann das Rumgetatsche und zwischendurch die harten Griffe von meinem Vater, bei dem, was er Schauspielunterricht nennt! Nein, ich bin im Moment einfach nicht bereit dazu. Der Theo, der versteht das. Unsere Zeit kommt schon noch!«

»Ich wünsch dir, dass alles gut geht, so wie du es dir vorstellst«, erwiderte Ernestine mit leichtem Zweifel in der Stimme.

Schlagartig wurde Ernestine aus ihren Erinnerungen gerissen. Der Ballettsaal hatte sich gefüllt, Madame Ezechovskaja war eingetreten und klatschte resolut in die Hände, und Louis, der Klavierspieler, hatte schon auf seinem Schemel Platz genommen. Bevor sie vollständig in das anstrengende und aufreibende Training eintauchte, fuhr Ernestine noch kurz der Gedanke durch den Kopf, dass sie dem Polizisten Benedikt hätte erzählen müssen, wie der Alfred Habegger die Flora so massiv bedroht hatte und dass er auch die Schwester Lisi Habegger mal genauer ins Visier nehmen sollte. Doch die schöne Tändelei mit ihm hatte sie alles vergessen lassen. Ob sie ihn wohl jemals wiedersehen würde, den Benedikt?

18

Diesmal kam Siegfried von Prielmayer in einem weißen Sportwagen, den er selbst steuerte. Ein wenig zu rasant fuhr er beim Seewirt vor und sprang geschmeidig aus dem Auto.

Irgendwie glaub i ned, dass des Auto dem selber ghört, dachte der Seewirt, der gerade unter der Tür stand und nach Gästen Ausschau hielt. So ein eitler Gloife! Von Prielmayer trat auf den Wirt zu und schraubte sich vor ihm in die Höhe. »Die Herren von der Polizei erwarten mich!«

»Da san S' jetzt bei mir ned richtig«, antwortete der Wirt und konnte sich ein Grinsen nicht verkneifen. »Da müssen S' schon nunter zur Polizeiwach. Die werden bestimmt scho auf Sie warten.«

Von Prielmayer schaute empört. »Auf die Wache! Sagen Sie mal, wer ist denn eigentlich der Vorgesetzte der beiden?«

»Keine Ahnung. Irgendoaner in Rosenheim«, log der Wirt eiskalt, der natürlich wusste, dass der Dreissiger in Rosenheim der Chef war.

Von Prielmayer murmelte noch etwas Unverständliches, drehte sich grußlos um und versuchte, sich möglichst elegant in dem tief liegenden Sportwagen zu verstauen. Dann brauste er mit aufheulendem Motor davon.

Fanderl, der gerade dem sehr unscheinbaren Blumenstock auf dem Fensterbrett der Polizeiwache Wasser gab, sah von Prielmayer vorfahren.

»Oh, der Herr Schauspieler kommt in einem rasanten Gefährt. Glänzend weiß und sehr schnittig! Ob das wohl ihm gehört?«

»Tu jetzt nicht spotten! Wir haben eine ernsthafte und schwierige Unterredung vor uns«, meinte Benedikt, musste aber selbst lachen, als er von Prielmayer so gravitätisch auf die Wache zuschreiten sah, als würde sich sogleich ein Bühnenvorhang vor ihm heben.

Er trat ein, grüßte mit einem gnädigen Kopfnicken, und plötzlich hatte Benedikt wirklich das Gefühl, dass die karge Polizeiwache, deren Wände immer noch gelb vom Dauerrauchen des pensionierten Hofer waren und deren spärliches billiges Mobiliar sicher noch aus dem letzten Jahrhundert stammte, zur großen Bühne für den glänzenden Auftritt des Siegfried von Prielmayer wurde.

»Heil Hitler, meine Herren«, posaunte von Prielmayer, und Benedikt und Fanderl erstarrten. Das hatten sie aus dem Munde des Schauspielers noch nie gehört. Benedikt nickte nur verhalten, und Fanderl murmelte ein kaum verständliches »Grüß Gott« in seinen Bart.

»Meine Gattin habe ich nicht mitgebracht, sie hat noch so viele Dinge für das Begräbnis zu erledigen. Außerdem spricht es sich zuweilen besser von Mann zu Mann«, erklärte von Prielmayer anbiedernd und versuchte ganz den Anschein zu erwecken, als käme er zu einem Höflichkeitsbesuch. Kein Wort davon, dass er von Benedikt einbestellt worden war, weil er ganz offensichtlich eine Falschaussage gemacht hatte.

Als Fanderl ihn darauf ansprach, machte von Prielmayer eine wegwerfende Handbewegung.

»Ich kann mir schon denken, wer da geplaudert hat. Die liebe Erni, die hat ja ihre Augen überall! Ja, es stimmt, ich habe das Haus noch einmal verlassen. Doch da das Ganze eine etwas delikate Angelegenheit war, habe ich mich gescheut, es Ihnen gegenüber zu erwähnen. Ich war in der Senefelderstraße zu einer Unterredung und kann Ihnen versichern, dass das mit dem Tod meines geliebten Mädchens überhaupt nichts zu tun hat. Es kränkt mich überhaupt zutiefst, dass Sie mich als Verdächtigen behandeln. Mich, den liebenden Vater, der nur das Beste für sein Kind wollte!«

»Nun, es ist ja schon bekannt, dass Sie, was den Körpereinsatz betraf, beim Schauspielunterricht Ihrer Tochter öfters übers Ziel hinausgeschossen sind. Vielleicht ist es da beim letzten Besuch bei Ihrer Tochter zu brutal zugegangen«, antwortete Benedikt.

»Der Körpereinsatz, die Berührung an sich, meine Herren,

die zarte und auch die heftige, das gehört zum Schauspiel wie das Salz zur Suppe. Sie missverstehen das vollkommen«, tönte von Prielmayer mit deutlich anschwellender Stimme. »Ich lasse mich doch nicht von Ihnen zum Mörder abstempeln!«

»Das ist auch nicht unsere Absicht, Herr von Prielmayer. Aber unsere Ermittlungen müssen wir eben in alle Richtungen ausdehnen«, sagte Benedikt besänftigend. »Nun zu Ihrem Besuch in der Senefelderstraße. Um was ging es da in Ihrer Besprechung, und mit wem hatten Sie diese?« Er dachte bei sich, dass die Senefelderstraße ja nicht gerade in einer der besten Gegenden Münchens lag, eher das Gegenteil war der Fall.

»Ich habe dem SS-Sturmbannführer Christian Weber, dem Vorsitzenden der NSDAP-Stadtratsfraktion und Präsidenten des Kreistags, einen Besuch abgestattet.«

»Ach, und der wohnt in der Senefelderstraße?«, erkundigte sich Fanderl arglos.

Von Prielmayer hüstelte. »Nein, er ist Inhaber eines Etablissements in der Senefelderstraße. Er war aus geschäftlichen Gründen dort und hat mich auf meine Bitte um ein Gespräch dort hinbestellt.«

»Ein Bordell also«, meinte Fanderl unverblümt. »Da geht man ja eigentlich aus ganz anderen Gründen hin.«

»Ich bitte Sie, meine Herren«, schnaufte von Prielmayer schon wieder erregt, »mit dem Bordellbetrieb dort habe ich gar nichts zu tun.«

Das entsprach keineswegs der Wahrheit. Doch von Prielmayer hatte natürlich nicht vor, den Herren Polizisten auf die Nase zu binden, dass er regelmäßiger Besucher des besagten Etablissements und vor allem einer Dame namens Amanda war. Diese gertenschlanke dunkle Schönheit, die so gar nicht dem arischen Typus entsprach, war in ihrer frühen Jugend Artistin gewesen und aus diesem Grund biegsam wie eine Gummipuppe. Das schätzte von Prielmayer sehr, denn seine anderen Damen, vorwiegend aus dem Theatermilieu, waren fast alle von heller Haut, blond oder höchstens brünett, und hatten nur die gängigen durchschnittlichen Fähigkeiten im Bett. Manchmal war das etwas eintönig, und so war er dem Christian Weber, den er unter anderem von der Rennbahn her kannte, sehr dankbar für die Empfehlung der biegsamen Amanda. Christian Weber war Benedikt wohlbekannt. Er war einer der korruptesten und brutalsten Vertreter der Münchner NSDAP, und Benedikt erinnerte sich mit Grauen, wie er ihn einmal bei einem Festakt anlässlich eines runden Geburtstags des alten Polizeipräsidenten erlebt hatte. Sehr kräftig gebaut, mit einem äußerst sorgfältig gezwirbelten Schnurrbart, hatte er mit seiner lauten Stimme, dem dröhnenden Lachen und vor allem mit seinen Witzen, die durchwegs unter der Gürtellinie angesiedelt waren, nicht sehr angenehm auf sich aufmerksam gemacht. Christian Weber war in der Partei ein Mann der ersten Stunde. Schon 1920 hatte der frühere Pferdeknecht Adolf Hitler kennengelernt, mit dem er sich bis heute duzte. Er war umgehend in die Partei eingetreten und hatte einige Jahre als Hitlers Sicherheitsbegleiter fungiert. Schon früh war Weber in die Münchner Lokalpolitik eingestiegen und bekleidete dort trotz seiner äußerst rücksichtslosen Art und seiner Rüpelhaftigkeit zahllose Ämter. So war er bei nur wenigen Parteigenossen beliebt und wurde wegen seines Bordells von vielen »der Senefeldmarschall« genannt.

Da bin ich jetzt wirklich gespannt, was der Feingeist und der Puffbetreiber miteinander zu besprechen hatten, dachte Benedikt und wandte sich mit dieser Frage, natürlich wesentlich vornehmer formuliert, an von Prielmayer.

»Da muss ich etwas ausholen, meine Herren«, antwortete der Schauspieler. »Seit unsere neue Regierung am Ruder ist, hat sich in vielen Bereichen, das haben Sie sicher auch schon bemerkt, einiges verändert, und das trifft natürlich auch auf das Theater zu. Seit Beginn des Jahres wird die Theaterlandschaft vollkommen umgestaltet, es wird starker Einfluss auf uns genommen. So haben wir noch letztes Jahr – nicht dass ich beide so besonders schätze – Brecht und Wedekind gespielt. Das wäre jetzt unmöglich. Jetzt spielen wir leichte Unterhaltung und einige wenige Klassiker. Das Ensemble hat sich stark verkleinert, und im März wurde sogar der Intendant vorübergehend festgenommen. Wir gehen dem Ende zu! Es gehen Gerüchte über eine Schließung unserer Bühne um! Herr Weber ist, was die Kultur in München anbelangt, ein äußerst wichtiger Mann und hat viele Pläne für die Zukunft, und so wollte ich ihm unsere missliche Lage noch einmal vor Augen führen und ihn dringend bitten, positiven Einfluss zu nehmen.«

Das klingt alles so ehrenwert, das kann ich ihm einfach nicht abnehmen, dachte Fanderl bei sich, und Benedikt gingen ganz ähnliche Gedanken durch den Kopf.

Natürlich hatte es seinen Grund, warum von Prielmayer ausgerechnet zu Weber gegangen war. Er kannte Weber gut genug, um zu wissen, dass man ihn nur richtig bedienen musste, denn der derbe, ungehobelte Weber war in höchstem Maße bestechlich. Und von Prielmayer kannte eine seiner größten Schwächen genau, und das waren die Pferde. Die beruflichen Anfänge Webers waren schließlich Tätigkeiten als einfacher Pferdeknecht und Bereiter. Die Leidenschaft für Pferde hatte ihn nie losgelassen, und so sah man ihn oft auf Pferdemärkten im In- und Ausland, wo er, wenn er ein Ross im Auge hatte, als überaus harter Verhandler bekannt war. »Herrschaft, des Viach muas i ham«, rief er dann immer mit seiner lauten, polternden Stimme, und seine Augen glänzten fiebrig.

Von Prielmayers Schwiegervater, der ehemalige Hofapotheker, hatte auf dem Gut Leutstetten vor München zwei Pferde laufen, den kräftigen Wallach Ferdl und die schon etwas ältere Stute Zsuzsa. Da er mittlerweile zu alt für Ausritte war und keiner sonst in der Familie Interesse am Reiten hatte, trug er sich mit Verkaufsabsichten. Von Prielmayer wusste, dass Weber an beiden Pferden Interesse hatte und wollte sie ihm zu einem Spottpreis anbieten; mit dem Schwiegervater würde er das mit Henriettes Hilfe schon irgendwie regeln. Im Gegenzug versprach er sich für die Zukunft die ständige Aufmerksamkeit und Zuwendung Webers in jeglicher Hinsicht, nicht nur, was Engagements betraf. So hatte von Prielmayer auch dezent seine Bereitschaft angedeutet, die eine oder andere nicht partei-konforme Äußerung oder Handlung seiner Kollegen sofort an Weber weiterzuleiten.

»Ja, ja, des is guad, i denk scho an di, Prielmayer«, meinte Weber, der immer das »von« wegließ, auf das von Prielmayer doch so Wert legte. »Jetzt gibst ma erst amoi Bescheid wegen die Rösser, gell. Die Viacher möcht i unbedingt!«

Etwas erschlagen vom Redefluss des Schauspielers saßen Benedikt und Fanderl auf ihren harten Polizeistühlen und dachten sich ihr Teil. Das Wetter draußen hatte sich für Starkregen ent-schieden, und es war derart trüb in der Polizeistube, dass Fanderl das Licht anschaltete.

Von Prielmayer erhob sich und stand nun direkt im Licht-kegel der Lampe.

»Mehr habe ich Ihnen nicht zu berichten, meine Herren«, sagte er. »Ich werde nun schnell den Rückweg antreten und meiner Frau beistehen. Es wird morgen ein schwerer Tag für uns.«

»Wir wünschen gute Fahrt, Herr von Prielmayer«, entgegnete Benedikt, und er konnte nicht verhindern, dass seine Stimme etwas matt klang. »Wir behalten uns jedoch vor, wenn nötig, im Zuge der Ermittlung noch einmal auf Sie zuzukommen.«

Durch das Fenster beobachteten Benedikt und Fanderl, wie von Prielmayer draußen durch den Regen zu seinem Gefährt hastete, rasch einstieg und davonbrauste.

»Ich schlage vor, wir fahren morgen nach München«, sagte Benedikt. »Beerdigungen sind immer sehr aufschlussreich.«

Obwohl es ja kaum etwas Traurigeres gab als die Beerdigung eines jungen Menschen, ging ein kurzes Leuchten über Fanderls Gesicht.

»Nachdem wir ja auch noch versuchen wollten, mit dem Jung-schauspieler zu reden, wird es womöglich für die Rückfahrt am Abend zu spät«, meinte er in beiläufigem Tonfall. »Ich schlage vor, dass wir in München übernachten.«

Benedikt schmunzelte. »Ich hab dich durchschaut, mein

Lieber. Du strebst wohl eine ruhige, ungestörte Nacht ohne Kindergeschrei an!«

»Ja, das auch, aber vor allem möchte ich so gern in den Simplicissimus. Kannst du vielleicht die Adelheid anrufen, ob sie uns begleitet?«

Benedikts Lachen wurde vom Klingeln des Telefons unterbrochen. Der Dreissiger war dran, und er war gar nicht gut aufgelegt. Er beschwerte sich heftigst, dass Benedikt immer noch nicht an seinem Arbeitsplatz in Rosenheim aufgetaucht war und dass er über den Fortgang der Ermittlungen so gar nicht informiert werde.

»Die Ermittlungen gestalten sich im Moment als äußerst zeitraubend«, erklärte Benedikt dem ungehaltenen Dreissiger, »sodass ich bis jetzt noch keine Zeit gefunden habe, Sie aufzusuchen. Doch ich werde das in Kürze nachholen und Ihnen ausführlich Bericht erstatten. Morgen werden wir am Begräbnis des Mordopfers in München teilnehmen; Sie wissen doch aus eigener Erfahrung, wie wichtig Beerdigungen für den Fortgang der Ermittlungen sein können. Am Tag darauf werde ich dann zuverlässig bei Ihnen vorsprechen.«

Der Dreissiger grummelte noch ein wenig, musste sich aber wohl oder übel mit Benedikts Zusage einverstanden erklären.

»Ich schreib noch heut Abend einen ausführlichen Bericht, den kannst ihm dann vorlegen«, versprach Fanderl.

Mit der Aussicht auf eine weitere Fahrt in die Landeshauptstadt und den so heiß ersehnten Besuch des Simplicissimus war er bereit, seinen Feierabend und vielleicht noch einen Teil der Nacht für die Abfassung des Berichts zu opfern. Er wusste doch, wie ungern Benedikt sich für solche Schriftstücke an den Schreibtisch setzte.

19

Mit jedem Tag ihrer Schwangerschaft fühlte sich Franzi wohler. Die morgendliche Übelkeit war vollkommen verschwunden und hatte einem kräftigen Appetit Platz gemacht; sie war voller Energie und verspürte einen unbändigen Tatendrang. Sosehr die gute Berta auch darauf aus war, sie im Haus zu halten und zu bekochen oder ihr die Zubereitung einer Lieblingsspeise ihres Gemahls vorzuführen, Franzi musste hinaus in die Welt. So entschloss sie sich, nachdem Benedikt zur Arbeit aufgebrochen war, nach Rosenheim zu Margarete Bendler zu fahren. Da das Wetter unbeständig und die Strecke für den Einspänner zu weit war, entschied sie, den Omnibus zu nehmen. Widerwillig holte Berta den Fahrplan aus dem Küchenschrank und schrieb ihr die Abfahrtszeiten auf.

»Des Geruckel in dem alten Kasten is doch nix für Sie und des Kind«, meinte sie besorgt, doch Franzi ließ sich nicht von ihrem Vorhaben abbringen. Sie zog ihr dunkelblaues, etwas weiter geschnittenes Leinenkleid mit dem dazu passenden Jäckchen an und setzte den breitkrempigen weißen Hut auf, dessen schlichtes Band die gleiche Farbe wie das Kleid hatte.

Berta ließ es sich nicht nehmen, ihr noch einen Regenschirm in die Hand zu drücken. »Ma woas ja nie!«

An der Bushaltestelle standen schon ein paar Leute, die auf die Ankunft des Busses aus Seebruck warteten.

»Der hod bestimmt wieda Verspätung, letzte Woch is amoi gar ned kemma«, prophezeite ein alter Mann mit einem Riesenkorb voller Gemüse.

»Ach komm, maul doch ned rum, Josef«, meinte eine nicht mehr ganz junge, aber noch äußerst attraktive Frau in einem glänzenden schwarzen Dirndl. Sie hatte das volle rote Haar hochgesteckt, und Franzi bewunderte ihren schlanken weißen Hals, das üppige Dekolleté und die schönen Beine.

»Ja, dir kann des wurscht sei, wann der Omnibus kommt, du host ja vui Zeit unterdogs«, konterte der Alte. »Du bist ja a Nachtarbeiterin!«

Die Frau bedachte ihn mit einem vernichtenden Blick und deutete die Straße hinunter. »Schau, da kommt er scho, pünktlich auf d'Minutn!«

Im Bus nahm Franzi neben der Rothaarigen Platz. Die Frau holte ein Tütchen mit Pfefferminzpastillen aus ihrer Handtasche, steckte sich eine in den Mund und bot auch Franzi davon an.

»Des brauch ich beim Omnibusfahren«, meinte sie, »sonst wird mir schlecht.«

Franzi nahm dankend ein Pfefferminz und fragte, ob die schöne Rothaarige auch nach Rosenheim fahre.

»Ja, einmal die Woch fahr ich hin«, antwortete sie. »Man braucht ja immer dies und das, und außerdem muss ich zwischendrin auch mal raus ausm Dorf.«

Eine Zeit lang schwiegen sie und lutschten ihre Pastillen. Franzi konnte jedoch nicht umhin, immer wieder den schönen Hals und das ansprechende Profil ihrer Nachbarin zu betrachten.

»Sie haben einen wunderbaren Hutkopf«, sagte sie schließlich. »Sie sollten wirklich Hüte tragen.«

Die Rothaarige lachte.

»Als jungs Madl hab ich mal einen Trachtenhut gehabt, aber schon seit längerer Zeit steht's mir nimmer zu, einen Hut zu tragen. Ich bin keine Dame, müssen S' wissen. Aber ich weiß jetzt, wer Sie sind. Sie sind die Hutmacherin aus München, die Frau von dem Herrn von Lindgruber.«

»Ja, die bin ich. Franziska Lindgruber, das ›von‹ lassen wir bitte weg«, antwortete Franzi und streckte ihrer Nachbarin spontan die Hand hin. »Und wer sind Sie?«

Sie glaubte ein leichtes Zögern bei der Frau wahrzunehmen, dann jedoch erwiderte diese kräftig ihren Händedruck.

»Ich bin die Resi, jeder im Dorf kennt mi!«

Franzi schaute sie verwundert an, doch die Resi schien vorerst nichts mehr zu ihrer Person sagen zu wollen.

»Der Fritz hält große Stücke auf Ihren Mann«, meinte die Resi dann. »So ein gescheiter, belesener Herr und außerdem noch ein Polizist mit ordentlichen Ansichten, sagt er immer.«

»Ist das Ihr Mann, der Fritz?«, fragte Franzi, die den Fritz Bergleitner aus den Erzählungen Benedikts sehr wohl kannte.

Resi lachte.

»Nein, nein, der Fritz ist ein sehr guter Freund von mir. Ich hab keinen Mann. Zu mir kommen die Männer immer nur kurzzeitig.«

Franzi dämmerte langsam, welchem Beruf die Resi nachging, doch sie hegte keinerlei Vorurteile gegen diese Art des Geldverdienens, und außerdem fand sie die Resi einfach äußerst nett.

»Das freut mich, dass der Herr Bergleitner meinen Mann so sympathisch findet«, sagte sie.

Nach ein paar weiteren Minuten Schweigen und Pastillenlutschen fasste sich Franzi schließlich ein Herz und fragte: »Wollen Sie nicht als Hutmodell für mich arbeiten? Ich habe noch selten einen so schönen Hutkopf wie den Ihren gesehen. Sie könnten einfach alles tragen!«

Resi errötete ein wenig, dann jedoch schüttelte sie energisch den Kopf.

»Na, seien S' mir nicht bös, aber das kann ich nicht machen. Ich komm aus einer anderen Welt wie Sie, und dabei soll's auch bleiben!«

Franzi wollte noch etwas entgegnen, entschloss sich aber dann doch, zu schweigen.

Als der Omnibus auf dem Rosenheimer Marktplatz hielt, stiegen beide Frauen aus, verabschiedeten sich mit wenigen Worten, und die Resi ging ihres Weges.

Franzi blieb noch einen Augenblick stehen und blickte der hochgewachsenen rothaarigen Schönen hinterher, dann machte sie sich auf zu Margarete Bendler.

Die Huaterin war gerade dabei, ihr winziges Schaufenster neu zu dekorieren. Neben drei Priener Hüten verschiedenster Ausführung gab es noch eine schlichte graue Filzkappe, in der als einziger Schmuck eine silberne Hutnadel steckte, und einen knallroten breitkrempigen Hut mit weißer Tüllverzierung zu bestaunen. Margarete Bendler winkte Franzi aus dem Schaufenster zu und deutete einladend auf die Tür. Franzi trat ein, und Margarete, die abschließend noch ein paar gelbgrüne herbstliche Blätter zwischen den Hüten verteilt hatte, sprang aus dem Schaufenster, lief auf Franzi zu und umarmte diese herzlich.

»Mei, freu ich mich, dass du kommst!«, rief sie. »Wir sagen doch Du zueinander, oder? Magst an Kaffee?« Mit diesen Worten nahm sie Franzi bei der Hand und zog sie in den hintersten Teil des kleinen Ladens, wo auf einem winzigen Tischchen eine Kanne dampfenden Kaffees und einige Tassen standen.

»Alles a bisserl eng bei mir«, entschuldigte sich Margarete, während sie den Kaffee eingoss und Franzi ein ebenfalls winziges Stühlchen zum Platznehmen anbot.

Franzi jedoch hatte nach dem langen Sitzen im Bus keine Lust dazu, sie wanderte mit ihrer Kaffeetasse in der Hand durch Margaretes Lädchen, um alles zu besichtigen.

In ansprechenden hellen Regalen und auf dem schmalen Verkaufstresen, überall waren auf wenig Platz Hüte, gefranste seidene Trachtentücher, Bänder in verschiedensten Farben und auch ein bisschen Schmuck äußerst dekorativ und ansprechend angeordnet.

»Das ist einfach wunderschön, Margarete. Du hast ein sehr gutes Händchen«, meinte Franzi voller Anerkennung und dachte an ihren eigenen Laden, der sich zwischendurch, wenn viel Arbeit war, oft in ein chaotisches Durcheinander verwandelte.

Die quirlige kleine Margarete lächelte, dann wurde ihr Gesicht ernst. »Wenn man bedenkt, dass ich vor zehn Jahren von Hüten noch keine Ahnung hatte, kann ich wirklich ein wenig stolz auf mich sein. Als mein Mann so früh und so plötzlich von uns gegangen ist, bin ich zuerst in ein tiefes schwarzes Loch gefallen, und ich wäre da nicht mehr rausgekommen, wenn nicht die Hüte gewesen wären.«

Franzi hatte das kleine Foto im Silberrahmen, das einen

fröhlich lachenden breitschultrigen Mann mit Trachtenhut und Gamsbart zeigte, schon gesehen. Eine kleine getrocknete rote Rose steckte im unteren Bildrahmen.

Margarete, die übrigens eine vermutlich von Hand bestickte weiße Bluse und einen weiten, blau gestöckelten Rock trug, führte Franzi schließlich in ihre Werkstatt, die man nur über eine äußerst schmale Holzstiege hinter dem Laden erreichen konnte. Auch hier herrschte vorbildliche Ordnung, und Franzi konnte nur staunen.

»Das meiste hab ich von der Fanny aus Traunstein gelernt, die ist wirklich eine Meisterin ihres Fachs. Und dann bin ich noch zur Elsi Riedler aus Marquartstein, die macht die schönste Goldstickerei und wunderbare Hint-obi-Bänder«, berichtete Margarete. »Als dann die Bäckerei hier aus Altersgründen zugemacht hat, hab ich zugegriffen. Ich hab keine Ahnung ghabt, ob des gut geht!«

Nachdem auch Franzi ein wenig von ihrem Werdegang und ihrem Laden in München berichtet hatte, kam sie zum eigentlichen Grund ihres Besuches und fragte Margarete, ob sie in den nächsten Monaten öfters kommen und bei der Anfertigung eines Priener Huts dabei sein dürfe.

»Nichts lieber als das!«, freute sich Margarete und klatschte begeistert in die zierlichen kleinen Hände. »Und du gibst mir Ratschläge bei den Gesellschaftshüten! Es kommen nämlich immer mehr Damen, die so was gerne hätten. Und wenn wir alles gelernt haben, dann machen wir eine Modenschau! Vielleicht noch vor Weihnachten, das ist die beste Zeit.«

Franzi blieb noch eine Weile, sah Margarete beim diffizilen Annähen einer Goldborte zu und beobachtete Verkaufsgespräche mit zwei jungen Damen, die neue Bänder für ihre Hüte suchten, und einer offensichtlich gut betuchten Kundin, die einen Hut und gleich drei Seidentücher kaufte.

Es war schon Nachmittag, als sie zum Marktplatz eilte, um den Omnibus noch zu erreichen. Ein wenig hoffte sie, die Resi wiederzutreffen, doch nur der grantige alte Mann, dessen Gemüsekorb mittlerweile leer war, fuhr mit ihr zurück.

Als sie den Weg von der Bushaltestelle im Dorf nach Hause ging, fühlte sie sich erschöpft und beschwingt zugleich. Sie hatte ein neues Kapitel in ihrem Hutmacherinnenleben aufgeschlagen und war neugierig, was sich daraus entwickeln würde. Kurz vor dem Haus setzte ein starker Platzregen ein, und sie war froh um Bertas Schirm. Die Haushälterin stand auf der Schwelle und rief: »Wos hob i gsagt, Frau Franzi, ma woas ja nie! Kommen S' schnell eini, i hab Marillenknödel gmacht!«

20

War der Schlaf der alten Schwester Kreszentia schon in den letzten Jahren immer leichter und unruhiger geworden, so hatte sie seit Floras Tod noch mehr Schwierigkeiten damit. Zu viele Gedanken gingen ihr durch den Kopf, zu viele Sorgen quälten sie. Da war einmal der unaufgeklärte Mord an der jungen Frau und dann der schlechte Nervenzustand der Mutter Oberin, die an manchen Tagen ganz normal wirkte, an anderen jedoch kaum ansprechbar war. Auch die Sache mit den verschwundenen Medizinfläschchen aus der Klosterapotheke, die sich bis jetzt nicht geklärt hatte, und die seltsame Angelegenheit mit ihrem Schlüssel beschäftigten sie immer noch.

Doch am meisten Sorgen machte sie sich wegen ihrer zwei Novizinnen. Beide hatten nicht mehr lange bis zur Einkleidung, und je näher dieser Termin rückte, desto seltsamer benahmen sie sich. Hilda jätete zwar weiter den Klostergarten und half in der Küche, doch sie wirkte oft geistesabwesend, und ihr hübsches rotwangiges Gesicht war schmaler geworden. Mehrfach hatte Kreszentia schon nachgefragt, doch Hilda wollte mit ihren Sorgen nicht herausrücken.

Schlimmer noch war es mit der eh schon zarten und nervlich anfälligen Sophie. Sie hatte schon mehrfach die Gebetsstunden versäumt und erschien fast gar nicht mehr zu den üblichen Betätigungen und den Hilfsarbeiten in Garten, Küche und Klosterräumen. Meist kniete sie nur verkrümmt in der Kapelle und murmelte leise Gebete vor sich hin. Ihr Gesicht war noch bleicher als vor ein paar Wochen, sie hatte dunkle Ringe unter den Augen und schwankte manchmal durch die Klosterflure, als wäre sie betrunken. Auch des Nachts geisterte sie durch die Räume, und schon mehrfach hatte Kreszentia sie zu ihrem vollkommen zerwühlten Lager zurückführen müssen.

Litten beide Mädchen noch so unter dem Tod Floras, oder setzte ihnen die bevorstehende Einkleidung derartig zu? Kreszentia war mit ihrem Latein am Ende. Eigentlich hätte sie über alle beide mit der Mutter Oberin reden müssen, doch sie bezweifelte, dass die Äbtissin im Moment in der Lage war, sich der Probleme der Mädchen anzunehmen.

Also lag es doch wieder an ihr, der alten Kreszentia, die Sache aufzuklären, und sie beschloss, am nächsten Tag endlich Tabula rasa zu machen. Die Dinge mussten offengelegt werden.

Kreszentia blickte noch einmal hoch zu Jesus, dessen Bildnis über ihrem Bett hing, und bat ihn um seine Unterstützung, dann schlief sie beruhigt ein.

Währenddessen schreckte Sophie wieder einmal aus einem ihrer wilden Träume hoch. Sie zitterte, ihr Herz klopfte, und sie griff in den Spalt zwischen ihrem Bett und der Wand und holte das Fläschchen mit der Schlaftinktur heraus. Als sie es an die Lippen setzte, stellte sie mit Entsetzen fest, dass darin nur noch wenige Tropfen waren. Noch einmal in die Klosterapotheke einzudringen würde ihr nicht gelingen. Also musste sie in Zukunft dem Schlaf ganz entsagen, aber wie sie das schaffen sollte, konnte sie sich beim besten Willen nicht vorstellen. Vielleicht sollte sie eine Krankheit vortäuschen und am nächsten Morgen oder vielleicht auch mehrere Tage lang nicht mehr aufstehen? Diese Vorstellung beruhigte sie etwas, und tatsächlich fiel sie noch einmal in einen unruhigen Schlaf.

Sie träumte. Ihre Coburger Zofe Ella stand vor ihrem Bett und trug ein weißes, leicht durchscheinendes Nachthemd, durch das man ihre hübschen kleinen Brüste deutlich sehen konnte. Ella drehte und wendete sich, als wollte sie einen kleinen Tanz aufführen. Sie hob das Nachthemd und zeigte ein makelloses schlankes weißes Bein.

»Pfui, Ella, was machst du denn da!«, rief Sophie. »Zieh dich gefälligst statthaft an, das gehört sich nicht.«

Ella tänzelte dennoch noch ein wenig um Sophies Bett herum, und plötzlich spürte Sophie ein Ziehen in ihrem Unterleib, das keineswegs unangenehm war, und eine Welle noch nie erlebter Lust überschwemmte ihren Körper.

Jemand rüttelte sie an der Schulter. Sophie schreckte hoch und blickte in Hildas noch verschlafenes Gesicht.

»Sophie, was ist denn?«, rief die Freundin. »Du hast ganz laut gerufen, irgendetwas sei unanständig!«

Sophie stellte mit Entsetzen fest, dass sie die Bettdecke weggestrampelt hatte und eine ihrer Hände zwischen ihren Beinen und die andere auf ihrer Brust lag. Schnell deckte sie sich zu und tat, als schliefe sie sofort wieder ein.

Hilda strich ihr noch einmal beruhigend über die Schulter und ging zu ihrem Bett zurück. Aha, dachte sie, auch die heilige Sophie hat ihre unkeuschen Träume, nicht nur ich.

Am nächsten Morgen erschien Hilda zwar nicht ausgeschlafen, aber pünktlich in der Küche bei Kreszentia. »Sophie liegt«, berichtete sie. »Sie hat rasende Kopfschmerzen, und der Bauch tut ihr weh.«

»Ich schau gleich nach ihr und lass ihr aus der Apotheke was bringen«, meinte Kreszentia besorgt. »Aber zuerst einmal muss ich mit dir sprechen. Bitte sei offen und ehrlich mit mir, ansonsten müssen wir die Mutter Oberin einschalten.«

Hilda erschrak. Lieber vertraute sie doch der guten Kreszentia ihre Sorgen an als der Äbtissin, mit der es ja zurzeit eh recht schwierig war.

Und so erzählte sie Kreszentia vom Brief und vom mittlerweile stattgefundenen Besuch des Franzl Ottinger, ihres Kirchweihgalans. Dieser hatte keine großen Umschweife gemacht und sie gebeten, wieder nach Hause zu kommen und seine Frau zu werden. Erst als sie damals ins Kloster gegangen war, sei ihm klar geworden, wie gern er sie habe, was für eine tüchtige Bäuerin sie sei und dass ihm nichts lieber wäre, als mit ihr eine Schar Kinder zu haben.

»Gib's doch zu, Hilda, du bist geflohen. Vor deinem Vater und der neuen Frau. Du bist keine Klosterschwester, du bist eine Bäuerin. Du wirst es gut haben bei mir, ich hab vierzig Milchküh, eine Menge Äcker und sogar einen Fischteich. Ich bin gut eingesäumt, glaub mir! Ich hab zwei Knecht und zwei Mägde, du wirst also nur im Notfall in Stall und Feld arbeiten müssen. Das Haus, der Garten, die Kinder, das wird dein Arbeitsgebiet sein. Ich bitte dich, komm zu mir, wir werden es schön haben, wir zwei!«

Das waren die Worte des Franzl Ottinger gewesen, und obwohl das Wort »Liebe« nicht gefallen war, spürte Hilda Franzls ehrliche Zuneigung und war gerührt. Sie hatte sich zwei Wochen Bedenkzeit erbeten, seitdem kniete sie jeden Abend vor ihrem Herrgott und bat ihn, ihr doch ein Zeichen zu schicken. Doch das war eigentlich nicht mehr nötig, denn in Wirklichkeit war ihre Entscheidung schon gefallen. Sie würde eine tüchtige Bäuerin mit einem guten Mann und einem Stall voller Kinder werden. Hatte sie das nicht schon immer gewollt?

Nachdem Hilda Kreszentia ihr Herz ausgeschüttet hatte, barg sie ihren Kopf an der Schulter der alten Frau und weinte ein wenig.

Kreszentia drückte sie. »Tu das, was dein Herz dir sagt, meine Liebe. Der Herr wird es verstehen, und er wird dich weiterhin dein Leben lang begleiten. Ich bedaure, dass du uns verlässt, aber es ist dein Weg. Und nun mach dich auf zur Mutter Oberin, um mit ihr zu sprechen!«

Viel schwieriger stellte sich der Fall von Sophie dar, den Kreszentia nun anging. Mit einer Tasse Kräutertee und einem leichten Pulver gegen die Kopfschmerzen suchte sie die Patientin auf. Bleich, mit wirrem Haar und ungesunden roten Flecken im hohlwangigen Gesicht lag Sophie im Bett und starrte zur Decke.

»Sprich doch mit mir, Kind!«, bat Kreszentia eindringlich. »Hast du Zweifel wegen deiner Einkleidung, beschäftigt dich der Tod von Flora noch so stark? Du kannst mit mir über alles reden.«

Doch Sophie drehte sich zur Wand, ihre Schultern zuckten ein wenig, als weinte sie, doch sie sprach kein Wort. Als Kreszentia ihr die Wange streicheln wollte, rückte sie rasch ab und tauchte unter ihre Decke.

Kreszentia wusste sich keinen Rat mehr. Leise erhob sie sich, stellte Teetasse und das Pulver ab und sagte abschließend: »Ich muss die Mutter Oberin über deinen Zustand informieren. Halt dich bereit, ich denke, sie wird dich zu sich rufen lassen.« Sophie jedoch zeigte keinerlei Reaktion.

Kreszentia beschloss, das Mädchen einfach für einige Tage krankzumelden, vielleicht trat ja doch noch eine Besserung ein. Dann ging sie in die Küche und begann, die Mittagsmahlzeit vorzubereiten.

Nach etwa einer halben Stunde kam Hilda hinzu. »Ich war bei der Mutter Oberin«, berichtete sie. »Sie war streng, aber sie hat Verständnis gezeigt. Sie hat mich gebeten, noch zwei Wochen lang in mich zu gehen und so viel wie möglich mit dem Herrn zu sprechen. Dann soll ich ihr meine Entscheidung mitteilen, und sie will mir, egal, wie ich mich entscheide, ihren Segen geben.«

»Tu das, Kind«, meinte Kreszentia, die sich schon ziemlich sicher war, wie die Entscheidung ausfallen würde. »Und jetzt komm und hilf mir bei die Mehlspatzn.«

21

Der kleine Bogenhauser Friedhof, auf dem sich die Grabstätte der renommierten Apothekerfamilie Rottmann befand, war voller Menschen. Benedikt und Fanderl hatten sich etwas abseits gestellt, und wieder hatte Benedikt den Eindruck, einem Schauspiel beizuwohnen. Die große Trauergesellschaft teilte sich schon den Farben ihrer Kleidung nach in drei Gruppen. Auf der rechten Seite unter schattigen Bäumen standen die Familien von Prielmayer und Rottmann, alle in tiefstem Schwarz. Henriette von Prielmayer trug wieder ihren dunklen Nerz und einen sichtlich neuen wagenradgroßen Hut mit Schleier. Neben ihr stand Siegfried von Prielmayer, wieder in der schwarzen Pelerine, etwas gebeugt und ohne jeglichen Körperkontakt zu seiner Frau, mit blicklosen Augen vor dem Grab, das mit zahllosen Kränzen und Blumen gesäumt war. Im Kreis der Familie Rottmann, der Großeltern Floras und der sonstigen zahlreichen Verwandtschaft war auch die Äbtissin auszumachen.

Dieser Gesellschaft gegenüber stand der Freundeskreis Floras; Benedikt erkannte sofort Leopold und Ernestine und spürte beim Anblick der Tänzerin sein Herz klopfen. Die ganze Gruppe, die in strahlender Herbstsonne im schattenlosen Teil des Friedhofs stand, war vollständig in Weiß gekleidet, und alle hielten weiße Rosen in der Hand. Einige Mädchen und auch ein paar junge Männer schluchzten. Leopold und Ernestine zeigten keine Tränen; sie hielten sich bei den Händen, und ihre Mienen wirkten wie versteinert.

Die dritte Gruppe, die wie Benedikt und Fanderl etwas Abstand hielt, war in bäuerlicher Kleidung gekommen. Benedikt erkannte sofort Floras Freund Theo, der ein Bukett roter Rosen trug, und neben ihm Fritz Bergleitner, dessen Blessuren im Gesicht man noch deutlich sehen konnte, dazu den Knecht Xaver, der sich offensichtlich in der ganzen Friedhofsgesellschaft äußerst unwohl fühlte und zwischendurch laut und störend hustete. Alle drei trugen die typischen ledernen Kniebundhosen und Trachtenhüte mit imposanten Gamsbärten.

Als der Priester hinzutrat, um die Gebete zu sprechen, nahmen die Männer ihre Hüte ab. Henriette von Prielmayer schluchzte laut auf und stützte sich auf ihren Mann, was dieser sichtlich widerwillig über sich ergehen ließ. Der alten Frau Rottmann war ein Stuhl gebracht worden, auf dem sie nun schwer atmend saß und die Hand ihres Mannes hielt. Der Priester, ein junger Mann mit einem etwas aufgedunsenen Gesicht, spulte die Zeremonie fast unbeteiligt ab. Bei seinen Worten »Dem Herrn hat es gefallen, seine Dienerin Flora von Prielmayer zu sich zu nehmen« schrie Ernestine auf und wollte sich auf ihn stürzen.

Ein junger Mann aus der Gruppe konnte sie gerade noch festhalten. Auch unter dem Freundeskreis und bei Theo Habegger und Fritz Bergleitner konnte man in den Gesichtern deutlichen Widerwillen erkennen. Der Priester, der nun einen äußerst verunsicherten Eindruck machte, war jetzt bemüht, die ganze Sache schnell zu beenden, und als er mit seinem Part fertig war, trat er weiter vom Grab zurück als nötig. Dann wurde der Sarg, den Flora sicher als zu pompös empfunden hätte, in die Erde gelassen. Einen Moment lang herrschte absolute Stille, nur die Vögel in den großen alten Bäumen des Friedhofs zwitscherten.

Dann trat Leopold Segmüller vor das Grab.

»Jedwedem Glücke kommt ein Tag,
wo sich das Licht von uns wendet,
wo von der Wolke Wetterschlag
die Hoffnung stirbt, das Leben endet.

Wo wir in heißer Tränenflut
am Bett des Todes schauernd bangen,
wo hilflos mit gebrochnem Mut
wir mitzusterben nur verlangen.«

Als Leopold das Gedicht beendet hatte, schossen ihm die Tränen in die Augen, und bald wurde sein ganzer Körper von Weinkrämpfen geschüttelt. Ernestine legte ihm tröstend den Arm um die Schulter, doch auch ihr rannen nun die Tränen über die Wangen. Leopold hatte noch nicht einmal seine weiße Rose ins Grab geworfen, als nun Theo Habegger entschlossen vortrat und seinen Platz vor dem Grab beanspruchte. Sanft, aber deutlich schob er Leopold in die Freundesgruppe zurück.

»Adieu, Flora, meine Geliebte, mein Lebensmensch«, sagte er mit brüchiger Stimme. »Du wirst immer bei mir sein, ich werde dich niemals vergessen.« Und er warf seine roten Rosen in die Grube.

Plötzlich stand Fritz Bergleitner neben ihm, er sprach mit klarer, deutlicher Stimme. »Frieden, Freiheit und Gerechtigkeit, das waren ihre Lebensziele. Sie war eine von uns. Viel zu früh und voller Pläne hat sie uns verlassen. Wir werden ihre Ideen in ihrem Sinne weiterverfolgen. Sie ruhe in Frieden.« Er hob die Hand.

Es war schwierig, diese Geste zu deuten – war es ein Abschiedsgruß für Flora, oder ballte er ganz leicht die Hand zum kommunistischen Gruß?

»Unerhört, unerhört!«, empörten sich einige aus der schwarzen Gruppe, um sogleich von der weißen Gruppe in den Hintergrund gedrängt zu werden, die nun alle ihre Rosen in das Grab warfen.

»So ein Begräbnis hab ich noch nie erlebt«, murmelte Fanderl. »Da haben wohl zwei die Flora sehr geliebt.«

»Ja, und dem müssen wir unbedingt nachgehen. Ich werde den Leopold Segmüller um ein Gespräch bitten, und das so schnell wie möglich«, verkündete Benedikt sehr amtlich, obwohl auch er von der ganzen Beerdigung stark ergriffen war. Da waren wahrlich Welten aufeinandergeprallt!

Als sie sich schon zum Gehen wenden wollten, kam noch einmal Unruhe auf. Die Äbtissin war vor dem Grab auf die Erde gesunken und verbarg ihr Gesicht in den Händen. Von Prielmayer ging zielstrebig auf sie zu, riss sie hoch und schob sie energisch wieder zurück in die schwarze Trauergruppe.

Als Benedikt und Fanderl schon am Friedhofsausgang standen, tippte jemand Benedikt von hinten auf die Schulter. Er drehte sich um, und Ernestine stand vor ihm. In ihrem weißen Kleid sah sie aus wie eine Elfe, in der Hand hielt sie ein nass geweintes Taschentuch, und ihre Augen waren rot gerändert. Benedikt erstarrte. »Ich wollte dir nur noch sagen, dass der Alfred Habegger die Flora einmal massiv mit dem Tod bedroht hat. Das war im Frühsommer am Dampfersteg. Und auch auf seine Schwester Lisi Habegger solltet ihr mal ein Auge werfen. Flora hat mir das alles im August erzählt. Ich wollte es dir an dem Abend im Weinlokal auch noch sagen, aber irgendwie ...« Sie verstummte, hielt dann einen Augenblick inne und schaute ihm in die Augen.

»Es ist übrigens nichts passiert in der Nacht«, sagte sie dann kurz angebunden. Sie machte auf dem Absatz kehrt, sodass ihr schwingender weißer Rock Benedikts Bein sanft streifte, und ging davon.

Fanderl blickte fragend. Da kam jedoch gerade im rechten Moment Leopold Segmüller daher, und Benedikt und Fanderl bestellten ihn für den Nachmittag zu einer Aussprache.

»Gegen fünf Uhr am Chinesischen Turm«, meinte Benedikt, der wohl wusste, dass sein Freund Fanderl nun einem ordentlichen späten Mittagessen zusprechen und am Abend in den Simplicissimus gehen wollte.

Leopold nickte stumm zu der Aufforderung, wandte sich jedoch sogleich ab und folgte seinen Freunden.

»Ob der uns jetzt verstanden hat?«, fragte sich Fanderl und stellte dann fest, dass die Weißwurstzeit schon wieder längst überschritten war und es wohl erneut auf einen Schweinsbraten hinauslaufen würde.

Während die weiße Freundesgruppe sich langsam zerstreute, stand Floras Familie noch vor dem Friedhof. Benedikt hörte, wie Henriette von Prielmayer, die mittlerweile ihren Schleier zurückgeschlagen hatte und wieder ihr perfekt geschminktes Gesicht zeigte, kopfschüttelnd zu ihrem Gatten sagte: »Ich bin entsetzt, wie sich der Leopold so exponieren konnte, und dann noch dieser

Bauernwirtssohn mit seinen kitschigen Worten, unmöglich! Aber die Höhe war dann doch dieser Dorfkommunist! Du hättest dem ganzen Treiben Einhalt gebieten müssen, Siegfried.«

Ihr Mann zuckte nur die Achseln, hob dann die Hand und teilte mit seiner sonoren Bühnenstimme, die alle um ihn zum Verstummen brachte, mit, dass man sich in einer halben Stunde im »Königshof« treffen würde.

Fanderl und Benedikt kehrten in einer nahe gelegenen Gaststätte ein und nahmen ein recht schweigsames Mahl zu sich. Die Beerdigung steckte ihnen noch deutlich in den Knochen, und der Schweinsbraten schmeckte längst nicht so gut wie im Hofbräuhaus. Erst als die Teller abgeräumt waren und Benedikt sich ein Zigarillo anzündete, ergriff Fanderl vorsichtig das Wort.

»Ein äußerst hübsches Madl, diese Ernestine«, bemerkte er harmlos. »Sie ist Tänzerin, ned wahr?«

Benedikt nickte und seufzte leicht. »Ja, ja, ich erzähl's dir schon, vorher gibst ja eh kei Ruh!« Und er berichtete dem Fanderl von der Nacht mit Ernestine.

Fanderl schlug die Hand vor den Mund. »Oje, des wär ja beinahe schiefgangen! Aber tröste dich, ich hab einmal nach dem Geburtstagsfest von meiner Schwiegermutter ganz furchtbar mit der Tini poussiert – die Therese war mitm Bua schon früher heim – und hab auch nimmer gewusst, wie weit mir ganga sind, weil ich stockblau war. Dabei ist die Tini nicht mal besonders hübsch! Was san mir Männer doch für blöde Kreaturen. Da hamma die liebevollsten, schönsten und treuesten Frauen daheim und machen dann so einen Unsinn!«

»Du sagst es!«, pflichtete Benedikt ihm bei.

Da mussten beide doch lachen und empfanden es als große Erleichterung, dass sie sich gegenseitig das Herz ausgeschüttet hatten.

»Jetzt könnten wir uns im Englischen Garten noch auf eine schattige Bank setzen und uns ausruhen, bis wir den Leopold treffen«, schlug Benedikt vor. »Und den Habegger Alfred knöpfen wir uns wegen der Morddrohung noch mal vor.«

»Das können wir schon machen«, entgegnete Fanderl. »Aber bringen wird's nichts. Der hat doch immer jemand an der Hand, der ihm aus dem Schlamassel hilft.«

Währenddessen saßen nicht weit entfernt Theo Habegger, Fritz Bergleitner und der Knecht Xaver ebenfalls in einer Wirtsstube. Doch keiner der drei Männer zeigte großen Appetit, sie ließen ihre Teller halb voll wieder zurückgehen.

»Wie du mit deim Bruder no unter oam Dach leben kannst, Theo!«, empörte sich Xaver, der dem Bier schon kräftig zugesprochen hatte. »Hast ghört, was des Madl zu die Polizisten gsagt hat? Der hat gedroht, dass er sie umbringt! Vielleicht war er's doch. Und wos is mit deiner Schwester? Die wollt die Flora ja auch liebend gern weghaben!«

Fritz Bergleitner legte ihm beruhigend die Hand auf die Schulter. »Des bringt doch nichts, Xaver«, meinte er.

Theo Habegger starrte vor sich hin. »Was soll i denn machen? Sie is tot, und niemand bringt sie mir wieder zurück. Die Polizei wird schon ihr Arbeit machen.«

Xaver ließ nicht locker. »Also i würd des wissen wollen! Des tat mir koa Rua lassen! Und der ander da mit seim Gedicht, der Schauspieler, der war ja a schwer verschossen in die Flora, des hod ma doch genau gmerkt. Wer woas, vielleicht hat er's ned verkraft, dass sie mit dir geht, und hod ihr was antan! Da sollten die Polizisten a no amoi genauer hinschauen.«

Und weil er gerade so in Fahrt war, wandte sich der Xaver noch an den Fritz und meinte kritisch, dass er sich solche linken Sprüche in der Öffentlichkeit doch verkneifen solle.

»Du konnst a Anzeige kriagn deswegen, und gnade dir Gott, was dann passiern ko!«

»Ich konnt nicht anders, und jetzt is Schluss!«, meinte Fritz Bergleitner energisch. »Mir müssen gehen, in a hoibn Stund geht unser Zug.«

22

Während Franzi bei der kleinen Margarete im Hutsalon weilte und Fanderl und Benedikt in München an der Beerdigung Floras teilnahmen, schlenderte Resi durch Rosenheim und machte ihre Einkäufe. Sie merkte jedoch rasch, dass sie nicht ganz bei der Sache war. So kaufte sie die schwarzen Spitzenstrümpfe, die sie immer für den Sigi aus Endorf trug, doch tatsächlich in der falschen Größe und vergaß ganz, dass sie in der Buchhandlung für den Fritz ein bestelltes Buch abholen sollte. Das Zusammentreffen mit der netten Franzi Lindgruber im Bus ging ihr nicht aus dem Kopf.

Hutmodell! Sie hatte keinen Zweifel daran, dass diese so offene und zugewandte junge Frau das ernst gemeint hatte. War es denn wirklich nicht mehr möglich, doch noch einmal etwas anderes zu sein als die Dorfhure? Wenigstens zwischendurch? Nein, alle würden sich das Maul über sie zerreißen, und die Franzi Lindgruber wäre damit ebenfalls kompromittiert. Ein Hin und Her von widerstreitenden Gedanken schwirrte durch Resis Kopf, und schließlich beschloss sie, Annette Kamphauser zu besuchen.

Während der ruhelosen und verzweifelten Wanderschaft nach ihrem langen Krankenhausaufenthalt hatte sie Annette kennengelernt, als diese auf einer brütend heißen Landstraße mit dem Auto anhielt und sie einsteigen ließ. Da Resi kein Ziel angeben konnte und man ihr die Erschöpfung wohl sehr deutlich ansah, nahm Annette sie einfach mit nach Hause in ihr kleines hübsches Haus am Rande von Rosenheim. Resi erinnerte sich, dass ihr Annettes selbstverständliche Herzlichkeit, der kleine, etwas verwilderte Garten voller Stockrosen und Sonnenblumen und das geschmackvoll, aber mit sympathischer Nachlässigkeit eingerichtete Haus wie ein Paradies vorgekommen waren. Sie war zwei Wochen geblieben, und sie und Annette waren Freundinnen geworden.

Annette ging auf die siebzig zu und hatte ein äußerst bewegtes Leben hinter sich. Ihr Vater war Bierkutscher gewesen und ihre Mutter Näherin. Da der Vater sozusagen an der Quelle saß und schon morgens dem Bier zusprach und das bis in die Abendstunden gehörig steigerte, befand er sich eigentlich immer im Zustand der Trunkenheit. Selten wurde er müde und weinerlich vom Alkohol, viel häufiger brutal und zu Schlägen aufgelegt. Das bekamen Annette, ihre Geschwister und vor allem die Mutter gehörig zu spüren. Als sie fünfzehn war, verließ die hübsche Annette ihr Elternhaus auf Nimmerwiedersehen. Sie war noch nicht siebzehn, als Lucky Wallner sie in sein Münchner Etablissement »Das rote Lämpchen« aufnahm und seinen Kunden als taufrisches, unverbrauchtes Mädchen vom Lande anbot. Annette lernte rasch, und innerhalb eines Jahres war sie eine der Spitzenkräfte. Als sie Ende zwanzig und immer noch eine heiße Nummer im Roten Lämpchen war, verliebte sich der siebzigjährige Kommerzienrat Kamphauser unsterblich in sie, zahlte dem Lucky Wallner eine beträchtliche Ablösesumme und heiratete sie vom Fleck weg.

Plötzlich war Annette Kommerzienratsgattin, wurde wegen ihres herzlichen und erfrischenden Wesens nach einiger Zeit sogar von der Münchner Gesellschaft akzeptiert und verbrachte ihre Tage mit Friseurbesuchen, langen Sitzungen bei ihrer Schneiderin und so einigen Tändeleien mit Herren, die wesentlich jünger waren als ihr Kommerzienrat.

»Jetzt kann ich sie mir im Gegensatz zu früher ja aussuchen«, meinte sie immer.

Der gute Kommerzienrat starb nach sechs Jahren des Glücks mit seiner Netti und hinterließ ihr ein beträchtliches Vermögen. Annette behielt die Stadtwohnung, kaufte sich zusätzlich das hübsche Haus bei Rosenheim und begann ein fröhliches, libertinäres Leben als lustige Witwe. Trotz ihrer zahlreichen Eskapaden war sie, auch wegen ihrer Großzügigkeit, im Ort sehr beliebt und mit Ende sechzig noch immer eine blendende Erscheinung, die die Männer noch ganz schön um den Verstand bringen konnte. Doch niemals vergaß Annette ihre Zeit als Käufliche im Roten Lämpchen, und auch aus diesem Grunde fühlte sie sich zu der schönen rothaarigen und eindeutig gescheiten Resi sehr hingezogen.

Über den Gartenzaun winkte Resi Annette zu, die trotz der Mittagsstunde im seidenen Morgenrock auf ihrer Terrasse saß und das »Rosenheimer Blatt« las. Ungefragt schenkte die Hausherrin ihrer Freundin ein Gläschen von dem Sherry ein, den sie selbst immer zur Zeitungslektüre zu sich nahm, und nach einigen Minuten fröhlichen Geplauders fragte Annette geradeheraus, was Resis Anliegen sei. Sie hatte sofort bemerkt, dass ihrer Freundin etwas auf der Seele brannte. Nachdem sie Resis Bericht aufmerksam gelauscht hatte, trank sie ihren Sherry aus und schwieg für einen Moment nachdenklich.

»Ich verstehe natürlich deine Bedenken, ganz einfach ist die Sache wahrlich nicht«, meinte sie dann. »Andererseits ist es eine echte Chance, die sich dir da auftut, und du solltest sie ergreifen. Ich würde noch einmal das Gespräch mit dieser Hutmacherin suchen und fragen, wie sie sich das vorstellt. Hutmodell ist ja keine tagesfüllende Beschäftigung, der Verdienst wird dir nicht reichen. Aber vielleicht eröffnen sich damit neue Möglichkeiten, und du kannst das Hurendasein endgültig aufgeben. Meine Unterstützung hättest du. Du könntest auch für einen Neuanfang zu mir ziehen, in Rosenheim weiß doch ohnehin kaum jemand, was du bis jetzt gemacht hast.«

»Zu dir ziehen, meinst du das wirklich ernst?«, fragte Resi gerührt und dachte bei sich, dass heute wohl einer ihrer Glückstage war. »Aber ich kann den Fritz doch nicht allein lassen, der braucht mich!«

»Eins nach dem anderen«, meinte Annette und schenkte sich noch ein Gläschen Sherry ein. »Jetzt sprichst du erst einmal mit dieser Hutmacherin. Dann sehen wir weiter.«

»Aber ich kann doch da nicht einfach hingehen und klingeln«, wandte Resi zögerlich ein. »In so ein hochherrschaftliches Haus ... Die haben sogar eine Hausdame!«

»Meine Liebe«, antwortete Annette streng, »da musst du jetzt durch. Halt den Rücken gerade und denk daran, dass auch wir Huren das Recht haben, unsere Vorstellungen und Wünsche zu äußern und ernst genommen zu werden. Mach dich nicht so klein!«

Damit war von Annettes Seite her alles gesagt. Wie fast jedes Mal bei Resis Besuchen holte sie aus ihrem Riesenkleiderschrank zwei fast nagelneue Kleider und überreichte sie Resi mit der Bemerkung »Passen mir nicht mehr«.

Resi bezweifelte das, nahm die Geschenke aber gerne an. Sie musste die Kleider nur geringfügig ändern, damit sie ihr passten. Die beiden Freundinnen umarmten sich zum Abschied, und Resi dankte Annette vielmals für ihren Zuspruch.

Auf dem Weg zur Haltestelle holte Resi noch rasch das Buch für Fritz und hoffte, dass auch Franzi Lindgruber im Bus war, doch der Bus war fast leer und keine Franzi zu sehen. Resi blickte durchs Fenster hinaus in den strahlenden Tag, der eher noch ein Sommer- denn ein Herbsttag war, sah in der Ferne die Chiemgauer Alpen, die wieder befreit vom frühen Schnee sich im Sonnenglanz präsentierten, und freute sich wie immer, als sie das erste Mal den See aufblitzen sah. Erst ein einziges Mal war sie mit Fritz dort zum Baden gewesen, spät an einem Sommerabend, als die Badegäste schon verschwunden waren, und Fritz hatte sie, die nie das Schwimmen gelernt hatte, um die Taille gefasst und ihr die Schwimmbewegungen gezeigt. Sie erinnerte sich an das sanfte weiche Wasser, das angenehm kühl gewesen war, und an den plötzlich aufkeimenden Wunsch, dieser Fritz, dessen kräftigen Arm sie nun um ihren Leib spürte, wäre ein Mann, der die Frauen begehrte. Es wäre genau der richtige Moment gewesen.

Daheim angekommen wollte sie sich gleich an die Nähmaschine setzen, um Annettes Kleider zu ändern, doch wie schon am Vormittag war sie nicht bei der Sache und musste schließlich eine ganze Naht wieder auftrennen. Kurz entschlossen trat sie vor den Spiegel, steckte sich das Haar frisch zurecht, glättete mit Spucke die Augenbrauen und rieb ihre Wangen rosig. Das schwarzseidene Dirndl, das übrigens auch von Annette stammte, konnte sie anbehalten, es war noch einigermaßen glatt und nicht verschwitzt. Noch einmal atmete sie durch, dann trat sie den Weg zum Lindgruberhaus an.

Sie nahm einen kleinen Umweg und schaute bei Fritz vorbei, um ihm sein Buch zu bringen. Er saß auf dem Bankl hinter seinem Haus, die Augen geschlossen, die Brille schief auf der Nasenspitze, und ein Buch lag zu seinen Füßen im Gras. Er schien fest zu schlafen. Resi rüttelte ihn sanft an der Schulter, er schreckte auf und blickte verwirrt um sich.

»I bin's, Fritz«, sagte Resi beruhigend. »I bring dir dein Buch.«

Fritz schob seine Brille zurecht. »Jetzt bin i doch tatsächlich eigschlafn. Aber ich war auch ganz schön erschöpft von der Beerdigung und der Zugfahrt.«

Er erzählte ein wenig von der Beisetzung, ließ aber wohlweislich seine Rede am Grab aus. Resi berichtete kurz von ihrem Besuch in Rosenheim, sagte aber kein Wort von der Franzi Lindgruber und ihrem Vorschlag. Diese noch so unklare Sache wollte sie lieber für sich behalten, und vor allem wollte sie Fritz damit nicht belasten.

Bald setzte sie ihren Weg fort, nicht ohne Fritz ermahnt zu haben, etwas Gescheites zu essen. Über dem Lesen vergaß er nämlich oft darauf.

Je näher Resi dem Lindgruberhaus kam, desto zögerlicher wurden ihre Schritte. Doch sie dachte an Annettes Worte, und als sie die breite Steintreppe zum Anwesen hinaufstieg, straffte sie die Schultern.

Eine schon ziemlich betagte rundliche Frau in einer bunten Küchenschürze öffnete ihr. Resi war erstaunt, eine Hausdame hatte sie sich ganz anders vorgestellt!

»Grüß Gott, ich bin die Resi. Ich wollte nur kurz mit der Frau von Lindgruber sprechen«, sagte sie und stellte fest, dass ihre sonst eher tiefe Stimme ein wenig piepsig klang.

»Ja, ich weiß schon, wer Sie sind«, antwortete Berta und musterte sie ein wenig kritisch.

»Es ist so«, setzte Resi umständlich an, »wir haben uns heute im Bus kennengelernt und …«

»Kommen S' rein«, schnitt Berta ihr das Wort ab. Wenigstens hat sie mich nicht geduzt, dachte Resi, als sie in die Eingangshalle trat. Da kam auch schon Franzi die Treppe herunter, und Resis Unsicherheit war mit einem Mal wie weggeblasen. Franzi trug zu einer schlichten schmalen Bluse eine rote Pluderhose, und Resi erkannte nun sofort, dass Franzi guter Hoffnung war. In die Freude darüber mischte sich bei ihr jedoch bald die Befürchtung, dass Franzi, sobald das Kind da war, vielleicht ihren Beruf ganz aufgeben würde und folglich auch kein Hutmodell mehr brauchte.

»Schön, dass Sie gekommen sind, Resi«, rief Franzi erfreut und legte dann die Hand auf ihren kleinen Bauch. »Na ja, jetzt wissen S' es ja. Im Februar ist's so weit.«

An Berta gewandt, die immer noch unter ihrer Küchentür stand und offensichtlich nur ungern weichen wollte, bat Franzi um einen Tee für sich und Resi, den sie dann bitte ins Wohnzimmer bringen solle.

Berta wirkte ein wenig beleidigt, als sie in der Küche verschwand. Zu gern hätte sie gewusst, was die Frau von Lindgruber mit der Dorfhure zu besprechen hatte. Ob das dem Herrn des Hauses so ganz recht wäre?

Im Wohnzimmer, das in seiner lässigen Gemütlichkeit Resi ein wenig an das von Annette erinnerte, war der Tisch übersät mit Filz, Seidenbändern, Goldschnüren und Tüllrosen.

»Da bin ich grad dabei, eine Mischung aus Priener Hut und Gesellschaftshut zu entwerfen«, erklärte Franzi. »Ich glaube, das kommt an bei den Münchner Damen.«

Resi bemerkte, dass Franzi angefangen hatte, die Hint-obi-Bänder mit der Hand zu säumen.

»Was für eine Arbeit«, meinte sie. »Ich hab eine sehr gute Nähmaschin. Damit könnt ich Ihnen das viel schneller machen.«

Dann jedoch erschrak sie über ihr Angebot, mit dem sie sich vielleicht schon viel zu weit vorgewagt hatte.

»Das wär schön«, antwortete Franzi jedoch. »Hier hab ich keine Nähmaschin; im Atelier in München steht natürlich eine.« Mittlerweile war Berta mit dem Tee gekommen. Sie stellte das Service auf einem kleinen Tischchen neben dem Sofa ab und schenkte Tee in die zierlichen weißen Porzellantassen. Dann blieb sie wieder abwartend stehen und blickte von Franzi zu Resi und zu dem überhäuften Wohnzimmertisch.

»Danke für den Tee, Berta«, sagte Franzi freundlich. »Die Resi und ich unterhalten uns noch ein wenig.«

Wieder verschwand Berta etwas eingeschnappt, weil sie das Geheimnis um Franzi und die Resi immer noch nicht hatte lüften können.

»Ich nehme an, Sie haben es sich jetzt doch anders überlegt mit dem Hutmodell«, sagte Franzi, um Resi die Angelegenheit zu erleichtern.

»Ja, ich würd es gern machen«, antwortete diese schlicht. »Wenn's Ihnen recht ist. Sie wissen ja, was ich mache, und ich möchte Sie nicht in Unannehmlichkeiten bringen.«

»Das ist mir ehrlich gesagt wurscht, eine meiner Kundinnen ist auch in dem Gewerbe tätig«, meinte Franzi fröhlich. »Und wenn Sie auch noch gut mit der Nähmaschin umgehen können, könnten S' mich vielleicht auch da ein wenig unterstützen. Mir schwebt nämlich noch was ganz Besonderes vor. Die Margarete Bendler in Rosenheim und ich, wir wollen eine Modenschau machen mit Priener Hüten von ihr, Münchner Hüten aus meiner Werkstatt und einer Mischung daraus. Da arbeite ich gerade dran. Dabei könnte ich Ihre Hilfe gut brauchen.«

Resis Herz klopfte heftig, und noch einmal dachte sie, was für eine Menge Glück ihr der heutige Tag schon gebracht hatte. Sie einigten sich darauf, dass Resi jeden zweiten Tag kommen sollte, um die Sachen zum Nähen zu holen.

»Und das nächste Mal ist der Hut vielleicht schon so weit fertig, dass ich Ihren Kopf dazu brauche«, meinte Franzi.

Dann nannte sie eine Summe, die sie Resi wöchentlich bezahlen würde, und diese überschlug sofort im Kopf, dass es zusammen mit den Einnahmen vom Sigi aus Endorf und dem netten

Wilhelm aus Seebruck eigentlich zu einem bescheidenen Leben reichen müsste. Und wenn sich alles gut entwickelte, könnte sie beide Herren langfristig vielleicht auch noch abservieren.

Geradezu berauscht lief sie den Weg zum Dorf hinunter und hätte am liebsten laut gesungen.

Als sie dann abends allein in ihrem Bett lag, kein Sigi und auch sonst niemand war zu erwarten, musste sie zu ihrer eigenen Überraschung plötzlich ganz heftig weinen.

»Auch wir Huren sind Menschen«, hatte Annette gesagt.

Resi hatte jedoch gerade das Gefühl, dass sie eben erst zu einem Menschen geworden war, zu einem, der gebraucht und geschätzt wurde.

23

»Jetzt müsst er eigentlich bald kommen. Aber wie heißt's, Künstler sind immer unpünktlich«, meinte Fanderl und nahm einen ersten genussvollen Schluck von seinem Bier.

Benedikt betrachtete etwas wehmütig den Chinesischen Turm; wie oft hatte er hier nach der Arbeit und am Wochenende gesessen, allein, mit Kollegen oder mit Franzi und Adelheid. Biergärten gab es sicher auch in Rosenheim, aber ob die sich mit dem am Chinesischen Turm messen konnten?

»Weißt du eigentlich, was wir heute Abend im ›Simpl‹ zu sehen und zu hören bekommen?«, fragte Fanderl.

»Soviel ich weiß, einen Überraschungsgast«, antwortete Benedikt. »Den Ringelnatz, der ja eine der Hauptfiguren im Simpl war, haben sie leider im Mai verboten. Er hat generelles Auftrittsverbot überall.«

Schon seit Anfang des Jahrhunderts gab es die bekannte Künstlerkneipe Simplicissimus in der Schwabinger Türkenstraße. Ihre legendäre Wirtin Kathi Kobus, die Seele der Kneipe, war Ende der zwanziger Jahre verstorben, und es war etwas ruhiger um den Simpl geworden. Benedikt war schon etliche Male mit Franzi und Adelheid dort zu Gast gewesen und hatte in der rauchgeschwängerten Luft des immer überfüllten Lokals schon so einige Berühmtheiten der Münchner Künstlerszene erlebt. Darunter die populäre Marietta, die zum lebenden Inventar des Simpl gehörte und Gedichte von Klabund und Ringelnatz vortrug.

»Jetzt is er zwanzig Minuten über der Zeit«, beschwerte sich Fanderl. »Ob der noch kommt?«

»Geben wir ihm noch zehn Minuten«, meinte Benedikt, der es als sehr angenehm empfand, im Schatten zu sitzen, das Bier zu genießen und die Leute zu beobachten.

Doch nach weiteren zwanzig Minuten war es den beiden Ermittlern klar, dass Leopold Segmüller sie versetzt hatte.

»Ganz schön dreist. Was machen wir jetzt?«, fragte Fanderl, und sie beschlossen, es bei Leopold zu Hause zu versuchen. Er wohnte nicht weit weg in der Mandlstraße. Eine Viertelstunde später, nachdem sie noch die letzten Strahlen der Herbstsonne im Englischen Garten genossen und Fanderl der einen oder anderen eleganten Münchnerin staunend hinterhergeblickt hatte, standen sie vor Leopolds Tür.

Auf ihr Klingeln und Klopfen öffnete niemand. Es war vollkommen still in der Wohnung.

»Der is da. I riech des!«, flüsterte Fanderl.

»Herr Segmüller, Leopold, so machen Sie uns doch auf! Wir wollen uns doch nur mit Ihnen unterhalten«, rief Benedikt durch den Briefkastenschlitz.

Vergebens. Unverrichteter Dinge mussten sie den Rückzug antreten.

»Der kriegt morgen a Vorladung, dann muss er halt zu uns nauskommen!«, sagte Fanderl und hatte wieder sein sehr gestrenges Polizistengesicht aufgesetzt.

Die beiden beschlossen, sich vor dem sicher anstrengenden Simpl-Besuch am Abend in Franzis und Benedikts Wohnung über dem Hutatelier noch ein wenig auszuruhen.

In der Wohnung stand die Luft, sodass Benedikt zuerst einmal alle Fenster öffnete. Am Schrank hingen noch Franzis Hochzeitskleid und Benedikts Anzug. Auf dem Sofa lag eine aufgeschlagene Nummer des »Der Kriminalist heute«.

In Benedikt kam wieder Wehmut auf. Was würde aus der Wohnung werden, in der sie so viele schöne Stunden verbracht hatten? Was würde aus dem Hutatelier?

Doch dann dachte er an Franzis zuversichtliche Worte. Es würde sich schon alles irgendwie lösen.

Zuallererst muss jetzt dieser Fall gelöst werden, dachte er und sah seinen Kollegen und Freund Fanderl am Küchentisch sitzen und eifrig etwas in sein schwarzes Büchlein notieren.

Sie beide ergänzten sich wunderbar, da konnte eigentlich gar nichts schiefgehen. Seine Zuversicht stieg in jeglicher Hinsicht.

Als Fanderl seine Eintragungen erledigt hatte, setzte er sich in den bequemeren Sessel im Wohnzimmer, schloss die Augen und war in kürzester Zeit eingeschlafen. Benedikt legte sich auf seine Seite des Ehebetts, fühlte sich zuerst ein wenig einsam ohne seine Franzi, doch dann schlief auch er ein.

Währenddessen lag Leopold Segmüller in seinem zerwühlten Bett und hatte die Decke über den Kopf gezogen, als wollte er sich vor der ganzen Welt verstecken. Natürlich hatte er das Klingeln und Klopfen der beiden Polizisten gehört, sich jedoch beim besten Willen nicht in der Lage gefühlt, ihnen zu öffnen. Noch einmal nahm er einige Schlucke von der Schlaftinktur, die er seiner Großmutter, die große Mengen davon besaß, entwendet hatte, und langsam fiel er in einen seltsamen Zwischenzustand zwischen Tagtraum und Schlaf.

Er hielt Flora, die als Zauberin verkleidet war, in seinen Armen, und sie tanzten. Auch er, Leopold, war verkleidet, doch seltsamerweise als dicke graugrüne Kröte, und es fiel ihm in dem Kostüm schwer, die richtigen Tanzschritte zu machen und die zierliche, anschmiegsame Flora zu führen. Direkt neben ihnen tanzte Henriette, die noch ihren Nerz und Hut von der Beerdigung trug, mit dem Wirtssohn Theo Habegger in Lederhosen, und beide warfen ihnen böse Blicke zu. Die Musik, ein Walzer, wurde immer rasender und schwoll zu einem schrecklichen Getöse an, und Henriette trat nun auf Leopold zu, zog eine Art große Stricknadel aus ihrem Pelz und begann, auf ihn einzustechen. Er fühlte keinen Schmerz, nur die Luft begann aus ihm zu entweichen, und er fiel in Floras Armen zusammen wie ein leerer Sack, der schließlich als ein trauriges Häufchen zu Boden sank. Flora tanzte darüber hinweg und lachte ihr fröhliches, unbeschwertes Floralachen.

Leopold fuhr schweißgebadet hoch. Ja, so war es, er lag als grauer, lebloser Fetzen am Boden und konnte sich nicht mehr aufrichten. Er hatte alles falsch gemacht, er war zu träge gewesen und zu unentschlossen, und nun hatte er große Schuld auf sich geladen.

24

Benedikt und Fanderl schraken hoch. Es klingelte, wohl schon zum wiederholten Male. Benedikt sprang aus dem Bett und rannte zur Tür. Erst als er schon geöffnet hatte, fiel ihm auf, dass er noch in Unterhosen war. Adelheid, in einem schwarzen Hosenanzug, dessen Jacke tief ausgeschnitten war, und mit einem kleinen, ebenfalls schwarzen Barrett auf den Locken, lachte schallend. Ihre Lippen waren tiefrot geschminkt und die Augen bohèmehaft schwarz umrandet.

»Meine Herren, auf geht's!«, rief sie mit ihrer energischen Stimme und klatschte in die Hände.

Fanderl hatte sich mittlerweile aus seinem Sessel hochgekämpft und die Hosen glatt gestrichen. Während Benedikt sich im Schlafzimmer rasch anzog, begrüßte er Adelheid mit einem Küsschen auf die Wange. Der Schlaf war aus seinen Augen gewichen, und er strahlte über das ganze Gesicht, wie immer, wenn er sie sah.

»Ich schlag vor, wir essen irgendwo noch eine Kleinigkeit, bevor wir in den Simpl gehen«, meinte Adelheid. »Vor zehn oder elf brauchen wir da gar nicht aufzutauchen, erst dann ist richtig was los.«

»So spät?«, wunderte sich Fanderl, und Benedikt zitierte Ringelnatz:

»Mitternacht, wenn längst im Bette
liegt der Spießer steif und tot,
ja, dann winkt das traulich nette
Simpl-Glasglüh-Morgenrot.
Und mich zieht's mit Geisterhänden,
ob ich will, ob nicht, ich muss
nach den bildgeschmückten Wänden
in den Simplicissimus.«

»Hab ich gar nicht gwusst, dass du so Ringelnatz-fest bist«, meinte Fanderl bewundernd. »Kann ich denn so gehen heut Abend?«

Adelheid lachte. »Aber natürlich! Bleib einfach so, wie du bist. Ob Abendanzug oder Knickerbocker, das ist im Simpl vollkommen egal.« Sie suchten eine nahe gelegene Wirtschaft auf, und während sie ihren Wurstsalat aßen, erzählten Fanderl und Benedikt von der Beerdigung und von Leopolds Nichtauftauchen.

»Das ist irgendwie tragisch mit dem Leopold«, meinte Adelheid. »Mit der Mutter hat er ein Verhältnis, geliebt hat er aber die Tochter. Ich glaub, dass ihm das alles erst zu spät bewusst geworden ist. Meint ihr denn, dass er mit der Sache was zu tun hat?«

Benedikt und Fanderl zuckten etwas hilflos die Achseln.

»Am besten kommt ihr an den Leopold über die Ernestine dran. Das ist seine engste Vertraute«, klärte Adelheid sie auf. »Du bist ihr doch ein wenig nähergekommen, Benedikt? Sprich doch mal mit ihr!«

Benedikt schaute zweifelnd, Fanderl musterte ihn sorgenvoll von der Seite.

»Aber jetzt machen wir uns einen schönen Abend«, rief Adelheid und übernahm in ihrer großzügigen Art ganz selbstverständlich die Zeche für alle.

Kurze Zeit standen sie in der Türkenstraße vor dem Simplicissimus. Als Benedikt die Tür öffnete, kam ihnen ein starker Schwall schlechtester Luft entgegen, getränkt mit Tabaksqualm, Alkoholdunst und Essensgerüchen. Die Kneipe bestand aus zwei nicht sehr großen Räumen, die durch einen schmalen Gang miteinander verbunden waren, und auf Bänken und Stühlen saßen dicht gedrängt die Menschen. Fanderl war im ersten Moment etwas enttäuscht, er hatte sich alles viel großzügiger vorgestellt, und außerdem hegte er Zweifel, dass sie in dem Menschengedränge noch einen Platz finden würden.

Doch Adelheid winkte in Richtung eines der hinteren Tische,

und sofort sprangen zwei Herren auf, die Adelheid überschwänglich mit Küsschen hier und dort begrüßten, und wie aus dem Nichts standen plötzlich noch drei Stühle für sie da.

Fanderl bestaunte die vielen Bilder und Fotografien an den Wänden und entdeckte erst jetzt das Markenzeichen des Simpl, die rote Bulldogge, die sich mit ihren scharfen Hundezähnen bemühte, eine Sektflasche zu entkorken. Auch die winzige Bühne, »Nudelbrett« genannt, ein wirklich kleines Podium, auf dem auch noch ein Klavier stand, sah er erst nach einiger Zeit, als sich seine Augen an das trübe Licht und den Tabaksqualm gewöhnt hatten. Sie nahmen Platz und bestellten Sekt. Schon der erste Schluck stieg Fanderl sofort in den Kopf, Adelheid und Benedikt waren wohl etwas trinkfester als er. Direkt am Nebentisch saß eine hübsche junge Frau, die Fanderl ein wenig an seine Therese erinnerte. Nur war sie gänzlich anders angezogen, sie trug auffällig weite Seidenhosen und ein Mieder aus rotem Samt, das ihre Brüste mehr zeigte denn verbarg. Auf den Knien hielt sie einen Zeichenblock, auf dem sie mit raschen, sicheren Strichen etwas skizzierte. Fanderl konnte leider nicht erkennen, was es war. Sie legte den Stift zur Seite und prostete Fanderl zu, dieser prostete etwas unsicher und ungelenk zurück.

»Schau an, du hast schon eine Verehrerin«, schrie ihm Benedikt ins Ohr.

Es herrschte ein derart unbeschreiblicher Lärm in der Kneipe, dass an Unterhaltung nicht zu denken war. Adelheid redete mit den zwei Herren, die sie wohl vom Nationaltheater her kannte, wahrlich mit Händen und Füßen. Der eine schien ein Auge auf sie geworfen zu haben, ständig nahm er ihre Hand, küsste ihre Fingerspitzen oder flüsterte ihr etwas ins Ohr, worüber sie immer lauthals lachte.

Fanderl und Benedikt beschränkten ihr Gespräch auf das Nötigste und beobachteten die Umsitzenden. Da saßen junge Männer mit langen Haaren, die ähnliche Schals trugen wie der unauffindbare Leopold, ältere Herren machten blutjungen Damen, die äußerst extravagant und freizügig gekleidet waren, den Hof; doch dazwischen waren auch Leute auszumachen, die ganz normal gekleidet waren, so als kämen sie eben aus dem Büro. Nicht weit entfernt saß ganz allein eine schon alte Frau mit einer großen Schürze, die aussah, als käme sie eben von ihrem Obststand am Viktualienmarkt.

Als einer von Adelheids Herren die zweite Runde Sekt für alle bestellte, hatte Fanderl erst zweimal vorsichtig an seinem Glas genippt.

Um Gottes willen, wie komm ich denn ohne Vollrausch und rasendes Kopfweh morgen hier wieder raus?, fragte er sich und erwog tatsächlich, einfach die Flucht anzutreten.

Warum hatte er eigentlich unbedingt in diesen Simpl gewollt? Voller Sehnsucht dachte er an den gemütlichen Seewirt daheim.

Dann plötzlich verstummten die lauten Gespräche, und es trat Stille ein. Ein Mann, etwa in Benedikts Alter, der eine Krachlederne und ein äußerst zerschlissenes Hemd trug, erklomm die winzige Bühne und platzierte auf einem ebenso winzigen Tischchen sein Hackbrett.

»Der Hans aus Fruchtlaching«, rief ein Mann aus dem Publikum. »Leg los, Hansi!«

Des a no, dachte Fanderl, so was kriag i ja dahoam a zum hören.

Dann sprang eine kleine kugelrunde Frau in einem grellbunten Kleid, die eine Ziehharmonika bei sich hatte, auf die Bühne und winkte allen zu.

»Grias di, Cilly«, rief derselbe Mann wieder, und alle begannen wie wild zu klatschen.

Der Hans begann auf seinem Hackbrett eine Melodie zu spielen, die ganz anders klang als das, was Fanderl von daheim kannte, und als dann die Cilly ihrer Harmonika wilde und verrückte Töne entlockte und zwischendurch wiederholt so etwas wie einen kurzen Jodler ausstieß, war Fanderl dann doch gefesselt.

Dann fing der Hans an zu singen. Er hatte eine sehr schöne Baritonstimme, und Fanderl, der nun irgendein schönes Lied über Wiesen und Auen und Berge erwartet hatte, war platt über den Inhalt der Gstanzl, die der Hans nun darbot.

»Dirndl, sei ned zwieda,
Dirndl, sei ned fad,
Dirndl, lass mi drüba,
kriagst eh an Schoklad!

Zwidiwitschgal, zwidiwitschgal,
heid mechad i gern,
mir juckt mei Hanskaschperl,
dass i narrisch kunnt wern!«

Cilly untermalte die eindeutig sehr erotischen Gstanzl des Hans mit ihrer Harmonika und ihren schrillen Jodlern. Dann gab auch sie ein Gstanzl zum Besten.

»'s Dirndl hähä,
in da Fruah an Kaffää,
z'mittag saure Ruam
und auf d'Nacht an scheen Buam.«

Dann legte Cilly die Ziehharmonika zur Seite und begann zu tanzen. Es war eine gekonnte Mischung aus Schuhplattler und Ausdruckstanz und nie hätte Fanderl gedacht, dass in einem so kugelrunden Körper so viel Beweglichkeit und so viel Grazie stecken konnte. Er applaudierte heftig, bemerkte, dass auch Benedikt und Adelheid das taten, während die beiden Herren von der Darbietung sichtlich nicht sehr angetan waren.

Hans und Cilly erfreuten die Zuhörer mit noch einigen Gstanzln und endeten mit:

»Der Pfarrer von Bruck
schiabt vorwärts und zruck,
und wenn er nimmer kann,
dann schiabt der Kaplan.«

Fanderl musste Tränen lachen, denn ihm fielen der fade Pfarrer Grimsler daheim ein und der Kaplan Mittereder, der immer so salbungsvoll tat. Er hatte versucht, sich die Gstanzl für die Therese einzuprägen, ob sie ihr allerdings gefallen würden, da war er sich nicht sicher.

Hans und Cilly wurden mit rauschendem Beifall verabschiedet, und in kürzester Zeit herrschte in der Kneipe wieder die gleiche Lautstärke wie zuvor.

»Gemma jetzt?«, fragte Fanderl Benedikt.

»Da is aber noch eine Elena mit der Mondessichel angekündigt«, wandte Benedikt ein. »Wir können's ja mal ausprobieren.«

Mit Adelheids raschem Abgang war nicht mehr zu rechnen, sie hatte sich nun doch auf den einen Herrn eingelassen. Der war von ihren Fingerspitzen nun schon zu ihren Schultern vorgedrungen und knabberte zärtlich an ihren Ohren. Adelheid gab glucksende Glücksgeräusche von sich.

Berauscht von Hans' und Cillys Vortrag hatte Fanderl nun doch schon zwei Sekt getrunken, und er fühlte sich leicht und beschwingt. Mutig prostete er seiner zeichnenden Nachbarin zu, diese prostete zurück, dann beugte sie sich zu ihm herüber.

»Du hast ein wunderbares Profil!«, sagte sie bewundernd.

Ganz verlegen wusste Fanderl dazu nichts zu sagen. Er richtete seinen Blick wieder ins Publikum und zur Bühne und sah, dass vor dem Klavier eine ungewöhnlich dünne, sehr ätherisch wirkende Person aufgetaucht war. Sie trug ein weites weißes Gewand, hatte wirre blonde Strähnen auf dem Kopf, und es war beim besten Willen nicht auszumachen, ob es nun ein Mann oder eine Frau war. Von der Decke sank nun langsam eine Mondessichel über die Bühne, und Elena begann, auf dem Klavier zu präludieren. Zwischendurch stieß sie – oder doch er – laute Seufzer aus und fing dann mit einer sehr dunklen und tiefen Stimme zu singen an. Fanderl verstand kaum ein Wort. »Starker französischer Akzent«, raunte ihm Benedikt zu, doch nach einiger Zeit fand Fanderl heraus, dass diese Elena, oder wer auch immer, wahnsinnig in den Mond verliebt war und sich mit ihm vereinigen wollte. Dem stellten sich natürlich so einige Schwierigkeiten in den Weg, doch letztendlich gelang es wohl, denn Elenas Seufzer veränderten sich und wurden zu kleinen

Lustschreien. Der Mond über dem Klavier schien nicht sehr beeindruckt von den Windungen, die Elena nun auf ihrem Klavierschemel vollführte. Nahezu bewegungslos und gelangweilt baumelte er über dem Klavier.

Nachdem sich Elena genug mit dem Mond vereinigt hatte, endete der Auftritt sehr abrupt, und der Beifall war längst nicht so stark wie bei Hans und Cilly. Nur die beiden Theaterherren bei Adelheid und noch einige sehr wenige andere Gäste klatschten frenetisch.

»Jetzt ist aber wirklich Zeit zum Gehen«, meinte Benedikt. »Wir müssen ja morgen zeitig raus.«

Sie erhoben sich und verabschiedeten sich von ihren Tischgenossen. Gerade als sie sich dem Ausgang zuwenden wollten, stand Fanderls Nachbarin auf und drückte ihm ein Blatt in die Hand.

»Für dich, schöner Mann«, sagte sie, und Gott sei Dank konnte bei dem sehr trüben Licht niemand sehen, wie Fanderl errötete.

Es war Fanderl im Profil, den die Bleistiftzeichnung darstellte, und er war bestens getroffen.

»Vielen Dank«, sagte Fanderl überwältigt und machte eine kleine Verbeugung, doch die Künstlerin hatte sich schon wieder ihrer Tischnachbarin zugewandt.

Ganz vorsichtig und wie einen Schatz trug Fanderl sein Konterfei durch die nächtlichen Münchner Straßen. In Benedikts und Franzis Wohnung angekommen, betrachtete er es noch einmal genauestens, strich dann ganz vorsichtig mit der Hand darüber und legte es schließlich vor das Bett, das Benedikt ihm auf der Couch bereitet hatte.

»Bevor du jetzt ganz in deine Träume versinkst, müssen wir noch den morgigen Tag besprechen«, holte ihn Benedikt wieder in die Wirklichkeit zurück, und diesmal war es für Fanderl nicht einfach, wieder seine Amtsmiene aufzusetzen.

»Ich werde morgen früh, so schwer es mir fällt, noch einmal die Ernestine aufsuchen und probieren, ob ich über sie an den

Leopold herankomme. Dann möchte ich gern noch nach Haar hinausfahren und nach dem Otterer schauen. Das lässt mir keine Ruh. Ich nehme dann den frühen Nachmittagszug nach Rosenheim und lass mich endlich beim Dreissiger sehen. Und dann werde ich einen Tag mit meiner Frau verbringen, das hab ich mir fest vorgenommen. Schließlich sind wir in den Flitterwochen!«

Fanderl nickte zustimmend und gab seine Planung für den morgigen Tag bekannt. »Ich fahr morgen mit dem Frühzug – oje, des sind ja nur noch fünf Stund! –, lass mich kurz daheim sehen und hol mir dann den Alfred Habegger wegen der Todesdrohung am Dampfersteg. Mal schaun, was der mir zu sagen hat. Und dann fahr ich ins Kloster nüber, wie dort der Stand der Dinge ist.«

Kurze Zeit später lagen beide im Bett. Benedikt schlief tief und traumlos, Fanderl hingegen schaukelte mit der zeichnenden Tischnachbarin auf der Mondsichel, und unter ihnen tanzte die Cilly einen wilden Landler und stieß juchzende Jodler aus.

25

»Du!«, rief Ernestine erstaunt, und ihre Wangen röteten sich. Benedikt stand etwas verlegen vor der Tür. »Entschuldige die frühe Störung, aber ich müsste mit dir reden.« Ernestine ließ ihn eintreten. »Komm rein, willst an Kaffee?« Benedikt nickte und ließ sich auf dem erstbesten Stuhl nieder. »Erstens wollte ich dir danken, dass du mich in dieser Nacht aufgenommen hast. Es ist mir schrecklich peinlich, dass ich so betrunken war. Das kommt bei mir selten vor, glaub mir.«

»Na ja, in dem Fall war's ja vielleicht ganz gut«, meinte Ernestine schelmisch. »Wer weiß, was wir sonst alles angestellt hätten!«

Benedikt nickte wieder. Als Junggeselle hätte ich gerne so einiges mit dir angestellt, dachte er bei sich. »Ich muss mit dir über den Leopold reden«, wechselte er dann rasch das Thema. »Wir waren gestern mit ihm verabredet, er ist nicht gekommen, und in seiner Wohnung war er auch nicht anzutreffen.«

Ernestine schaute betroffen. »Ich habe ihn gestern nach der Beerdigung das letzte Mal gesehen. Er hat gesagt, dass er seine Ruhe haben will. Vielleicht hat er euch nicht aufmachen wollen.«

»Das ist möglich, ich hatte fast so das Gefühl.«

»Weißt was, wir gehen jetzt gemeinsam noch mal zu ihm«, schlug Ernestine vor. »Vielleicht macht er auf, wenn er meine Stimme hört. Aber bis zehn Uhr muss ich bei der Probe sein!«

»Das ist wirklich nett von dir«, meinte Benedikt, trank schnell seinen Kaffee aus, und sie machten sich auf den Weg.

Doch obwohl Ernestine mit beruhigenden Worten durch die Tür sprach, öffnete ihnen auch diesmal niemand. Dafür ging die Tür der benachbarten Wohnung auf und eine ältere Dame in einem geblümten Morgenrock blickte heraus. Zu ihren Füßen stand unbeweglich ein kleiner dicker Mops, der sie kritisch beäugte.

»Barbara Moser, Damenschneiderin«, stellte sie sich vor.

»Heut Nacht hab ich ihn immer hin- und hergehen gehört«, berichtete sie. »Ich glaube, er hat zwischendurch auch geweint. Aber vor etwa einer Stund hat er das Haus verlassen. Ich hab ihm vom Fenster aus nachgeschaut, er hat ziemlich derangiert ausgeschaut.«

»Vielen Dank für die Auskunft, Frau Moser«, sagte Benedikt. »In welche Richtung ist er denn gegangen?«

»Also ned stadteinwärts, eher nüberzu zum Schwabinger Friedhof«, antwortete Frau Moser, und der kleine Mops untermalte ihre Aussage mit einem kurzen Kläffer.

Ernestine und Benedikt bedankten sich nochmals.

»Der könnte zu den von Prielmayers gegangen sein«, erwog Ernestine. »Aber dahin kann ich dich nicht mehr begleiten, ich muss zur Probe. Gib mir kurz Bescheid, wenn du ihn gefunden hast.«

Sie stellte sich auf die Zehenspitzen und hauchte Benedikt einen Kuss auf die Wange. »In zwei Wochen kannst du mich in ›Romeo und Julia‹ sehen. Vielleicht hast Lust?« Und schon war sie verschwunden.

Zehn Minuten später, die Glocken der Josephskirche schlugen gerade halb zehn, läutete Benedikt am Haus der Prielmayers. Erni öffnete fast sofort.

»Ach, der Herr Polizist«, sagte sie lächelnd. »Ich hab grad an frischen Kaffee gmacht, wollen S' einen?«

Benedikt lehnte dankend ab und sagte, dass er die Herrschaften sprechen wolle.

Erni zog die Augenbrauen hoch. »Ob des so a gute Idee is? Es herrscht dicke Luft. Die Frau von Prielmayer hat sich in ihr Schlafzimmer eingsperrt, und er sitzt im Salon und trinkt Sherry.«

»Ist denn der Leopold da?«, fragte Benedikt.

»Scho wieder weg, recht schnell«, antwortete Erni kurz angebunden.

»Ich muss mit den Herrschaften reden, egal, wie die Stimmung ist«, meinte Benedikt und betrat entschlossen das Haus.

Erni huschte ihm rasch voraus, wohl, um ihn anzukündigen.

Von Prielmayer trat ihm unter der Tür des Salons entgegen. Er trug wieder seinen Drachenmorgenmantel und blickte finster. »Schon der zweite Besuch heute Morgen, der mir keine Freude bereitet«, knurrte er, bat Benedikt aber dennoch herein. Ohne dass Benedikt nachfragen musste, begann von Prielmayer noch ziemlich erbost zu erzählen.

»In aller Herrgottsfrüh ist er bei uns aufgetaucht, nachlässig gekleidet, wie es sonst nicht seine Art ist, mit verquollenen Augen und nach Alkohol stinkend. Zuerst hat er mich angegangen, meine Frau war ja noch im Schlafgemach. Man müsse gar nicht mehr nach dem Mörder von Flora suchen, denn der wahre Mörder sei ja ich. Ich hätte ihr keinerlei Entwicklungsmöglichkeiten gelassen, keine Rücksicht auf ihre Persönlichkeit genommen und sie mit aller Gewalt zu dem Bild machen wollen, das ich mir von ihr modelliert hätte. Ich hätte ihre Seele zerstört! Fast wäre er auf mich losgegangen. Als dann meine Frau aus dem Schlafzimmer kam, hat er sie beschimpft. Sie habe ihre Tochter nie geliebt und immer nur ihre eigenen Interessen verfolgt, sie habe keinerlei Interesse für die Entwicklung von Floras Persönlichkeit gezeigt und – das sei das Schlimmste von allem – sie habe sich ihn, Leopold, wider seinen Willen zu ihrem Liebhaber gemacht und damit der Liebe, die Flora und er füreinander empfunden hätten, größte Schwierigkeiten auferlegt. Sie habe sich an ihn geklammert, versucht, ihn mit Geschenken und Beziehungen zu ködern, und Flora als dummes kleines Mädchen hingestellt. Und zu guter Letzt hätten wir beide Flora einfach abgeschoben und gehofft, dass sie einfach auf Nimmerwiedersehen im Kloster verschwindet.«

Na ja, zu einem guten Teil hat er ja eigentlich recht, der Leopold, dachte Benedikt bei sich. »Kann ich denn auch mit der gnädigen Frau sprechen?«, fragte er. Von Prielmayer zuckte die Achseln und wies hinter sich.

Hinter der Salontüre befanden sich an einem schmalen Gang zwei weitere Türen. Benedikt blieb zuerst ratlos stehen, dann bemerkte er, dass auf der einen Tür ein Mann mit Krone und Theatergewand abgebildet war. Das war wohl eindeutig Siegfried von Prielmayers Schlafzimmer. Leise klopfte er an die andere Tür. Zuerst tat sich nichts, dann öffnete ihm Henriette. Benedikt schrak ein wenig zurück. Die gepflegte Erscheinung Henriettes war gänzlich verschwunden. Die sonst immer wohlfrisierten Haare standen zu Berge, die Augen waren verquollen, das Gesicht war ungeschminkt und wächsern. Der Morgenmantel stand offen und präsentierte, gerade noch vom Nachtkleid verdeckt, einen voluminösen Busen und einen nicht viel kleineren Bauch. Ein dumpfer Geruch nach ungelüftetem Bett, abgestandener Schlafzimmerluft und Alkohol schlug Benedikt entgegen.

Benedikt hätte nun eigentlich von Henriette eine Art von Scham erwartet, weil sie sich ihm in diesem Zustand präsentieren musste, doch anstatt sich zurückzuziehen und vielleicht auch ihre Kleidung in Ordnung zu bringen, stürzte sie auf ihn zu und warf sich ihm aufschluchzend in die Arme. Benedikt hatte das Gefühl, dass es diesmal kein einstudierter Bühnenauftritt war, sondern wirklich pure Verzweiflung.

»Ich habe ihm all meine Liebe geschenkt, ich habe ihn gefördert und unterstützt, und das ist nun der Dank. Er muss verrückt geworden sein«, rief sie weinend an seiner Schulter.

Benedikt war diese intensive Berührung nicht angenehm, doch er zwang sich, sie noch für kurze Zeit auszuhalten, bis hoffentlich Beruhigung eintrat und er vernünftiger mit Henriette reden konnte.

Schließlich ließ sie tatsächlich von ihm ab, warf sich aber stattdessen auf ihr zerwühltes Bett und griff nach einer Sherry-Flasche. Es schien im Hause von Prielmayer üblich zu sein, Trost im Sherry zu suchen. Wohl oder übel ließ sich Benedikt auf der Bettkante nieder und entwand ihr die Flasche.

»Das hat doch keinen Sinn, Frau von Prielmayer, sprechen Sie bitte mit mir. Sie sind doch eine vernünftige, gebildete Frau!«

Das schien ein wenig Eindruck zu machen. Henriette schloss einige Knöpfe ihres Morgenmantels und setzte sich, den Rücken von einigen Kissen gestützt, aufrecht hin. In diesem Moment erschien auch Erni mit einem Kaffeetablett und reichte Henriette eine Tasse des starken schwarzen Gebräus. Die Sherry-Flasche ließ sie unbemerkt verschwinden.

»Er bildet sich da was ein, Flora hat ihn nicht geliebt. Er war für sie einer von ihren vielen Freunden. Und als dann noch dieser unsägliche Wirtssohn auftauchte, war er eh abgeschrieben«, erklärte Henriette mit nun schon viel festerer Stimme. »Ich hab ihn zu dem gemacht, was er jetzt ist. Ein vielversprechender junger Schauspieler mit glänzenden Aussichten!«

Benedikt hegte leise Zweifel, dass Henriettes Einfluss, zumal in diesen schwierigen Zeiten, so groß gewesen war. Und Siegfried von Prielmayer hatte sicher keinen Finger für den jungen Galan gerührt.

»Er wird reumütig zurückkommen, da bin ich mir sicher«, sagte Henriette.

Auch davon war Benedikt nicht recht überzeugt. »Wissen Sie denn, wo Leopold sich im Moment aufhalten könnte?«

Henriette schüttelte den Kopf. »Schauen Sie doch nach seinem Motorrad«, sagte sie. »Wenn es noch vor seinem Haus steht, kann er so weit nicht sein. Sie werden es gleich erkennen, auf dem hinteren Schutzblech ist eine Theatermaske aufgemalt. Bei uns war er jedenfalls ohne Motorrad, denn das laute Rattern kündigt ihn immer schon von Weitem an, und im Theater hab ich ihn auch schon einige Tage nicht mehr gesehen. Er hat schon zwei Proben versäumt.«

Sie drehte sich um und rief mit gebieterischer Stimme: »Erni, so bringen Sie mir doch zwei Kipferl zum Kaffee. Soll ich etwa verhungern?«, und Benedikt bemerkte daran, dass die Lebensgeister der gnädigen Frau wieder zurückgekehrt waren.

Er verabschiedete sich rasch und durchquerte den Salon, wo von Herrn von Prielmayer nichts mehr zu sehen war.

Erni stand an der Haustüre. »Es stimmt scho«, sagte sie vertraulich zu Benedikt, »geliebt hat die Flora den Leopold nicht. Sie waren gute Freund. Warum er allerdings a Gschpusi mit der Hex da droben hat anfangen müssen, des versteh i ned. Des is a schwacher Mensch!«

Benedikt blieb nichts anderes übrig, als zu Leopolds Wohnung zurückzugehen, doch von einem Motorrad war weit und breit nichts zu sehen. Er setzte sich auf die Treppenstufen und kritzelte seufzend eine Vorladung an Leopold zur Einvernahme als Zeuge. Fanderl mit seiner schönen Schrift hätte das wesentlich besser gemacht.

Mehr konnte er im Moment nicht tun. Der Junge würde doch nicht so dumm sein und sich was antun?

26

Als Benedikt in der Droschke saß, die ihn nach Haar in die »Irrenanstalt« hinausbringen sollte, überkam ihn wie aus heiterem Himmel eine schreckliche Sehnsucht nach seiner Frau. Um wunderbare, ungestörte Flitterwochen zu verbringen, waren sie in den Chiemgau hinausgefahren, stattdessen steckte er nun in komplizierten Ermittlungen, und von seiner Franzi hatte er so gut wie gar nichts. Morgen, so nahm er sich vor, würden sie, passiere was wolle, einen Tag nur zu zweit miteinander verbringen. Vielleicht würde Berta Apfelstrudel machen? Nicht nur er, sondern auch Franzi war mittlerweile ganz begeistert davon.

Mit ein wenig klopfendem Herzen betrat er die Anstalt. Wie würde er seinen alten Kollegen vorfinden? Bilder von Sälen mit apathischen, ans Bett gefesselten Menschen und vergitterten Fenstern gingen ihm durch den Kopf.

Die Schwester, die ihn zu Otterer begleitete, mochte seine Gedanken ahnen. »Der Herr Otterer hat ein Einzelzimmer auf den Park hinaus. Er ist ein sehr umgänglicher, ruhiger Patient und liest viel. An den gemeinschaftlichen Veranstaltungen mag er allerdings nicht teilnehmen.« Sie klopfte an eine schlichte weiße Tür, öffnete sie einen Spalt und rief: »Besuch für Sie, Herr Otterer!«

In einem alten Ohrensessel mit Blick zum Garten saß Alfons Otterer. Ein Buch lag auf seinen Knien, doch sein Blick ging durch das tatsächlich mit Gitterstäben versehene Fenster hinaus in den Garten. Nur ganz langsam wandte er den Kopf, und einen Moment lang erschien es Benedikt, als würde Alfons ihn nicht erkennen.

»Benni, alter Freund«, sagte er jedoch dann und umklammerte das Buch, als hätte er Angst, dass es ihm jemand wegnehmen könnte. Er stand auch nicht auf, um Benedikt zu begrüßen; es schien, als wäre der Sessel eine Art Schutzwall, hinter dem er sich nicht hervorwagte.

Benedikt zog sich den einzigen Stuhl, der sonst noch im Zimmer stand, heran und streckte Alfons die Hand entgegen. Dieser musterte sie einen Moment, bevor er zögernd einschlug. Sein Händedruck war feucht und kalt. »Kommst vom Chef?«, fragte er. Benedikt war sprachlos. »Wieso sollt ich denn vom Chef kommen? Ich komm nur, um dich zu besuchen!«

»Na ja, Bericht über meinen Geisteszustand wirst ihm schon erstatten müssen«, meinte Alfons, und unterschwellige Aggressivität schwang in seiner Stimme.

Benedikt fühlte Wut in sich aufsteigen. »Der Chef und ich sind schwer über Kreuz, Alfons. Er hat mich nach Rosenheim versetzen lassen und mich während der Flitterwochen mit einer Ermittlung beauftragt«, berichtete er. »Am Chiemsee ist eine junge Frau ermordet worden.«

Er wollte gerade von dem Fall erzählen, als Alfons die Hand hob. »Davon will i nichts hören, mit dene Sachen hab i nichts mehr zu tun. Pass du nur auf, hinter all dem steckt sowieso d'Gestapo.«

Benedikt wusste daraufhin nichts mehr zu sagen. Eine tiefe Niedergeschlagenheit überkam ihn. Wo war der beredte, engagierte Kollege Otterer geblieben? So lange hatten sie hart und zumeist erfolgreich zusammengearbeitet, oft aber auch gelacht und ihre Späße getrieben.

Eine ganze Weile saßen sie schweigend beisammen, dann meinte Alfons: »Ja, schön, dass d' da warst. Aber jetzt is Zeit, dass d' wieder gehst.«

»Aber ich bin doch grad erst gekommen«, sagte Benedikt. »Und ich hätte dir doch noch so viel zu erzählen, von meiner Hochzeit, vom Fanderl, den kennst ja auch …«

»Des will ich alles nicht mehr wissen, Benni«, antwortete Alfons Otterer. »I bleib do, woast, i geh nimmer naus in d'Welt. Hoffentlich kann i hier in Haar bleiben, die ganz Verrückten schicken s' nämlich fort, und man weiß ned recht, was mit dene passiert.«

Ein kalter Schauer lief Benedikt über den Rücken. »Aber

Alfons …«, setzte er an, doch dann verstummte er und erhob sich. »Alles Gute, Alfons, bis zum nächsten Mal.« Doch er war sich ziemlich klar, dass es kein nächstes Mal mehr geben würde. Draußen im Gang lehnte er sich ans Fensterbrett. Er fühlte sich hundeelend und vollkommen kraftlos und spürte, wie ihm Tränen über die Wangen liefen. Fast fluchtartig verließ er das Gebäude und zündete sich draußen als Erstes ein Zigarillo an. Er wollte heim, ganz schnell heim zu Franzi, zu ihren Armen, die ihn tröstend umschlangen, und zu ihren Küssen, die ihm zeigten, dass da noch Leben und Energie in ihm war.

Doch zuerst musste er unbedingt noch zum Dreissiger, daran führte kein Weg vorbei.

27

Den ganzen Tag fühlte sich Fanderl, als bewegte er sich in einem Traum. Die vielen Eindrücke im Simpl und der Schlafmangel hatten ihn viel Kraft gekostet. Therese hatte sich zu seinen begeisterten Erzählungen kaum geäußert, wie erwartet hatte sie die Gstanzl unanständig gefunden, und das Bild von der Malerin am Nebentisch hatte sie nur mit einem flüchtigen Blick gestreift.

Trotz seiner Schwäche hatte Fanderl sich mit einigen Tassen starken Kaffees im Magen als Erstes zu Alfred Habegger aufgemacht und ihn zu seinem Erstaunen auf der Bank vor dem Seewirt entdeckt. Er saß dort gebeugt wie ein alter Mann und schien Fanderl gar nicht wahrzunehmen. Erst als Fanderl direkt vor ihm stand und ihn ansprach, blickte er auf. Sein Gesicht war ungesund gerötet und verquollen, und etliche blaurote Äderchen überzogen seine Nase.

»Lass mi bloß in Ruh«, belferte er. »I bin heut scho bedient.«

»Was is denn los?«, wollte Fanderl wissen.

»Des wer i dir grod auf die Nosn binden«, grunzte Alfred und nahm einen tiefen Schluck aus dem neben ihm stehenden Maßkrug.

In diesem Moment erschien die Lisi an der Tür. »Lass den armen Alfred in Rua und kumm eini«, sagte sie mit verhaltener Stimme und dirigierte Fanderl ins Innere der Gaststube.

»Der hod an schlimmen Dog hinter sich«, berichtete sie und erzählte mit empörter Stimme, dass seine Verlobte Herta mit Alfred Schluss gemacht habe. »Angeblich wega dem folschn Alibi, das sie ihm hod gebn müssn«, meinte Lisi kopfschüttelnd. »Die ganzen Madl hätten über sie glacht, und sie hätt keinen Respekt mehr in der Organisation! Der Kreisleiter muaß sie aa ganz schön zamputzt ham.«

»Na ja, zu dem falschen Alibi haben Sie ja auch einen Gutteil beigetragen«, bemerkte Fanderl.

Die Lisi schaute ihn so unschuldig an, als verstünde sie ihn gar nicht. Ohne auf ihn einzugehen, fuhr sie fort: »Und der Kreisleiter hod ihm, dem Beppi und dem Franz die ganze Plakataktion von Rosenheim bis Traunstein aufbrummt, wegen dem Vortrag von dem SS-Führer da, den Nama hob i vergessn. Des bedeut tagelanges Plakatekleben! So wichtige Parteigenossen und dann so a bläde Arbeit. Und dann a no koan Alkohol bei da Arbeit. Nur Limo und Wasser!«

Lisi atmete schwer vor Empörung, und der Irmengard-Anhänger baumelte kräftig auf ihrer Brust hin und her.

»Das Wohl deines großen Bruders liegt dir ja schon besonders am Herzen. Kann es sein, dass du ihn auch dabei unterstützt hast, die unliebsame Flora aus dem Haus oder überhaupt ganz aus der Welt zu schaffen?«, fragte Fanderl nun sehr direkt.

Lisi starrte ihn an. »Mein Bruder hat der Flora nichts getan«, antwortete sie wie erwartet. »Ich hab täglich mit der Irmengard gsprochn, dass sie diesen Fluch, diese Hex, von uns nimmt. Und sie hat uns erhört!« Lisis Hand streichelte zärtlich ihren Anhänger.

Fanderl konnte nur den Kopf schütteln. Dass so ein verwirrtes Gemüt wie die Lisi einen solch brutalen Mord begangen haben könnte, lag doch außerhalb seiner Vorstellungskraft.

»Lisi, du sorgst mir dafür, dass der hier am Ort bleibt, der Alfred. Sonst bist nämlich auch du dran wegen Beihilfe zur Beschaffung eines falschen Alibis, hast verstanden?«

Lisi nickte, und Fanderl ging wieder hinaus zu Alfred.

»Horch mir zu, Alfred«, sagte er mit seiner strengen Polizeistimme. »Uns ist noch mal eine Zeugenaussage hereingekommen, dass du die Flora mit dem Tod bedroht hast. Dein Alibi für die besagte Nacht ist weiterhin unklar, du gehörst also immer noch zum engsten Kreis der Verdächtigen. Ich werde jetzt noch mal euren Kreisleiter befragen, von wann bis wann genau du mit deinen Parteigenossen bei ihm warst. Da sind die Aussagen nicht so ganz eindeutig. Ich könnt dich jetzt auch in die Zelle in der Polizeistation stecken, aber du kannst dableiben. Die Lisi passt auf, dass du nicht verschwindst. Die hängt ja auch in der Sach mit drin!«

Alfred stierte ihn an und nickte. »Ja, ja, is schon recht. I sog's no amoi, i hob des Madl ned umbracht.«

Fanderl nahm sich vor, gleich am morgigen Tag den Kreisleiter und die beiden Parteigenossen von Alfred zu befragen. Aber erst morgen, dachte er, so viel Partei verkraft ich heut nimmer!

Ein paar dunkle Wolken schoben sich vor die milde Herbstsonne, als Fanderl zum Steg hinunterging, um sein Boot flottzumachen.

Gemächlich tuckerte er dahin und träumte für ein paar Momente, dass die schöne Malerin vom Simpl jetzt neben ihm säße. Sicher würde sie den Blick hinüber zur Insel und zum Kloster malen wollen, und er würde ihr ein paar Hinweise auf besonders schöne Ausblicke geben.

Jetzt reiß di aber zam, du Depp du, ermahnte er sich, als er drüben am kleinen Steg anlegte.

Diesmal war keine Schwester Kreszentia gekommen, um ihn abzuholen, und so wanderte er allein den Inselweg entlang zum Kloster.

Fast war er an der Pforte angekommen, als er auf die Novizin Hilda traf, die eben aus dem Klostergarten kam. Ihre Wangen waren gerötet, ein Lächeln lag auf ihren Lippen, und ihre blauen Augen blitzten.

»Grias di, Hilda, du schaust richtig gut aus«, sagte Fanderl und meinte es auch so.

Bis jetzt hatte er die Novizinnen immer als geschlechtslose Wesen wahrgenommen, doch bei Hilda war das nun plötzlich ganz anders. Ihr hübsches Gesicht, aus dem das Glück leuchtete, ihr straffer Busen und ihre runden Hüften unter der Gärtnerschürze, die sie noch trug – alles wirkte fraulich und war schön anzuschauen.

»Der Herr Polizist«, grüßte ihn Hilda. »Kommen S' doch mit, die Kreszentia hat a Kartoffelsuppn gekocht, da fällt sicher noch a Teller für Sie ab.«

»Gern«, antwortete Fanderl. »Aber zuerst möcht ich doch mal wissen, wie es euch so geht und wie die Stimmung im Kloster ist. Wie ihr ja sicher wisst, haben wir leider noch nicht sehr viele Anhaltspunkte, was den Mord an Flora betrifft.«

Hilda nickte. »Ja, das setzt uns allen sehr zu«, erwiderte sie. »Die Mutter Oberin ist, mit Verlaub, auch nicht mehr die, die sie vorher war. Ein Tag so, den andern so! Kreszentia kann nur noch schlecht schlafen, und Sophie ist darüber ganz krank geworden. Wir haben sogar den berühmten Wasserburger Nervenarzt Dr. Holleder geholt, aber auch der konnte nicht viel machen. Sie liegt im Bett, rührt sich nicht und will nichts essen, nur nachts geistert sie durch die Flure und über die Insel und murmelt ständig Gebete vor sich hin. Es ist ein Jammer!«

»Und wie geht es dir, Hilda?«, erkundigte sich Fanderl.

»Ich trauere weiterhin um Flora, ich will, dass ihr Mörder schnell gefasst wird, aber für mich ist im Moment das Wichtigste, dass ich das Kloster bald verlassen werde. Ich werde Ende Oktober heiraten.« Hildas Gesicht leuchtete wieder voller Glück.

Fanderl blieb für einen Moment der Mund offen stehen.

»Heiraten?«, stammelte er.

»Ja, einen Mann aus meinem Heimatort. Wissen Sie, ich hab herausgefunden, dass ich eine Bäuerin mit Mann und vielen Kindern sein will und keine Nonne. Ich bleib jetzt noch, bis die neue Novizin kommt und um Kreszentia ein wenig zu unterstützen.«

Fanderl hatte sich wieder gefasst. »Wenn man dein glückliches Gesicht sieht, dann weiß man gleich, dass du die richtige Entscheidung getroffen hast. Ich wünsch dir alles Gute.«

Dann machten sie sich auf in die Klosterküche, wo es schon köstlich roch.

Kreszentia begrüßte Fanderl geradezu zärtlich. Sie strich ihm über den Kopf wie damals als kleinem Buben, und stellte ihm einen großen Teller Suppe hin.

Hier ist's so schön und friedlich, dachte sich Fanderl in der wohltuenden Umgebung der Klosterküche und der zwei Frauen, die beide große Ruhe ausstrahlten. Hier kann ich durchschnaufen, ned wie in dem hektischen Simpl.

Trotzdem war ihm natürlich klar, dass im Kloster zurzeit auch nicht alles ruhig und friedlich war und dass er für die turbulente Atmosphäre im Simpl durchaus empfänglich gewesen war.

»Seid ihr denn scho weiterkemma mit den Ermittlungen?«, fragte Kreszentia.

»Ich darf euch ja nicht viel erzählen«, antwortete Fanderl. »Aber so was ganz Konkretes haben wir immer noch nicht.«

»Die Flora hat einen Verehrer ghabt in München, der is a zweimal da gwesn«, berichtete Hilda. »Sie hat ihn scho gern mögn, hat sie mir mal kurz erzählt, aber verliebt war sie nicht in ihn. Da war des mit dem Theo Habegger schon was ganz anderes. Sie hat ja nie viel gredt über solche Sachen, aber des hat ma einfach gmerkt.«

»Ja, den Verehrer aus München, den suchen wir grad. Der is unauffindbar«, berichtete Fanderl.

Hilda überlegte.

»Irgendwas von oana Hüttn bei Sindelsdorf hat Flora mal erzählt. Da fahrt er manchmal hin zum Nachdenken.«

Sindelsdorf, dachte Fanderl, des is ja auch nicht der nächste Weg. Da muss ich sofort die Kollegen da informieren.

Er bedankte sich bei Hilda und bei der alten Kreszentia, die ihm zum Abschied das Kreuzzeichen auf die Stirn machte, und beschloss, noch kurz bei der kranken Sophie vorbeizuschauen.

Die Novizin lag in der dumpfen Luft ihrer Krankenstube, eine Menge Arzneien auf dem Nachttischchen, und starrte zur Decke. Als Fanderl sie ansprach, wandte sie ihm kurz den Kopf zu, sah ihn aus müden, tief liegenden Augen an, sprach aber kein Wort mit ihm. Er saß noch eine kurze Weile neben ihrem Bett, dann verabschiedete er sich.

Auf der Schwelle stieß er mit der Mutter Oberin zusammen. Sie kam ihm noch schmaler und vergeistigter vor als beim letzten Mal, was sie aber nicht daran hinderte, mit scharfer, lauter Stimme zu sagen: »Wer dem Kloster einen Besuch abstatten will – und sei es die Polizei –, muss sich zuerst bei mir melden. Es geht nicht an, dass sich da ein jeder herumtreibt.«

»Verzeihung, Mutter Oberin«, entgegnete Fanderl mit seiner

Polizeistimme, »ich treibe mich hier nicht herum. Ich bin in weiteren Ermittlungen unterwegs. Aber das nächste Mal werde ich mich selbstverständlich zuerst bei Euch melden.«

»Ermittlungen, Ermittlungen«, schnaubte die Mutter Oberin. »Soweit ich weiß, tut sich da ja so gut wie gar nichts. Der Polizeipräsident von München ist ein guter Bekannter meines Bruders; vielleicht sollte ich mal Kontakt aufnehmen, dass die Angelegenheit in kompetentere Hände kommt!«

»Wie Ihr doch sicher wisst, ist unser zweiter Ermittler ein erfahrener Polizeibeamter aus der Landeshauptstadt. Er hat im Zuge seiner Laufbahn schon viele schwierige Fälle gelöst«, konterte Fanderl. »Wir werden Euch selbstverständlich Bericht erstatten, wenn sich Neues ergibt.«

Die Mutter Oberin machte eine wegwerfende Handbewegung und verschwand im Zimmer der Patientin.

Bissgurn, dachte Fanderl erzürnt, schämte sich dann aber doch ein wenig, dass er einer Äbtissin, wenn auch nur in Gedanken, so ein Schimpfwort anhängte.

Mit ziemlicher Geschwindigkeit – der Fahrtwind um die Nase vertrieb ein wenig seinen Ärger – brauste Fanderl zurück.

Sindelsdorf? Wer war da derzeit zuständig?

Plötzlich fiel es ihm ein. Der Ludwig Fellner, der war zwei Jahre über ihm in der Ausbildung gewesen.

Daheim angekommen, rief er sofort dort an, vielleicht erreichte er noch jemanden.

»Ja, der Fanderl!«, dröhnte der Fellner aus dem Apparat. »Bist immer no so kloa?«

»Na, i bin fünfundzwanzig Zentimeter gwachsen und wieg doppelt so viel«, spaßte Fanderl und erklärte Fellner die Lage.

»A Hüttn bei Sindelsdorf, mein Lieber, da gibt's a ganze Menge davon. Aber wir werden die Augen offen halten«, versprach Fellner, machte noch einen Witz, den Fanderl nicht verstand, und legte auf.

Daraufhin ging Fanderl schnurstracks nach Hause.

A guads Abendessen, a guad aufgelegte Frau und a Kind, des

durchschlaft, mehr brauch i ned, dachte er hoffnungsfroh, und es schien, als würden sich seine Wünsche alle erfüllen.

Währenddessen saß Benedikt im Bus nach Hause, so erschöpft, dass ihm zwischendurch schon die Augen zufielen. Der ununterbrochene Redeschwall des Dreissiger, eine ganze Anzahl neuer Kollegen, die ihm vorgestellt worden waren und deren Namen er sofort wieder vergessen hatte, und nicht zuletzt die zahllosen mündlichen Ergänzungen, die der Dreissiger zu Fanderls ausführlichem und akribischem Bericht im »Fall Flora« eingefordert hatte, hatten ihn viel Kraft und Nerven gekostet.

Wenigstens hatte sich der Dreissiger bereit erklärt, den Kreisleiter noch einmal genau nach dem Zeitpunkt und der Dauer des Treffens, das angeblich mit Alfred und den beiden anderen Parteigenossen stattgefunden hatte, zu befragen. Jeder Kontakt zu höhergestellten Parteimenschen war ihm offensichtlich sehr wichtig.

Zum Abschied hatten ihm die Kollegen zugewinkt und gerufen: »Nächst Mal d'Weißwürst nicht vergessen!«

»Das ist bei uns so üblich«, hatte ihn der Dreissiger aufgeklärt, »zum Einstand!«

Benedikt wünschte sich jetzt nur noch ein gutes Abendessen, eine gut aufgelegte Franzi und vielleicht noch ein paar Zärtlichkeiten zur Nacht. Alle seine Wünsche wurden erfüllt, und als die Kirchturmuhr zehn schlug, schlummerte er schon sanft. Franzi lag neben ihm und war in Gedanken noch mit ihren Hutkreationen beschäftigt.

28

Als wenige Stunden nach Mitternacht das ganze Dorf in tiefem Schlaf lag und nur ein paar Fledermäuse um die Lampe am Dorfplatz schwirrten, tauchte plötzlich aus dem Bergleitnerhaus eine krumme Gestalt auf, die über die Nachthose nur einen uralten Lodenjanker geworfen hatte und bitterlich schluchzte. Es war unverkennbar der Xaver, der nun keuchenden Atems zu Resis Haus hinaufrannte. Laut schrie er ihren Namen und polterte so krachend gegen die Tür, dass die Resi ihm mit verschrecktem Gesicht sehr schnell öffnete.

»Der Depp hod si umbracht!«, schrie der Xaver, dann ließ er sich auf die Bank vor Resis Haus fallen und barg weinend das Gesicht in den Händen. »I hätt bei ihm bleiben sollen«, schluchzte er. »I hättn ned alloa lassn dürfn!«

»Xaver«, bat Resi mit zitternder Stimme, »sag mir bitte, was genau los is!«

»Na, geh mit mir nunter zu ihm, bitte«, flehte der Xaver, und so warf sich Resi ebenfalls einen alten Mantel über ihr Nachtgewand, und sie rannten los.

Die Tür vom Bergleitnerhaus stand sperrangelweit offen, nur das Licht einer flackernden Kerze auf dem Tisch erhellte die Stube. Fritz Bergleitner lag still in seinem Bett, ein wenig Schaum vor dem Mund. Seine Augen waren geöffnet und starrten zur Decke, und eine Hand, zur Faust geballt, umkrampfte die Bettdecke.

»Ist er wirklich …?«, fragte Resi mit rauer Stimme.

Xaver nickte. »Hod kein Puls mehr, und an Spiegel hob ich ihm auch vorn Mund ghalten. Da is nix mehr. Der hat des ganze alte Schlafpulver von seiner Mutter gnomma, und des war no a ganze Dosn voll.«

Resi sank schluchzend vor dem Bett auf die Knie und umklammerte Fritz' Hand. »Warum hastn des gmacht, Fritz? Mir ham uns doch gschworn, dass ma beiananderbleibn. Jetzt bin i ganz alloa.«

»Mi host no«, sagte der Xaver und legte ihr die Hand auf die Schulter.

Resi erhob sich schwerfällig, schlang die Arme um den Xaver, und so blieben sie für eine ganze Weile stehen.

Ich bin ned fürs Glück geboren, dachte Resi. Erst so ein guter Tag mit der Franzi und die Hüt und jetzt des.

Xaver ließ Resi los und wies auf den Tisch, auf dem neben der Kerze ein Blatt Papier lag. Mit Fritz' klarer, deutlicher Schrift stand da:

Verzeiht mir, dass ich so gegangen bin. Aber die Vorstellung, noch einmal ins Gefängnis oder gar nach Dachau zu müssen, ließ mir keine andere Wahl.
Euer Fritz

»Ja, aber wieso denn?«, fragte Resi. »Was ist denn passiert?«

Xaver erzählte, dass am Nachmittag der Genosse Talhoff aus München da gewesen sei.

»Der is mitm Fahrradl kemma, obwohl er fast scho achtzig is«, berichtete Xaver.

Die Münchner Gruppe habe über mindestens fünf Ecken erfahren, dass gegen den Bergleitner eine Anzeige laufe wegen bolschewistischer Hetzreden und Störung der Totenruhe, und Xaver berichtete Resi von dem Vorfall auf dem Münchner Friedhof.

»Versteck di, Fritz, die werden spätestens morgen bei dir sein. Und ich brauch dir ja nicht zu sagen, was dir dann blüht«, habe der Talhoff den Fritz gewarnt.

Fritz habe recht gefasst reagiert und versprochen, sich aus dem Staub zu machen, erzählte Xaver. Er habe sogar seinen Rucksack aus dem Schrank genommen, angefangen zu packen und versprochen, dem Xaver und der Resi zwischendurch immer wieder Bescheid zu geben, wo er sich gerade aufhalte.

»Ich Depp hab ihm glaubt und bin dann wieder nüber zum Huber in Stall. In der Nacht bin i plötzlich aufgewacht und hob so a seltsames Gfühl ghabt. Aber da war's scho zu spät!«

»Dich trifft koa Schuld, Xaver. Des war sein eigener Entschluss!«, sagte Resi und strich dem Fritz noch einmal zärtlich über die kalte Wange.

Eine Stunde später war die Stube des Bergleitner voll von Menschen. Der Arzt aus Breitbrunn war gekommen, um den Totenschein auszustellen. Der Pfarrer Grimsler stand etwas unschlüssig herum, denn der Bergleitner hatte ja seinem Leben selbst ein Ende gesetzt, was eine schwere Sünde war und keine Totensegnung verdiente. Doch die Resi, deren Anwesenheit ihm etwas peinlich war, weil er sie besser kannte, als er eigentlich sollte, hatte ihn so lieb darum gebeten, dass er nicht Nein sagen konnte.

Am Tisch saßen mit fahlen, müden Gesichtern Benedikt und Fanderl, die man aus tiefem Schlaf gerissen hatte und die beide vom Selbstmord Bergleitners tief erschüttert waren. Fanderl hatte sein schwarzes Berichtsbuch aufgeschlagen vor sich liegen, war aber offensichtlich noch nicht in der Lage, etwas niederzuschreiben, und Benedikt dachte nur: Hoffentlich hat er den Feuchtwanger noch ausgelesen.

Noch ein paar Stunden später, der Morgen war mit einem kühlen Herbstwind und vielen dunklen Wolken angebrochen, wurde der Fritz abgeholt und in der Totenkapelle am Rande des Dorffriedhofs aufgebahrt. Resi hatte es sich nicht nehmen lassen, ihn noch zu waschen und ordentlich anzuziehen, und zum Pfarrer Grimsler hatte sie mit sehr bestimmter Stimme gesagt: »Ein ordentliches christliches Begräbnis hat er schon verdient, der Fritz«, und ihre weiche Hand auf die des Pfarrers gelegt, dass diesen ein wollüstiger Schauer durchfuhr.

Dem Xaver wäre ein Begräbnis ohne Pfaffen und mit Absingen der Internationale viel lieber gewesen, doch er wusste, dass die Zeiten nicht danach waren. Er nahm sich vor, drüben im Stall bei den Kühen für den Fritz zu singen. Doch jetzt brauchte er erst mal einen ordentlichen Schnaps, und er befürchtete, dass er den in nächster Zeit noch öfter brauchen würde. Denn was war ein Leben ohne den Fritz noch wert?

Im Dorf hatte sich das traurige Ende des Bergleitner auch schon herumgesprochen, und die Schneiderlisl war die Erste, aber nicht die Letzte, die eine Blume vor seine Haustür legte. Resi war heimgegangen und hatte sich an die Nähmaschine gesetzt, um die Hint-obi-Bänder zu säumen. Zwischendurch tropfte eine Träne auf den Stoff, und manchmal musste sie mit dem Nähen innehalten, weil die Erinnerungen und die Trauer sie überwältigten. Denn was war ein Leben ohne den Fritz noch wert?

Gerade als Benedikt und Fanderl das Bergleitnerhaus verließen, fuhr ein dunkles Auto vor, und zwei Männer in schwarzen Mänteln stiegen aus.

»Da kommen s' scho!«, flüsterte Fanderl.

Einer der Männer mit einem unglaublich glatt rasierten Gesicht unter der Mütze und einem hellroten Schmiss auf der Wange – Benedikt musste an Paschke denken – trat auf Benedikt, der in Zivil war, zu.

»Fritz Bergleitner?«, schnarrte er.

»Nein, Benedikt von Lindgruber, Polizeidienststelle Rosenheim, und mein Kollege Gustav Fanderl hier aus dem Ort«, entgegnete Benedikt. »Der Herr Bergleitner ist heute Nacht unerwartet verstorben.«

Der Schwarzmantel glotzte. »Davon müssen wir uns schon selbst ein Bild machen«, sagte er mit Kommandostimme, steuerte auf das Haus zu und zertrat dabei die Rose von der Schneiderlisl.

»Da kommen Sie zu spät«, entgegnete Benedikt. »Der Tote befindet sich bereits auf dem örtlichen Friedhof im Leichenschauhaus. Hier ist übrigens auch der Totenschein.« Er zeigte den beiden das Dokument.

Sie warfen jedoch nur einen kurzen Blick darauf.

Der Begleiter des Kommandanten, ein kleiner Dicker, dessen Mantel fast am Boden schleifte, öffnete die Tür zum Haus und warf einen Blick hinein. »Nur altes Glump, Hermann!«, rief er und knallte die Tür wieder zu.

Gott sei Dank hat der Fritz seine Bücher gut versteckt, dachte Benedikt erleichtert.

»Da geht's zum Friedhof«, rief Fanderl und wies in Richtung Kirche.

»Na ja«, meinte der kleine Dicke, »a Bolschewist im Leichenhemd is doch a schöner Anblick, des wollma uns ned entgehen lassen.« Sie stiegen in ihr Auto und brausten davon.

»Mir is jetzt gar ned nach Frühstücken«, bemerkte der Fanderl. »Eher nach am Bier!«

29

Und so wanderten Benedikt und Fanderl recht schleppenden Schrittes zum Seewirt. Der Wirt nickte ihnen mitfühlend zu und stellte ihnen ohne groß zu fragen zwei frisch gezapfte Helle hin. Aus der Küche erschien die Lisi, trat an den Tisch der beiden und hob an, etwas zu sagen. »Was immer du uns jetzt sagen willst, Lisi, schweig still!«, gebot ihr der Fanderl energisch. »Und an Alfred hältst fern von uns, verstanden?«

Lisi starrte die beiden an, schlug dann ein Kreuzzeichen über ihrer seligen Irmengard und verschwand.

»Das war jetzt ein harter Schlag. So ein gradliniger, gescheiter Mensch! Hoffentlich kommen seine Bücher in gute Hände!«, meinte Benedikt nachdenklich.

»Aber so schwer's uns fällt, wir müssen weitermachen«, ergänzte Fanderl mit ein wenig heiserer Stimme. »Ich kann's gar ned glauben, gerade noch im prallen Leben im Simpl, heute am Totenbett vom Fritz.«

Stumm saßen sie sich gegenüber und tranken ihr Bier.

»I möcht jetzt nur noch schlaffa, schlaffa und nix anders!« Fanderl gähnte, und Benedikt bekam schon Angst, dass er hier in der Wirtschaft gleich damit anfangen würde. Da öffnete sich die Tür, und herein trat das Annamirl. Sie schob einen großen Kinderwagen vor sich her und sah ein wenig blass aus.

Fanderl vergaß sofort seine Müdigkeit. »Ja, Annamirl, is scho da? I hob gar nix mitkriagt.«

Das Annamirl lächelte. »Vor drei Dog is a kemma, der Valentin!«

Fanderl und Benedikt beugten die Köpfe über den Kinderwagen, in dem ein runzliger, rotgesichtiger Säugling ohne ein Haar am Kopf lag.

»Und da bist schon wieder unterwegs, Respekt! Hübsch is

er, ganz wie du«, schmeichelte Fanderl, und Benedikt nickte zustimmend, denn er wusste, dass die hässlichsten Kinder für ihre Mütter immer die schönsten waren.

Hoffentlich schaut unseres ein wenig besser aus, hoffte er.

»I wollt mitm Wirt redn, wann i wieder anfangen kann«, berichtete das Annamirl. Schon jahrelang kellnerte sie immer wieder bei ihrem Onkel, dem Seewirt.

»Da wartst no a bisserl, bis si ois eigspuit hat«, meinte der Wirt und schob ihr einen Geldschein über die Theke. »Da, für die Überstunden!«

»Mei, dank dir schön, Onkel!« Das Annamirl strahlte und drehte sich zum Gehen um.

Als sie schon unter der Tür stand, hielt sie inne. »Ach, i wollt euch no wos sogn«, wandte sie sich an Benedikt und Fanderl.

Sie berichtete, dass sie am Tag der Beerdigung der Michelbergerin, »damals, wo dann s'Weda so umgschlogn hod«, mit ihrem Mann nach Rimsting zur Hebamme gefahren sei. Und da habe sie dann bei der Heimfahrt vor der Rimstinger Wirtschaft das Motorrad des jungen Schauspielers aus München gesehen.

»I hab's ja scho kennt, weil er a zwoa Wocha vorher scho amoi da war und mit der Flora am Dampfersteg gstandn is. Am hintern Schutzblech is so a Theatermaskn aufgmoid.«

»Ja, sakra, jetzt war der also doch da! Dann is der jetzt kein Zeuge mehr, des is a Verdächtiger«, rief Fanderl plötzlich wieder putzmunter und dankte dem Annamirl, das nun auch schnell gehen musste, weil der kleine Valentin heftig zu schreien begonnen hatte.

»Den müssen wir jetzt endlich in die Finger kriegen, und wenn wir selber nach Sindelsdorf fahren!«, meinte Benedikt.

Sie beschlossen, den Sindelsdorfer Kollegen Ludwig Fellner anzurufen, bevor sie sich auf den Weg machten, zu Hause Bescheid zu sagen und vielleicht noch schnell etwas zu essen.

Als Benedikt zu Hause ankam, saß die Resi bei seiner Frau in der Stubn und nähte eine goldene Litze an einen Hutrand. Rasch sprang sie auf und knickste.

»Die Resi hilft mir jetzt bei die Hüt«, erklärte Franzi und zog Benedikt ins andere Zimmer.

»Die Frau war vollkommen aufgelöst«, berichtete sie, »und ich hab mir gedacht, dass Beschäftigung das richtige Mittel ist, damit sie nicht zu sehr in die Schwermut verfällt.«

Benedikt küsste seine Franzi auf die Nasenspitze. »Da hast du genau das Richtige gemacht, meine Liebe. Was meint denn Berta dazu?«

»Ja, die muss sich noch ein bisschen an sie gewöhnen«, sagte Franzi lachend. »Aber sie ist auf dem richtigen Weg, die beiden haben schon Rezepte ausgetauscht. Das ist eine ganz gescheite und patente Person, die Resi.«

»Leider hab ich heut wieder keine Zeit«, gestand Benedikt zerknirscht. »Wir müssen nach Sindelsdorf.«

Franzi küsste ihn auf den Mund. »Du hast deine Polizei, ich hab meine Hüt, und außerdem haben wir noch unser ganzes langes, gemeinsames Leben.«

Benedikt drückte sie noch einmal fest, holte sich bei der Berta zwei belegte Semmeln und ging.

Auf dem Weg zur Polizeiwache, wo Fanderl sicher schon das Dienstauto flottgemacht hatte, kam er am Bergleitnerhaus vorbei. Einige Dorfbewohner standen davor, und es lagen noch mehr Blumen auf der Schwelle.

Trotz allem ist er doch ein Mitglied der Dorfgemeinschaft gewesen, der Fritz, dachte Benedikt und spürte, wie seine Augen feucht wurden.

Da kam ihm schon Fanderl mit dem Dienstwagen entgegengebraust, Benedikt stieg rasch ein, und ihre Wurstsemmeln kauend fuhren sie los.

30

Hilda fuhr in ihrem Bett hoch. Sie hatte im Traum eben eine Schar Gänse gefüttert, und das Schnattern klang noch deutlich in ihr nach. Doch was da nun zu ihr drang, war ein ganz anderes Geräusch. Ein Wimmern, Seufzen, Klagen und ein sich regelmäßig wiederholendes Schlagen. Der Mond schien in ihre Kammer, und draußen trieben dunkle Wolken rasch über den See.

Sophie! Hilda sprang aus dem Bett und rannte trotz des eiskalten Fußbodens barfuß nach nebenan. Das Fenster stand sperrangelweit offen, ein Flügel schlug rhythmisch auf und zu – das schlagende Geräusch. Auf dem Fensterbrett saß Sophie im leichten Nachthemd, das lange blonde Haar vom starken Wind zerzaust. Sie presste etwas an ihre Brust, das Hilda nicht erkennen konnte.

Hilda näherte sich der zusammengekrümmten, wimmernden, seufzenden Gestalt langsam und auf Zehenspitzen. Sie wollte Sophie nicht erschrecken, womöglich würde sie sonst in die Tiefe fallen. Hatte sie vielleicht vorgehabt, sich hinunterzustürzen? Hilda trat nun ganz nahe an Sophie heran und umklammerte sie fest mit beiden Armen.

»Sophie, was machst du denn da?«, rief sie und zog das Mädchen vom Fensterbrett.

»Ella, Ella«, klagte Sophie und reckte das Kruzifix in die Höhe, das sie an die Brust gepresst hatte. »Ella, so hilf mir doch! Er will mir ja nicht helfen!«

»Ich bin's doch, Sophie, die Hilda!«, rief Hilda und führte Sophie zum Bett.

»Ich zieh das dunkelblaue Tüllkleid zum Ball an, und dann tanz ich mit dir«, redete Sophie weiter. »Ja, ich möchte tanzen!«, rief sie, und das Kruzifix glitt ihr aus der Hand und fiel zu Boden.

Hilda rührte schnell einen großen Löffel des Beruhigungspulvers in ein Glas Wasser und gab es Sophie zu trinken. Als diese sich zurücklehnte und etwas ruhiger wirkte, lief sie zu Kreszentias Zelle und klopfte. Die alte Frau öffnete sehr schnell, die kleine Lampe brannte neben ihrem Bett, es schien, als hätte sie nicht geschlafen. Hilda erklärte der alten Schwester eilig, was vorgefallen war, und beide liefen rasch zu Sophies Kammer.

Das Mädchen saß wieder aufrecht im Bett und versuchte, sich das Haar zu glätten und es hochzustecken. »Ella, wo bleibst du denn?«, rief sie. »Ich schaffe das nicht alleine ... und das Kleid ... und die Schuhe!«

Kreszentia setzte sich zu Sophie auf die Bettkante und streichelte sie beruhigend. »Bald kommt Ella zu dir, Sophie. Ganz bald wirst du sie wiedersehen!«

Sophie wurde ruhiger, schloss schließlich die Augen, und in wenigen Minuten war sie eingeschlafen.

»Sie sehnt sich nach ihrer Welt außerhalb des Klosters. Sie hat Angst vor der Einkleidung«, meinte Kreszentia. »Ich rede gleich morgen mit der Mutter Oberin. Diese Ella muss kommen.«

Dann ging sie zu einer kleinen Kammer am Ende des Gangs und kramte einige Zeit dort herum. Als sie wiederkam, zog sie einen eisernen Stift aus der Tasche und verriegelte das Fenster so, dass es nicht mehr zu öffnen war.

Sowohl Kreszentia als auch Hilda fanden in dieser Nacht nicht wieder in den Schlaf.

Kreszentia betete bis zum Morgengrauen zur Gottesmutter und zur seligen Irmengard, dass Sophie geholfen werden konnte, und Hilda, nachdem auch sie ein Gebet für Sophie gesprochen hatte, überlegte, wie viele Gänse sie sich denn nun eigentlich anschaffen sollte.

»Ich bin mir nicht sicher, ob wir diese Ella herholen sollen. Ich fände es besser, wenn das Mädchen mit ihrem Herrgott und mit ihren Mitschwestern oder mir über ihre Probleme sprechen würde. So ein Besuch würde sie womöglich noch mehr verwirren«, meinte die Mutter Oberin, nachdem Kreszentia ihr den nächtlichen Vorfall geschildert hatte.

»Ihr wisst doch aus Erfahrung, dass es manchmal sehr schwierig ist, Zugang zu unserem Herrgott zu finden«, wagte Kreszentia offen zu sagen. »Vielleicht löst sich durch den Besuch ja etwas in ihr.«

»Es kann aber auch sein, dass sie sich dann gegen das Kloster entscheidet. Das hatten wir noch nie, zwei Novizinnen, die uns wieder verlassen. Was soll ich denn da dem Bischof sagen?« Klage und ein wenig Selbstmitleid lagen in den Worten der Mutter Oberin. Doch sie lenkte schließlich ein. »Aber gut, ich verlasse mich auf dein schon immer gutes Gespür und trete mit dem Elternhaus in Verbindung.«

Schneller als gedacht war alles geklärt. Die Mutter und Sophies Schwester reagierten beide nicht besonders besorgt auf den Bericht der Äbtissin und machten keine Anstalten, selbst einen Besuch vorzuschlagen. Ein wenig kam es der Äbtissin so vor, als wären sie froh, Sophie aus dem Haus zu haben.

»Sophie war schon immer nervenschwach«, meinte die Schwester. »Die lässt sich schon einkleiden, da bin ich mir sicher, und sie wird ihren Frieden als Klosterschwester finden.«

Ella hingegen erklärte sich sofort bereit, gleich am nächsten Tag zu kommen. »Ihre letzten Briefe klangen irgendwie seltsam. Ich habe mir schon Sorgen gemacht.«

Während im Kloster langsam wieder Ruhe einkehrte, taten sich im Lindgruberhaus ganz überraschende Dinge. Franzi zeichnete an ihrem Entwurf, Resi nähte an ihrer Goldborte, und Berta bereitete in der Küche gerade Leberknödel zu, als es klingelte. Vor der Tür stand Margarete Bendler, in einem dunkelgrünen Dirndl mit einer feinen silberglänzenden Schürze.

»Entschuldige, dass ich dich so überfall«, sagte sie ein wenig atemlos zu Franzi, »aber es gibt einiges zu besprechen. Es haben sich ein paar ganz neue Dinge ergeben.«

Freundlich begrüßte sie Resi, die Franzi als ihre neue Hilfskraft vorstellte, dann bat Franzi sie ins Wohnzimmer nebenan.

»Vorgestern war eine meiner besten Kundinnen da«, berichtete Margarete, »die Annette Kamphauser. Eine Kommerzienratswitwe, aber kein bisschen hochnäsig und das Herz auf dem rechten Fleck. Es vergeht selten ein Monat, wo sie nicht irgendwas kauft bei mir. Die hat Geld wie Heu.«

Franzi blickte fragend.

»Dieser Frau Kamphauser gehört das Haus neben meinem Geschäft, und sie hat mir erzählt, dass die Familie, die im Parterre wohnt, auszieht. Und da hab ich eine Idee gehabt. Wie wär's, wenn man die Wohnung zu meinem Geschäft dazunimmt und einen schönen großen Hutsalon draus macht? Da können wir uns zusammentun, ich biete mehr die Trachtenhüte und du die anderen an. Und im Lauf der Zeit lernen wir so viel voneinander, dass jede alles machen kann. Ein bisschen umbauen müssten wir natürlich schon!«

»Das klingt schon alles sehr gut, Margarete«, wandte Franzi ein, »aber was mach ich mit meinem Laden und meinen Kunden in München?«

»Den kannst doch behalten! Du musst dir nur eine tüchtige Angestellte suchen, die ihn gut führt. Und einmal in der Woche könntest du ja immer nach München fahren, damit du auch mal persönlich anwesend bist.«

»Und mein Kind?

»Des kannst am Anfang mitnehmen, und später kriegt's a Kindermädchen!«, meinte Margarete, die offensichtlich schon alles gründlich durchdacht hatte.

Franzi fühlte sich ein wenig wie betäubt. »Darüber muss ich erst einmal nachdenken, mit meinem Mann reden und eine Nacht drüber schlafen.«

»Das ist doch klar«, meinte Margarete. »Ich wollt dich nicht überrumpeln. Aber eins muss ich dir doch noch sagen: Ich glaube, wir beide wären ideale Partnerinnen.« Und spontan trat sie auf Franzi zu und umarmte sie.

»Ich hab auch eine Überraschung für dich«, kündigte Franzi an. »Komm mit.«

Wieder drüben in der Stubn, bat sie Resi, das Nähen einzustellen und sich die Haare hochzustecken. Dann packte sie aus Seidenpapier einen Hut aus, dessen bloßer Anblick Margarete einen Ausruf des Entzückens entlockte. Franzi befestigte den Hut geschickt mit ein paar Nadeln auf Resis roter Lockenpracht und diese stand auf und ging mit einer ganz natürlichen, fast wie angeborenen Eleganz ein paarmal hin- und her.

Es war ein hellgrauer Filzhut mit einer unwesentlich breiteren Krempe und einem etwas höheren Kumpf als der Priener Hut. Er saß etwas weiter hinten auf dem Kopf als sein Vorbild und hatte als Hutband eine breite Goldschnur, die hinten lässig geknotet war und in der frech ein paar Vogelfedern steckten. Die Unterseite der Krempe, vorne etwas länger als hinten, war genau wie das Original mit Goldlitze bestickt.

»Wunderbar, ein herrliches Stück!«, jubelte Margarete, und Franzi und auch Resi strahlten.

»Aber sagn S' mal, Frau Resi, haben Sie des schon öfter gemacht? Das war ja richtig professionell! Zur Modenschau brauchen wir Sie unbedingt«, fügte Margarete dann noch hinzu, und Resi strahlte noch mehr.

Bald jedoch legte sich ein Schatten über ihr Gesicht. Wenn sie das alles nur dem Fritz hätte erzählen können!

31

Es war schon später Vormittag, als Benedikt und Fanderl in Sindelsdorf ankamen. Sie hatten das große Kloster Benediktbeuern passiert und bedauert, dass sie keine Zeit hatten, es zu besuchen, dann war es nur noch ein kurzes Stück nach Sindelsdorf, und sie hatten alle Wurstsemmeln aufgegessen.

Vor der Wache bot sich ihnen ein beeindruckender Anblick. Der kräftige, groß gewachsene Ludwig Fellner stand dort, umringt von sechs Gendarmen mit Polizeisuchhunden.

Nachdem er Fanderl ungestüm umarmt und ihm kräftig auf die Schulter geschlagen hatte, schüttelte er schraubstockartig Benedikts Hand und wies dann auf seine Truppe. »Der Wolfi, der Bello, der Mutzl, die Tira, der Lupo und die Mitzi«, stellte er stolz vor, und Benedikt und Fanderl brauchten einen Moment, bis sie begriffen, dass nicht die Gendarmen, sondern die Hunde gemeint waren. »Alle Meister ihres Fachs.«

Fellner hatte, wie auch immer er daran gelangt war, einen Schal des Gesuchten dabei, in den er nun die Hunde einen nach dem anderen ihre Schnauzen versenken ließ. Sofort wurden sie unruhig und begannen winselnd und kläffend an den Leinen zu zerren. Fellner teilte die Gendarmen in Zweiergruppen auf und wies jeder Gruppe ihre Richtung zu. »Ihr gehts hinterzu aufs Mayerfeld, da hamma a paar Stadl. Ihr zwei machts das Waldstück ostwärts, da sind Waldarbeiterhüttn, und ihr da gehts ortsauswärts, rechts und links in die Wiesen liegen auch einige.«

»Da is a die Hüttn dabei, wo seinerzeit der Franz immer gmalt hat«, bemerkte einer der Hundeführer.

»Welcher Franz?«, fragte Fanderl.

»Unser Franz Marc, der immer die Pferdl gmalt hat. Er is leider seinerzeit im Krieg gfalln«, erklärte der Führer von Bello.

Fanderl und Benedikt schlossen sich jeweils einer Gruppe an, und los ging's in beachtlichem Tempo.

Die Hunde liefen zielstrebig und ständig schnüffelnd durch das Gelände, die dazugehörigen Gendarmen stapften aufmerksam hinterher. Nach einiger Zeit begann der Mutzl plötzlich zu bellen und stärker zu ziehen.

»Der hat was!«, rief sein Führer, und er und Fanderl, der diese Gruppe begleitete, folgten dem Mutzl durchs Unterholz, wichen großen Wurzeln aus und sprangen über Steine.

Plötzlich blieb Mutzl vor einem Baum stehen, legte die Ohren an und fiepte.

»Da muss er gwesen sein, vielleicht hat er da Rast gmacht«, meinte sein Herrchen.

Mutzl umkreiste den Baum, blieb an einer Stelle wie angewurzelt stehen und begann wie wild zu graben. Unter Laub und Reisig brachte er schließlich einen Fetzen hervor, der möglicherweise von einem Hemd stammte, und apportierte diesen seinem Herrn, dann lief er weiter, die Schnauze dicht am Boden.

»Da schau, da is Blut dran, der hat sich verletzt!«, rief der Gendarm.

Sein Gefährte formte die Hände zum Trichter und rief mit lauter Stimme: »Gruppe drei, hörts ihr mich?«

»Jaa«, schallte es aus der Ferne.

»Der muss ortsauswärts unterwegs gwesen sein. Konzentriert euch auf die vier Stadl, die da rechts und links vom Wegrand liegen!«

»In Ordnung. Alles verstanden!«, kam es postwendend zurück.

Benedikt begleitete die Gruppe drei, die sich nun aufteilte, einer nach rechts, der andere nach links. Er entschied sich, Mitzi zu begleiten, die immer rascher wurde, die Hütte in der Nähe des Weges überhaupt nicht beachtete und immer schneller weiter ins Wiesengrün vorrückte. Es ging nun leicht bergan, das Gras stand immer höher, und als sie die Kuppe der kleinen Erhebung erreicht hatten, sahen sie in der Senke dahinter eine ziemlich verfallene Hütte.

»Die Hütte vom Franz Marc, i hab's doch gwusst!«, rief der Hundeführer.

Mitzi begann wie wild zu bellen, Benedikt und der Hunde-führer konnten ihr kaum folgen. Sie betraten die Hütte und hatten Schwierigkeiten, sich im Dämmerlicht zurechtzufinden, doch Mitzi lief sofort in eine Ecke, wo auf einem Haufen altem Streu Leopold lag.

Als er sie sah, wollte er sich aufrichten, fiel jedoch kraftlos wieder zurück und stöhnte. An seinem Unterarm klaffte eine große blutige Wunde.

»Ich bin gestürzt … ein Ast …«, keuchte er.

Inzwischen waren auch Ludwig Fellner und Fanderl dazu-gekommen.

»Der Mann muss erst einmal medizinisch versorgt werden, dann sieht man weiter. Ich ruf die Ambulanz«, erklärte Fellner.

Doch Fanderl konnte nicht an sich halten. »Was haben Sie sich denn dabei gedacht, Leopold? Einfach abzuhaun! Warum sind Sie denn nicht mit uns in Kontakt getreten, dann wär doch alles viel einfacher gwesn.«

Leopold schüttelte den Kopf. »Ich hab für mich sein müssen, ich hab mit niemandem reden wollen.«

»Mit den von Prielmayers haben S' aber schon noch gehörig geredet«, warf Benedikt ein.

»Die sind ja auch an allem schuld«, sagte Leopold mit plötz-lich wieder viel festerer, hasserfüllter Stimme.

»Wenn der Arm versorgt ist, haben wir eine Menge zu be-reden. Sie gehören zum Kreis der Verdächtigen, da man Ihr Motorrad am Tag des Mordes in Rimsting gesehen hat«, klärte ihn Fanderl auf.

Leopold gab darauf keine Antwort und starrte ihn nur an.

In dem Moment hielt die Ambulanz auf der nahen Straße, und Fellner und Benedikt führten den wackligen Leopold, dessen tiefe Schnittwunde im Arm immer noch blutete, über die Wiese zum Gefährt.

»Die fahren ihn zum Doktor in Sindelsdorf, der näht des mit a paar Stich wieder zu«, erklärte Fellner.

Fanderl und Benedikt durften noch an der Belohnung der Suchhunde teilnehmen. Jeder bekam ein ordentliches Stück

Wurst, und Fanderl wurde fast ein wenig neidisch, denn er hatte schon wieder Hunger.

So stärkten sie sich bald darauf in einer Sindelsdorfer Wirtschaft, an deren Holzwand nicht weit vom Kruzifix ein kleines Gemälde des besagten Franz Marc hing, das den Titel »Pferd in Landschaft« trug. Im Vordergrund sah man den elegant geschwungenen Rücken eines Pferdes mit voller pechschwarzer Mähne, im Hintergrund eine Wiesenlandschaft in starken Farben, die der, in der sie sich gerade bei ihrer Suche nach Leopold aufgehalten hatten, durchaus ähnelte.

»Der war oft bei uns herinna«, berichtete die Wirtin. »Mei Mutter hod'n immer bedient. Aber er is scho lang tot, und außerdem zählt er ja jetzt zu die Gschpinnerten, wir dürften des Bild eigentlich da gar ned mehr hänga hom.«

Gerade als sie mit dem Essen fertig waren, kam der Doktor herein, bestellte eine Wurst mit Kraut und teilte den beiden Polizisten mit, dass die Wunde versorgt sei und der Patient noch eine halbe Stunde Ruhe brauche. »Dann können S' zu ihm.«

Fanderl und Benedikt schlenderten noch ein wenig durchs Dorf und die Landschaft um Sindelsdorf und stellten fest, dass es hier anders als daheim, doch auch sehr malerisch war.

»Die Künstler suchen sich schon immer die schönsten Gegenden wie bei uns die Inselmaler«, stellte Fanderl fest.

Dann betraten sie die Arztpraxis, wo der Doktor hinter seinem Behandlungszimmer noch einen kleinen Raum mit einer Liege hatte. Darauf lag Leopold mit dick einbandagiertem Arm und schlief. Ohne seinen dekorativen Schal, mit ein wenig verschwitzten, aus der Stirn gestrichenen Haaren sah er wesentlich jünger aus, fast wie ein Bub, fand Benedikt.

Leopold schlug die Augen auf, und Benedikt fragte ihn dann auch als Erstes, wie alt er sei.

»Vierundzwanzig«, antwortete Leopold. Seine Stimme klang noch etwas verwaschen, doch man merkte ihm an, dass er nun bereit war, zu reden. Er liebe die Gegend hier, erzählte er, manches erinnere ihn sehr an daheim in Deggendorf. Er sei nämlich eigentlich ein richtiger Bauernbub. Doch er wollte schon immer Schauspieler werden, und so sei er nach München gekommen. Bereits während der Ausbildung an der Schauspielschule habe er kleine Rollen im Ensemble übernommen.

»Und da haben Sie Frau von Prielmayer kennengelernt«, ergänzte Fanderl.

Leopold nickte. Die Henriette habe ihn von Anfang an unterstützt. Sie habe ihm viel vom Theater und von München gezeigt, und sie hätten miteinander ihre Rollen gelernt.

»Das war aber wohl nicht alles, oder?«, fragte Benedikt.

Es habe sich so ergeben, antwortete Leopold, er habe das nie so ernst genommen, und es habe ihr offenbar sehr behagt.

»Ja, wir haben schon gehört, dass Sie Erfahrung mit älteren Damen haben, allerdings gegen finanzielle Zuwendung. Das war wohl bei Frau von Prielmayer nicht der Fall?«

Ohne ein Zeichen von Scham verneinte Leopold dies, sie habe ihn nur manchmal unterstützt mit Geld für Kleidung oder mit Naturalien.

Fanderl schüttelte sich. Solche Verhältnisse konnte er sich überhaupt nicht vorstellen. Das wäre ja so, als ginge er als Galan zur Schneiderlisl – schon das allein war unvorstellbar –, und dann würde sie ihm hinterher noch Geld für die Wirtschaft geben!

»Herrn von Prielmayer hat die ganze Sache nie gestört?«, fragte Benedikt nach.

»Der hat mich immer total ignoriert, so als wäre ich überhaupt nicht da. Nur später, als ich dann öfters im Haus mit Flora in Kontakt getreten bin, hat er schwer aufgepasst«, berichtete Leopold.

»Wann haben Sie Flora kennengelernt?«, fragten Fanderl und Benedikt fast gleichzeitig.

Leopolds Gesicht verdüsterte sich. Er habe über Ernestine schon viel von ihr gehört, aber kennengelernt habe er sie erst im Hause Prielmayer. Durch Zufall sei sie eines Tages gerade heimgekommen, als er gegangen sei. Henriette habe wohl sehr darauf geachtet, dass sie sich nicht begegnen; sie hatte ihm gegenüber bis dahin auch nie etwas von einer Tochter erwähnt.

»Und dann haben Sie sich in Flora verliebt!«, konstatierte Benedikt.

Nein, so einfach sei das nicht gewesen, sagte Leopold, das habe sich ganz langsam entwickelt. Flora habe ihn immer als guten Freund behandelt, und so habe er auch lange gedacht, dass es so wäre, und außerdem habe ihn Henriette dann ziemlich in Beschlag genommen und immer über Flora und ihre modernistischen Ideen gespöttelt. Benedikt fiel auf, dass Leopolds Stimme leider wieder etwas undeutlicher geworden war. Er griff sich an den verletzten Arm, es schmerze jetzt wieder ziemlich.

»Dann machen wir eine kleine Pause. Vielleicht kann Ihnen der Arzt was gegen die Schmerzen geben«, schlug Fanderl vor, und sie gönnten dem Patienten ein wenig Ruhe.

Benedikt bat den Doktor, ob er kurz einmal von seinem Apparat aus telefonieren dürfe. Er wollte Franzi Bescheid geben, dass es später am Abend werden würde.

Berta war am Apparat. »Oh mei, Herr Benedikt, wir verwandeln uns hier langsam in an Hutladen«, scherzte sie und holte Franzi ans Telefon.

»Benedikt«, rief diese aufgeregt, »du musst heut Abend unbedingt so früh kommen, dass wir noch reden können. Es gibt aufregende Neuigkeiten, ich platz gleich! Und der Fanderl soll auch bald kommen, der Xaver musst schon in die Apotheke nach Prien fahren, weil's der Therese heut Vormittag so schlecht war. Aber sag ihm nichts, der regt sich doch immer gleich so auf.«

Als Benedikt wieder in das kleine Kämmerchen beim Sindelsdorfer Doktor eintrat, lag Leopold tief schlafend auf seiner Liege, und Fanderl saß im Sessel daneben und döste vor sich hin.

»Ich hab ihm eine stärkere Spritze geben müssen, die Wunde ist doch recht tief«, informierte ihn der Doktor. »Besser wär's, wir würden ihn nach Murnau ins Krankenhaus bringen.«

»Tun S' uns bitte einen Gefallen, Herr Doktor, und lassen Sie ihn nach Rosenheim bringen. Sonst haben wir morgen noch mal die weite Fahrt«, bat Benedikt. »Ich regle das schon, aus vernehmungstechnischen Gründen und so weiter. Ich setz das bei meinem Chef durch.«

Der Doktor erklärte sich so weit einverstanden, und Benedikt rief, da Fanderl aus seinem dösenden Zustand immer noch nicht zu sich gekommen war, beim Dreissiger an. Dieser war zum Glück in guter Stimmung und versprach, den Transport zu genehmigen.

»Verlegung des Verdächtigen Leopold Segmüller von Sindelsdorf in das Krankenhaus Rosenheim zur dringenden Vernehmung. Begründung: Rosenheim liegt ortsnah des Tatorts und auch bei den Wohnstätten der beiden Beamten, denen, da der Fall ohnehin schon sehr viel Arbeit aufwirft, eine nochmalige weite Fahrt nach Sindelsdorf (zwei Stunden einfach) nicht mehr zumutbar ist.«

So lautete der bürokratisch geschraubte Text des Dreissiger, und der machte offenbar Eindruck an höherer Stelle. Leopold sollte noch am Abend nach Rosenheim verlegt werden.

»Fanderl, auf geht's, wir können heimfahren!«, rüttelte Benedikt seinen Kollegen auf, der hochschreckte und einige Zeit brauchte, um zu begreifen, was Sache war.

32

So war es früher Abend, als sie daheim ankamen, und beide freuten sich auf einen ruhigen Abend mit der Familie. Fanderl betrat sein Haus und rief wie üblich:»Hollidrio, der Papa is do.« Doch kein Korbinian kam strahlend auf ihn zugewatschelt, und auch sonst herrschte vollkommene Stille. Er warf einen Blick in die Küche und war höchst erstaunt, dass das Frühstücksgeschirr noch auf dem Tisch stand. Das war bei seiner ordentlichen Therese wahrlich ungewöhnlich. Er ging durch das Wohnzimmer, und plötzlich wurde er von einer schrecklichen Angst gepackt. Entführung, obwohl er doch überhaupt kein Geld hatte? Oder hatte Therese ihn verlassen, aber warum? Wegen des unmoralischen Simpl und dem Bild, das eine andere Frau von ihm gemalt hatte? Er ließ sich auf einen Stuhl fallen und starrte den großen Hirschkopf mit dem mächtigen Geweih an, den sein Vater, der Forstmeister, seinerzeit dort angebracht hatte. Oder war sie mit einem anderen durchgebrannt, vielleicht mit dem Schorschi aus Hittenkirchen, der ihr immer so schöne Augen machte? Hatte sie ihm Hörner aufgesetzt? Der alte Hirsch blickte sanft wie immer und konnte ihm nichts verraten.

Da hörte er ein dünnes Stimmchen aus dem Schlafzimmer.

»Gustl, bist du's?«

Mit einem Satz war Fanderl im Schlafzimmer, wo Therese blass im Bett lag und einen Eimer neben sich stehen hatte.

»Um Gottes willen, Schatz, was ist denn los?«, stammelte Fanderl.

»Mir ist so furchtbar schlecht, den ganzen Tag scho. Die Medizin, die mir der Xaver gebracht hat, huift a ned.« Sie beugte sich würgend über den Eimer.

Schweißtropfen standen ihr auf der Stirn, und zwischen zwei Würgeanfällen teilte sie ihm noch mit, dass der Korbinian bei der Großmutter sei und dass eventuell an diesem Abend noch der Doktor aus Breitbrunn vorbeischauen wollte.

Fanderl setzte sich zu seiner Frau auf die Bettkante und streichelte ihre kalte, nasse Stirn.

»Wird scho wieda, Schatz«, tröstete er sie, fühlte sich aber vollkommen hilflos. »Soll ich dir an Tee machen?«

Therese winkte nur schwach ab.

Gott sei Dank kam eine halbe Stunde später der Doktor aus Breitbrunn.

»Sie hat bestimmt was Schlechtes gessen«, meinte er und verschwand im Schlafzimmer.

Fanderl setzte sich, er wusste auch nicht, warum, wieder dem alten Hirschen gegenüber, und nach einiger Zeit bemerkte er, dass er die Hände gefaltet hatte. Er drehte sich um zum Gotteswinkel und betrachtete das Kruzifix und das Blumenväschen mit den immer frischen Blumen, das darunter stand. Gebet fiel ihm keines ein. Was würde er denn machen ohne seine Therese, dachte er, in den Chiemsee gehen? Entsetzt schüttelte er den Kopf über sich, da kam auch schon der Doktor aus dem Schlafzimmer und lächelte.

Wie konnte er denn lächeln in dieser ernsten Lage?

Der Doktor lächelte weiter. »Es ist gar nichts, Fanderl«, sagte er. »Doch, natürlich ist schon was, du wirst wieder Vater, und womit wir es hier zu tun haben, ist Schwangerschaftsübelkeit. Da muss sie jetzt durch, das wird noch ein paar Wochen dauern.«

Der Doktor trank seinen obligatorischen Schnaps und verabschiedete sich.

Fanderl stürzte ins Schlafzimmer, umarmte seine Frau, die schon ein wenig mehr Farbe im Gesicht hatte, und wusste vor lauter Rührung gar nichts zu sagen.

»Da hätt ich ja auch selber draufkommen können!«, meinte sie. »Benedikt bei am Buam, Franziska bei am Madl«, sagte sie noch, bevor ihr die Augen zufielen.

Als Benedikt heimkam, saß Franzi in der Stubn an dem Tisch, den sie früher oft zum Teetrinken oder für ein Kartenspiel verwendet hatten, der aber inzwischen zu ihrem Arbeitstisch geworden war. An diesem Abend waren die ganzen Hututensilien nicht sehr ordentlich nach hinten geschoben, und Franzi beugte sich, auf der Nase die kleine Nickelbrille, die sie nur selten verwendete, über mindestens zwei Dutzend mit Zahlenreihen vollgekritzelte Papiere. Ihre Haare waren zerrauft, zwei steile Falten standen ihr auf der Stirn.

»Der Geburtstermin ist doch schon genau berechnet«, scherzte Benedikt.

Franzi sprang so abrupt auf, dass der Stuhl umfiel. »Ich schaff's nicht, es geht sich nicht naus!«, klagte sie. »Und überhaupt is des alles a Schnapsidee!«

Benedikt setzte sich neben sie und nahm ihre Hand. »Erzähl erst mal, ganz langsam und ganz von vorn.«

Und so berichtete Franzi, schwer um Sachlichkeit und Nüchternheit bemüht, vom Plan eines gemeinsamen Ladens mit Margarete Bendler. Als sie geendet hatte, legte sie ihren Kopf an Benedikts Schulter, nahm die Nickelbrille ab und seufzte tief.

Benedikt schwieg; das musste er zuerst einmal verdauen. Nach einer Weile meinte er nachdenklich: »Das sind jetzt zwei Paar Schuh! Erstens, und das ist das Wichtigste, willst du das denn? Willst du den Laden mit der Margarete in Rosenheim, die Reduzierung deines Geschäfts in München und das alles mit einem kleinen Kind? Fühlst du dich dazu stark genug? Wenn du dir damit sicher bist, ist zweitens der Rest nur eine Rechenaufgabe. Zumindest für den Anfang bedeutet das eine Menge Geld! Können wir uns das denn leisten?«

»Das hab ich ja gerade versucht, auszurechnen«, meinte Franzi verzweifelt.

»Also bist du dir schon sicher, dass du das mit der Margarete machen willst?«, fragte Benedikt.

Franzi schwieg.

Benedikt legte den Arm um sie. »Ich werde dich unterstützen, so viel ich kann. Ich fände es sogar schön, wenn du in meiner

Nähe in Rosenheim wärst. Wir könnten das Haus hier zu unserem Wohnsitz machen und die Wohnung in München aufgeben, und wir hätten Berta als Unterstützung. Aber du hast dann nur noch ein ganz kleines Stück München, ginge das für dich? Was das Finanzielle betrifft, könnte ich Leonhard von Reitzenstein bitten, alles durchzurechnen. Er ist ein Ass in solchen Dingen.«

»Jetzt ist mir schon ein wenig klarer im Kopf«, stellte Franzi erleichtert fest. »Ich kann ja noch mal ein, zwei Nächte drüber schlafen, und eines kann ich dir jetzt schon sagen: An erster Stelle steht unser Kind!«

Benedikt küsste sie auf die Wange und, als sie sich ihm ganz zuwandte, auf den Mund.

So wurde die Nacht sowohl für die Fanderls als auch für die Lindgrubers eine nicht sehr geruhsame. Therese musste sich noch zweimal übergeben, und Fanderl stand ihr jedes Mal bei und tupfte ihr den Schweiß von der Stirn.

Die Lindgrubers hingen ihren Gedanken nach, wollten sich aber gegenseitig nicht stören und gaben daher beide vor, tief und fest zu schlafen.

Als Franzi gegen Morgen doch noch einnickte, träumte sie, dass sie mit dem Fahrrad nach Rosenheim fuhr. Hinten auf dem Gepäckträger saß in einer Hutschachtel ihr Kind, lachte und juchzte und klatschte fest in die kleinen Hände.

33

Ella Weizenschläger saß im Zug nach München, wo sie umsteigen musste nach Prien, um von dort dann mit dem Schiff zur Fraueninsel überzusetzen. Sie war unruhig, denn sie wusste nicht, was auf sie zukommen würde. Als Protestantin war sie noch nie in einem Kloster gewesen, sie konnte sich überhaupt nicht vorstellen, wie es dort zuging.

Die meiste Sorge bereitete ihr jedoch das Wiedersehen mit Sophie. Fast zwei Jahre hatten sie sich nicht gesehen; wie würde wohl die Wiederbegegnung ausfallen? Würden sie sich fremd sein, oder gab es noch eine Spur der früheren Vertrautheit? Die ersten Briefe, die Sophie ihr aus dem Kloster geschrieben hatte, hatten dieses vertrauliche Verhältnis noch widergespiegelt, doch es war weniger und weniger geworden, und bald hatten sich die Briefe auf bloße Berichte aus dem Klosterleben beschränkt. Die drei letzten Briefe Sophies waren sehr eigenartig und auch verstörend gewesen. Im ersten der drei hatte Sophie vom Tod Floras berichtet, kein Wort der Trauer oder Verzweiflung, nein, nur ein Satz zu dieser schaurigen Begebenheit.

»Es war Gottes Wille, sie zu sich zu nehmen. Ihre Seele ist nun beim Herrn, was gibt es Schöneres für ein frommes Menschenkind.«

Diese Worte hatten Ella schlichtweg entsetzt, denn oft hatte Sophie ihr in früheren Briefen von dieser wohl ausgesprochen netten und lebenslustigen, bestimmt nicht so frommen Flora berichtet, und Ella hatte das Gefühl gehabt, dass Sophie in ihr wieder eine Vertraute gefunden hatte. In den beiden letzten Briefen war von Flora nicht mehr die Rede gewesen; Heiligenleben wurden ausführlich geschildert, die bevorstehende Einkleidung wurde genau beschrieben, doch Ella hatte dabei immer das Empfinden, als würde Sophie davon als Außenstehende berichten, als hätte sie selbst nichts damit zu tun. Zudem äußerte sich Sophie über die andere Novizin namens Hilda ziemlich unfreundlich und herablassend. Hilda hatte sich wohl gegen das Kloster und für eine Heirat mit einem Bauern entschieden. Sie habe den Herrgott zurückgewiesen und die Fleischeslust gewählt, schrieb Sophie, was Ella nur ein Kopfschütteln abnötigte.

Es wäre auch für Sophie besser gewesen, wenn sie einen netten Mann gefunden hätte, anstatt in dieses Kloster zu gehen, dachte Ella.

Sie hatte nie herausgefunden, was damals bei der schon fast beschlossenen und dann geplatzten Verlobung passiert war; so oft sie auch vorsichtig bei Sophie nachgefragt hatte, sie hatte ihr nie etwas darüber verraten. Das hatte Ella, die Sophie gegenüber immer sehr offen gewesen war, ein bisschen gekränkt.

Der Zug fuhr in München ein, und Ella hatte Mühe, den Anschlusszug nach Prien zu erreichen. Als sie endlich wieder saß, nahm sie einen Liebesroman aus ihrer Tasche, um sich damit ein wenig die Zeit zu vertreiben, war aber bald abgelenkt von der wunderschönen Landschaft, die an ihr vorbeizog. Der Himmel war strahlend blau, ein paar seltsam fedrige Wölkchen zogen darüber hin, gelbe Stoppelfelder, dunkler Tannenwald und schon leicht herbstlich gefärbter Laubwald wechselten sich im Hügelland ab. Immer wieder tauchten kleine Dörfer mit spitzen Kirchtürmen auf, und nicht sehr weit entfernt sah man die Berge, deren Spitzen leicht mit Schnee überstäubt waren.

Eine Landschaft, in der man eigentlich glücklich sein müsste, dachte Ella, und als sie dann mit dem Dampfer hinüber zur Insel fuhr, verstärkte sich dieser Eindruck noch.

Ein Fischerkahn, zwei späte Segelboote, die durchs gekräuselte Wasser glitten, und schließlich die kleine Insel mit der Zwiebelhaube des Klosters, die immer näher kam. Ella atmete die frische Seeluft ein und beschloss, sich nun einfach auf das Wiedersehen mit Sophie zu freuen.

Am Dampfersteg stand eine kleine, rundliche Gestalt im Habit, die winkte, auf sie zueilte und sich als Schwester Kreszentia vorstellte. Die Farbe ihres Gesichts verriet häufige Betätigung an der frischen Luft, die vielen Furchen zeigten eindeutig ihr hohes Alter, doch die blauen Augen waren noch hellwach. Ella war ein wenig enttäuscht, dass sie nicht von Sophie selbst abgeholt wurde, doch Kreszentia erklärte ihr, dass Sophie die meiste Zeit noch liege, aber manchmal jetzt schon im kleinen abgeschiedenen Klostergärtchen sitze.

»Machen Sie sich darauf gefasst, Ella«, sagte Kreszentia, »sie ist in keinem sehr guten Zustand. Aber als ich ihr heute Morgen sagte, dass Sie kommen, haben ihre Augen geleuchtet.«

Damit hatte Kreszentia ein wenig übertrieben, es hatte Hilda und sie große Mühe gekostet, Sophie aus dem Bett zu holen, sie ein wenig zu waschen und ordentlich anzukleiden. Dann war auch noch die Mutter Oberin erschienen, wohl um alles zu kontrollieren, und hatte ein paar salbungsvolle Worte gesprochen, die Kreszentia für diesen Anlass nicht sehr passend erschienen. Jedenfalls waren sie nicht dazu geeignet, Sophies Stimmung zu heben, und der Weg hinaus ins Klostergärtchen hatte viel Überredungskunst gekostet.

Kreszentia öffnete das Gartentürchen, deutete hinein in die leuchtende Blumenpracht und sagte, sie lasse die beiden nun allein. Sie sei nicht weit weg in der Klosterküche, falls etwas geschehen sollte.

Was soll denn geschehen, um Gottes willen?, dachte Ella und meinte, dass die alte Kreszentia aufgrund ihres hohen Alters wohl ein wenig überängstlich war.

Als sie jedoch das Gartenparadies aus bunten Astern, Dahlien und hochstehenden Sonnenblumen durchschritt und schließlich vor einem Sessel stand, in dem eine zusammengesunkene graue Gestalt mit einem erschreckend schmalen blassen Gesicht und tief liegenden Augen saß, da wusste sie, was Kreszentia gemeint hatte.

Sophie machte keine Anstalten, aufzustehen und der Freundin entgegenzugehen. Sie blickte zu ihr, und Ella war nicht sicher, ob sie sie überhaupt wahrnahm. Sie zog einen zweiten Sessel heran, setzte sich und ergriff Sophies Hand.

»Sophie, wie schön, dich zu sehen!«, sagte sie, obwohl das nicht der Wahrheit entsprach und Kummer und Angst sie durchfluteten.

Sophie blickte sie an. »Bist du die Gottesmutter?«, fragte sie. »Nein, ich bin's, deine Ella aus Coburg!«, rief diese. »Weißt du noch, wie wir im Stadtpark spazieren gegangen sind? Ich hatte mir kurz vorher so einen verrückten Hut gekauft, den ich später nicht mehr aufsetzen wollte. Der Hund von Frau von Treuchtler hat mich angebellt, wohl wegen der bunten Federn auf meinem Kopf!« Und Ella lachte bei dieser Erinnerung.

Ein ganz leichter, kaum wahrnehmbarer Glanz glitt über Sophies Gesicht. »Ich habe mich das hellblaue Kostüm nicht zu tragen getraut, das wäre zu auffällig gewesen«, sagte sie etwas zusammenhangslos, doch Ella freute sich, dass sie überhaupt etwas sprach.

Dann macht sich Schweigen breit zwischen den beiden Freundinnen, bis Ella etwas einfiel.

»Ich hab dir etwas mitgebracht«, sagte sie und holte aus ihrer Tasche zwei gerahmte kleine Bilder, eine Ansicht der Veste Coburg und eine Stadtansicht Coburgs. »Die kannst du über deinem Bett aufhängen«, schlug sie vor. »Zur Erinnerung an die Heimat und vielleicht auch an mich!«

Sophie legte die beiden Bilder auf das kleine Gartentischchen. »Über meinem Bett wohnt nur der Herrgott«, sagte sie streng. »Ich muss vorsichtig sein mit ihm, ich hab ihn schon einmal zerbrochen.«

Sie würdigte die Bilder keines Blickes mehr. »Ich will nun wieder zurück in meine Kammer«, bat sie.

»Aber Sophie, wir wollten doch noch so viel reden, über dein Leben hier und über die Einkleidung«, rief Ella, die sich nicht vorstellen konnte, dass sie nur für ein paar wenige Sätze auf die Fraueninsel gefahren war.

Plötzlich stand Hass in Sophies Augen. »Fahr heim zu deinem Hans, den du im Dunkel der Flussauen küsst und den du deine Brüste streicheln lässt«, sagte sie mit eiskalter Stimme, erhob sich mühsam aus ihrem Sessel und ging mit schleppenden Schritten auf das Klostergebäude zu.

Ella wollte ihr nachlaufen, doch sie saß da wie betäubt und konnte sich nicht bewegen. Sie begriff nichts. Wer war dieser

Hans? Sie konnte sich gar nicht mehr entsinnen. War Sophie damals auf irgendeinen ihrer Galane eifersüchtig gewesen? Schließlich ging sie in die Küche zu Kreszentia, ließ sich auf einen schmalen Küchenstuhl fallen und weinte bitterlich.

34

Am nächsten Morgen trafen sich Fanderl und Benedikt auf der Hälfte des Weges beim Dorfbrunnen. »Der Dreissiger hat schon bei mir angerufen«, berichtete Benedikt. »Er hat den Kreisleiter, den Beppi, den Franz und den Alfred unabhängig voneinander befragt, und alle behaupten, dass sie sich um sieben Uhr abends beim Kreisleiter getroffen haben. Da war's fast noch hell, schwer für den Alfred, da einen Mord zu begehen. Und für das Vergehen an dem armen Bergleitner war's auch noch zu früh. Allerdings könnten die sich alle abgesprochen haben, was ich fast vermute. Aber der Dreissiger ist jetzt zufrieden, er will nichts mehr unternehmen. Ich schätze, er will es sich mit dem Kreisleiter nicht verderben.«

Er musterte Fanderl von der Seite, der einen ganz unruhigen, zappligen, aber doch glücklichen Eindruck machte.

»Was ist los mit dir?«

Fanderl strahlte ihn an. »Noch ned weitersagen, weil's noch so frisch ist, aber wir werden wieder Eltern!«

Benedikt konnte nicht anders, als den Fanderl kräftig zu umarmen. »Das ist schön, ich freu mich so für euch!«

»Im Moment ist's noch nicht so schön, die Therese speibt jede Stund«, schränkte Fanderl etwas ein.

Dann erzählte Benedikt von seinem gestrigen Abend und von Franzis Plan von einem Hutladen zusammen mit Margarete in Rosenheim.

Fanderl war begeistert. »Dann seid ihr ja viel näher beinand als früher, und wenn ihr mal ned wisst, wohin mit dem Kind, dann kann's auch zu uns kommen.«

»Das ist lieb«, antwortete Benedikt gerührt, »aber glaubst nicht, dass deiner Therese drei Kleinkinder auf einmal zu viel werden?«

»Ach was, die Mayers haben sechs, jedes Jahr eines, des geht doch auch!«, meinte Fanderl zuversichtlich.

Dann, wieder mit Bertas Wurstsemmeln ausgerüstet, machten sie sich auf den Weg nach Rosenheim, und beiden gingen Erinnerungen an ihre letzte Fahrt ins Rosenheimer Krankenhaus durch den Kopf. Ihr Hauptverdächtiger in dem damaligen Fall, der ehrgeizige Moser, der sich schon als wichtiger Parteifunktionär gesehen hatte, war dort elendiglich gestorben.

Leopold Segmüller lag wegen der Vernehmung in einem Einzelzimmer und sah schon wesentlich besser aus als am gestrigen Tag. Fanderl öffnete sein schwarzes Buch und schaute erwartungsvoll.

Leopold nahm seinen Bericht genau mit dem richtigen Stichwort wieder auf.

Dass er in die Flora verliebt war, habe er eigentlich erst gemerkt, als sie ins Kloster gegangen war und er sie nicht mehr treffen konnte. Er hatte ihr zwar zugeraten, diesen Schritt zu tun, um aus der Reichweite ihres Vaters zu kommen, doch nun sei ihm seine Liebe erst richtig klar geworden, und er habe sie schrecklich vermisst. Ihre Klugheit, ihre Schönheit, ihr herzhaftes Lachen, alle ihre Ideen, ihre Spontanität!

Sie hätten lange Briefe getauscht; sie habe das Klosterleben und die Schwestern dort äußerst plastisch beschrieben, und er habe ihr sämtliche Neuigkeiten vom Theater und aus dem Freundeskreis berichtet. Er habe auch vorsichtig eingestreut, wie sehr sie ihm fehle, doch da sei sie nie darauf eingegangen. Irgendwann habe er es dann nicht mehr ausgehalten und habe sich auf den Weg zum Chiemsee gemacht. Es sei ein netter Besuch gewesen, sie seien über die Insel spaziert, hätten die berühmten Renken gegessen, sich über Floras Theaterpläne im Seewirt und die schwierige Theaterszene in München unterhalten. Es sei auch der Name Theo gefallen, aber er habe nicht so viel darauf gegeben oder es einfach verdrängt. Flora habe ihn außerordentlich freundschaftlich behandelt und ihn zum Schluss auch leicht und flüchtig auf den Mund geküsst, doch er sei zu feige gewesen, ihr seine Liebe zu gestehen.

Zu Hause in München habe er den Entschluss gefasst, sich von Henriette von Prielmayer zu trennen, doch das sei sehr schwierig gewesen. Henriette wollte ihn nicht loslassen und machte abscheuliche Szenen.

Leopold schloss die Augen und sah Henriette vor sich, in einem weißen, leicht transparenten Morgenmantel, dessen Halsausschnitt mit Schwanenfedern verziert war. Sie lehnte am Fenster ihres Schlafzimmers, der Münchner Morgen zeigte sich freundlich und sonnig, doch Henriette war das pure Gegenteil davon. Trotz des verspielten Morgenmantels wirkte sie wie eine Rachegöttin. »Du weißt, mein Lieber, dass du nicht wegkannst von mir. Erstens bist du meinem Körper verfallen, und ich wette, noch keine hat dich zu solchen Gipfeln der Lust geführt wie ich, und zweitens habe ich meine Beziehungen, und über die kann ich sehr schnell erreichen, dass du ein Niemand wirst. Ein kleiner Theaterhanswurst auf der Volksbühne Deggendorf, ja, das wirst du dann. Zudem hat mein Mann sehr einflussreiche Kontakte zu wichtigen Größen der Münchner Kulturszene – der Name Adolf Weber sagt dir sicher etwas –, und wenn er diesem Weber nur ein wenig von deinen nicht sehr freundlichen Kommentaren über den Führer und seinen Umkreis erzählt, dann ist es ganz aus mit dir. Du weißt genau, wo du dann landest – in einem Ort in der Nähe von München, wo schon viele von deiner Sorte einsitzen.«

Da ihm seine Theaterkarriere sehr wichtig war, habe er eingelenkt, und sie seien sich wohl oder übel wieder nähergekommen.

Leopold legte den Kopf auf das Kissen und seufzte. »Ich war in einer ausweglosen Lage. Hätte ich mich offen zu Flora bekannt, hätte Henriette mich beruflich fertiggemacht. Wäre ich ganz bei Henriette geblieben, hätte ich Flora verloren.«

»Ja, und nicht zu vergessen, dass Sie ja gar nicht so genau wussten, ob Flora Sie überhaupt will«, fügte Fanderl hinzu.

Leopold nickte, und die ganze Verzweiflung über diese Situation stand nun in seinem Gesicht geschrieben.

»Ich wusste nicht mehr aus noch ein und wollte …« Er hielt inne, als schämte er sich, dann jedoch fuhr er fort: »Ich wollte mich umbringen und mich von der Großhesseloher Brücke stürzen.«

Fanderl, der früher nie verstanden hatte, wie man sein Leben so fortwerfen konnte, fielen seine Gedanken vom gestrigen Abend wieder ein. Würde er sich, wenn es seine Therese plötzlich nicht mehr gäbe, wirklich ertränken? Jedenfalls konnte er Leopold jetzt ein wenig mehr verstehen.

»Ich habe mir Schlaftabletten besorgt und bin zur Brücke gefahren«, berichtete Leopold. »Ich nahm das halbe Röhrchen Tabletten zu mir und wartete, bis es ganz dunkel war und ich meine Tat ungesehen ausführen konnte. Doch so sehr müde wurde ich gar nicht, ich bin in einen seltsamen Zustand zwischen Schlaf und Wachsein, zwischen Leben und Tod geglitten. Da musste ich an Shakespeare denken: ›Ist's denn Sünde zu stürmen / Ins geheime Haus des Todes / Eh Tod zu uns sich wagt?‹ Ich habe es nicht geschafft. Zu schwach, das hohe Brückengeländer zu ersteigen, bin ich auf den Weg zurückgefallen, habe dort vielleicht eine Stunde verzweifelt gelegen und bin dann durchkühlt und schmutzig nach Hause gewankt. Nein, ich will ehrlich sein. Ich bin zu Henriette, sie hat mich in ein duftendes Schaumbad gesetzt, sorgsam meinen Körper gewaschen und mich dann in ihr Bett gelegt. Ich bin eine schwache Person, ich weiß!«

Leopold setzte sich auf und trank einen Schluck aus seinem Wasserglas. »Das meinen Sie doch jetzt sicher auch?«

»Leopold, wir sind nicht hier, um Ihr Verhalten zu bewerten«, antwortete Benedikt. »Wir wollen Licht in die Sache bringen, und Sie sind, so offen Sie auch bis jetzt zu uns waren, für uns immer noch ein Verdächtiger. Erzählen Sie weiter.«

»Ja, Henriette hatte mich wieder voll in ihren Fängen. Sie wollte sogar, dass ich bei ihnen einziehe, um meine seelische Krise zu überwinden. So hat sie das jedenfalls ihrem Mann verkauft, aber ich glaube, da hat er doch ein Machtwort gesprochen. Aber sie hat mich jeden Tag nach der Probe abgepasst und mich zum Essen eingeladen, und dauernd hat sie bei meiner Zimmerwirtin angerufen und nach mir verlangt.«

Leopold machte eine Pause und schaute hinaus in die Bäume

mit ihrem gelbbraunen Laub, zwischen denen ein Stück See blitzte.

»Von Ernestine habe ich dann von der Sache mit Theo erfahren. Das hat mich zuerst in noch tiefere Verzweiflung gestürzt. Aber dann habe ich mir gedacht, dass ich eine Entscheidung herbeiführen muss, ganz gleich, wie es endet. Und so habe ich mich am späten Nachmittag spontan auf mein Motorrad gesetzt und bin in Richtung Chiemsee gefahren. Zuvor habe ich Henriette noch einen Brief geschrieben, dass es endgültig aus sei und dass es mir auch egal wäre, wenn ich an irgendeinem Provinztheater mein Leben fristen muss oder nach Dachau komme. An Dachau habe ich eh nicht ganz geglaubt, zu so etwas wäre Henriette dann doch nicht fähig gewesen.«

Während der Fahrt hinaus zum Chiemsee habe er sich sehr schlecht gefühlt, zweimal wäre er fast gestürzt, zudem war es sehr schwül, ein heißer Wind trieb ihm feine Sandkörner ins Gesicht, und er habe einen ganz trockenen, salzigen Geschmack im Mund gehabt. In Rimsting habe er dann nicht mehr gekonnt und sei in die dortige Wirtschaft eingekehrt. Er habe bei der älteren krummbeinigen Bedienung, die sich als Auguste vorstellte, ein Bier und eine Kleinigkeit zu essen bestellt und habe lange am Tisch gesessen und seinen Gedanken nachgehangen. Vielleicht sei er auch ein wenig eingeschlafen. Jedenfalls habe ihm dann die Auguste irgendwann auf die Schulter geklopft und gefragt, wo er denn noch hinwolle. Sie habe auf das Fenster gedeutet, und er habe seinen Augen nicht getraut, als er stockschwarze Nacht und prasselnden Niederschlag aus Regen, Schnee und Hagel gesehen habe.

»Zur Insel kommst heut nicht mehr, da fahren keine Schiff mehr«, hatte die Bedienung ihm bedeutet.

»Ich muss aber hinüber, unbedingt!«, habe er verzweifelt gerufen und ob sie nicht doch noch eine Möglichkeit wisse.

Die hilfsbereite Person sei durch das schreckliche Wetter ein paar Häuser weiter gelaufen zu einem Mann, der in der Schafwaschener Bucht sein Boot liegen hatte. Doch sie kam mit der Nachricht zurück, dass er jetzt, wo der Weltuntergang angebrochen sei, nicht einmal für ganz viel Geld oder die Vergebung all seiner Sünden hinüberfahren würde. Der Plan war gescheitert.

»Die Auguste«, erzählte Leopold weiter, »bot mir einen Schlafplatz am Kachelofen an und gab mir eine Decke. Ich habe die ganze Nacht nicht geschlafen, sondern nur an Flora und mich gedacht und mir vorgenommen, am nächsten Morgen gleich zur Insel aufzubrechen. Doch am nächsten Morgen war mein ganzer Mut dahin. Flora liebte mich ja eh nicht, ich musste sie vergessen. Ich bin wieder nach München zurück. Die Straßen waren teilweise noch mit Schnee bedeckt und viele Bäume im Wald einfach umgeknickt. In meiner Wohnung hat mich schon Henriette mit heißem Tee und Butterhörnchen empfangen, sie hat kein Wort über meinen Brief und meinen Ausflug verloren. Allerdings kam sie mir ein wenig seltsam vor, sie befand sich in einer Mischung aus Unruhe und Verzweiflung, und ich wusste nicht, woher das rührte. Sie hat mich dann auch sehr schnell wieder verlassen, und erst am Nachmittag erfuhr ich von Ernestine, dass Flora tot war. Da bin ich zusammengebrochen. Hätte ich es am Abend noch hinüber zur Insel und zu Flora geschafft, hätte ich ihr Leben retten können. Sie wäre in meiner Obhut gewesen, und niemand hätte ihr etwas zuleide tun können. Ich bin schuld!«

Leopold schluchzte verzweifelt. Fast hätte Fanderl die Hand ausgestreckt und Leopold über die tränennasse Wange gestreichelt. Der arme Kerl tat ihm leid. Doch er hielt sich zurück, solch eine Geste wäre zwischen einem Polizisten und einem Verdächtigen denn doch nicht angebracht.

»Geben Sie sich nicht die Schuld, Leopold«, tröstete Benedikt den immer noch Schluchzenden. »Es ist einfach so gekommen, so schrecklich es ist, und es waren höhere Umstände, die Ihr Treffen verhindert haben.« Er wandte sich an Fanderl. »Was wir jetzt brauchen, ist die Aussage der Bedienung in Rimsting.«

»Des dürft kein Problem sein«, meinte Fanderl. »Die Auguste ist eigentlich immer da, wenn die Wirtschaft offen ist. Fahren wir doch gleich hin!«

Nicht ganz uneigennützig dachte er an die guten Würste, die

es dort gab. Er war ein wenig ausgehungert, da Therese in ihrem Zustand zum Kochen nicht in der Lage war.

So verließen sie Leopold, der sich inzwischen wieder ein wenig gefangen hatte und so aussah, als würde er bald einschlafen.

35

In der Vorfreude auf die Rimstinger Würste brauste Fanderl etwas schneller als erlaubt über die Landstraße. Hinter einer starken Kurve im Wald musste er sehr plötzlich bremsen, denn eine Gruppe von Menschen, es mochten an die fünfzehn Personen sein, bewegte sich auf der Straße.

Fanderl hielt erbost an. »Ihr seids auf der falschen Seite von der Straß«, rief er. »Fast hätt ich euch zamgfahrn! Wo wollts ihr denn hin?«

Ein großer Mann in einem etwas schäbigen Anzug, der Fanderl irgendwie bekannt vorkam, trat aus der Gruppe. »Wir wollen hinunter ins Dorf am See«, antwortete er etwas einsilbig.

Fanderl blickte fragend. Da hob ein leichter Windstoß das Anzugrevers des Mannes an, und Fanderl konnte ganz deutlich das Parteiabzeichen der KPD sehen, das der Mann darunter verborgen trug. Jetzt fiel Fanderl auch ein, wer der Mann war: Es war der Felix Talhoff, der manchmal beim Fritz Bergleitner zu Besuch gewesen war, zumeist mit dem Fahrrad. Dieser Talhoff war, soweit Fanderl sich erinnern konnte, auch derjenige gewesen, der den Fritz vorgewarnt hatte.

»Ihr wollts zur Beerdigung vom Bergleitner«, stellte Benedikt fest.

Der Mann nickte, und Benedikt sah, dass nun Angst in fast allen Gesichtern der Gruppe stand.

»Das ist euer gutes Recht«, erklärte Benedikt. »Aber verhaltet euch ruhig, sonst könntet ihr großen Schaden nehmen, das wisst ihr ja.«

Alle nickten.

»Wir müssen uns von ihm verabschieden, verstehst?«, sagte ein kleiner stämmiger Mann an der Seite von Felix Talhoff, dessen dunkle Augen richtig verweint aussahen. »Ich hab den Fritz früher besonders gut gekannt.«

»Wieso fahrt ihr denn nicht mit dem Bus?«, fragte Benedikt.

Felix Talhoff druckste ein wenig herum.

»Ihr wolltet als Gruppe nicht so auffallen«, antwortete Benedikt für ihn. »So könnt ihr euch ein wenig aufteilen und in Wald und Feld verschwinden, wenn was ist?«

Talhoff nickte.

»Wissts was, wir kommen auch zur Beerdigung«, meinte Benedikt kurz entschlossen. »Eigentlich haben wir's ja beide vorgehabt, aber wir haben wichtige Ermittlungen im Moment, und die gehen vor. Aber noch mal: Absolut unauffällig verhalten! Und die rote Fahne, die gebt ihr einstweilen mir, die würd sich nicht gut machen.« Er ging auf eine Frau zu, die diese hinter ihrem Rücken versteckte, verstaute die Fahne im Auto und legte seinen Regenmantel darüber. »Die könnt ihr euch in der Polizeistation wieder abholen, aber auch das sehr unauffällig bitte.«

»Vielen Dank! So Polizisten wie euch hab ich ja noch nie troffen!«, stellte Talhoff fest.

»Wir sehen uns am Friedhof!«, rief Benedikt.

Fanderl und Benedikt fuhren weiter in Richtung Rimsting und hatten bald die Dorfwirtschaft erreicht. Sie hatten Glück. Die Bedienung Auguste war gerade dabei, die Tische vor der Wirtschaft einzudecken, und winkte Fanderl freudig zu.

»Die Würstl wie immer, Gustl?«

»Ja, für mich und meinen Kollegen«, bestellte Fanderl, »und dann hätten wir noch ein paar Fragen an dich.«

Auguste, die ein lustiges Haus war, obschon sie kein so schönes Leben hinter sich hatte, fragte lachend: »Wollts ihr mich alte Schachtel etwa zum Kirchweihtanz einladen? Ihr werdet sehen, trotz meine krummen Haxen bin ich immer noch a begnadete Tänzerin!«

Ganz rasch standen die Würste mit dampfendem Kraut vor den beiden, und während sie aßen, setzte sich Auguste zu ihnen.

»Was wollts denn wissen?«

Fanderl und Benedikt trugen ihr Anliegen vor, und Auguste konnte einwandfrei bestätigen, dass der junge Mann mit dem Motorrad nach sechs Uhr abends gekommen sei, nach dem Essen am Tisch eingeschlafen sei und sie ihn wachrütteln musste, als das furchtbare Wetter einsetzte. »Der war kaum wach zum kriagn, der war vollkommen erschöpft«, berichtete sie. »Und als i ihm dann gsagt hab, dass er nimmer zur Insel nüberkommt, war er vollkommen verzweifelt. Als ging's um Leben und Tod! Ich hab sogar noch den Müller gfragt, ob er ihn von Schafwaschen aus nüberfahrn tat, ab der hat abgwunkn. I hob den jungen Mann dann am Kamin schlafen lassen – bei dem Wetter jagt ma ja kein Hund vor d'Tür –, und ganz in der Früh is er dann gfahrn. Aber ned nunter zum See, ich glaub, der is wieder zruck nach München.«

Fanderl und Benedikt bedankten sich herzlich, gaben der Auguste ein großzügiges Trinkgeld und fuhren wieder in Richtung Heimat.

»Die dritte Beerdigung in einer guten Woch«, stöhnte Fanderl. »D'Michelbergerin, d'Flora und jetzt der Bergleitner. Jetzt reicht's aber.«

Die Beerdigung hatte schon begonnen, als sie ankamen, und Fanderl stellte zu seinem Erstaunen fest, dass fast genauso viel Menschen da waren wie bei der Michelbergerin.

Einige Großbauern, natürlich der Theo, die Schneiderlisl und viele andere Frauen und ganz vorne am Grab die Resi und der Xaver. Benedikt musterte Resi einige Male, bis ihm klar wurde, dass das dunkle Kostüm, das sie anhatte, von Franzi stammte. Sie hatte es ihr wohl für die Beerdigung geliehen, und es stand ihr vorzüglich. Resis Gesicht wirkte versteinert, und keine Träne floss, ganz im Gegensatz zu Xaver, der weinte und schluchzte und sich ständig mit einem riesigen Taschentuch über das nasse Gesicht wischte. Die Gruppe um Talhoff stand im Hintergrund und verhielt sich vollkommen ruhig. Von den Parteimenschen war niemand da.

Gott sei Dank, dachte Benedikt.

Der Pfarrer Grimsler hielt eine katholische Beerdigung mit allem Drum und Dran ab, nur auf die persönlichen Worte zum Verstorbenen verzichtete er. Als der Sarg hinuntergelassen wurde, schluchzten ein paar Frauen, vor allem aber der Xaver und der kleine stämmige Mann aus der Gruppe um Talhoff. Benedikt glaubte sich zu erinnern, dass Bergleitner in seiner Münchner Zeit einen Lebensgefährten gehabt hatte. Gut möglich, dass es dieser kleine Mann war. Resi warf eine rote Rose ins Grab, viele andere folgten ihrem Beispiel. Benedikt warf noch einmal einen Blick auf die Talhoff-Gruppe, und ihm fiel auf, dass viele von ihnen die rechte Faust geballt, aber nicht erhoben hatten.

Nachdem sich die Trauergesellschaft aufgelöst hatte, trat Resi auf Fanderl und Benedikt zu.

»Schön, dass ihr da wart«, sagte sie, und nun waren ihre Augen doch feucht. Dann zögerte sie einen Moment. »Ich möchte jetzt doch eine Anzeige gegen den Alfred, den Beppi und den Franz erstatten«, sagte sie dann mit fester Stimme. »Ob das viel bringt, weiß ich nicht, aber ich bin's dem Fritz schuldig.«

Benedikt nickte beifällig, und Fanderl rieb sich die Hände.

»Die drei Konsorten lass ich gern noch mal vorführen, auch wenn sie sicher alles abstreiten werden. Noch dazu mit dem Kreisleiter im Hintergrund.«

Resi verabschiedete sich und ging auf ihr Haus zu. Benedikt blickte ihr nach, und hätte sie nicht rotes Haar gehabt, hätte man meinen können, dass es Franzi war, die da mit schwingendem Rock davonging.

Etwas erschöpft unten in der Polizeistation angekommen, fanden sie auf dem Tisch eine Kanne Kaffee und einige Stücke Kuchen vor. Ein kleiner Zettel lag dabei: »Für die fleißigen Polizisten, viele Grüße, Berta«.

Während sie ihren Kaffee schlürften, hing ein jeder seinen Gedanken nach, und lange herrschte Stille.

»Irgendwie erinnert mich des jetzt an unseren letzten Fall. Alle stecken mit drin, aber jeder hat a Alibi«, meinte Fanderl.

Benedikt kaute sein letztes Stück Kuchen und nickte. »Ich sag jetzt noch dem Dreissiger Bescheid, dass auch der Leopold schuldlos ist, und dann schlafen wir eine Nacht drüber. Morgen sollten wir noch mal zum Kloster schauen, vielleicht haben wir da ja was übersehen.«

»Kann ich mir nicht vorstellen«, meinte Fanderl. »Die alte Kreszentia hat ein so feines Gespür, der würd sofort was auffallen!«

36

Als Fanderl heimkam, watschelte ihm sein kleiner Korbinian entgegen, legte den Finger auf die Lippen und flüsterte: »Stad sein, Mama krank!«
Doch Therese saß bereits in der Küche, ein wenig blass und schmal, und stampfte Kartoffeln.
»Heut gibt's nur Kartoffelbrei. Der Korbinian mog'n doch so gern, und vielleicht bleibt er auch bei mir drin.«

Benedikt wurde von seiner Frau liebevoll vor ihrem Arbeitstisch empfangen, die Nickelbrille saß schon wieder schief auf ihrer Nase. Sie zog Benedikt zum Sessel und setzte sich auf seinen Schoß.
»Ich mach's«, sagte sie energisch und mit entschlossener Stimme. »Es wird eh noch einige Zeit dauern, bis die Nachbarsleut ausgezogen sind und der Umbau in Angriff genommen werden kann. Bis dahin ist unser Kind schon da, und die Margarete hat gesagt, dass sie zusammen mit der Resi den Anfang auch allein schafft. Der Leonhard von Reitzenstein war heut Mittag auch schon da. Er hat alle Unterlagen überflogen und mit heimgenommen und meint, dass da keine großen Schwierigkeiten auftreten werden. Man könnte ja auch, wenn dir das recht ist, das Stück Wald hinter Bad Aibling verkaufen, dann ist's überhaupt nicht mehr schwierig. Die Margarete verkauft auch einen Acker.«
Benedikt blieb der Mund offen stehen. »Und das hast du heute alles schon erledigt, du Teufelsweib?«
Franzi nickte. »Wie ich dir schon gesagt hab, du der Polizist, ich die Huterin. Nur um den Laden in München muss ich mich noch kümmern. Da soll die Adelheid ihre Kontakte ein wenig spielen lassen.«
»Was soll ich noch sagen«, meinte Benedikt, der hoch erfreut war, dass er sich nicht weiter hatte kümmern müssen und auch

der schnöselige Leonhard von Reitzenstein an ihm vorübergegangen war, »du bist einfach einzigartig!«

Gerade als er das mit einem Kuss besiegeln wollte, klingelte es.

Draußen stand Felix Talhoff mit einer großen Kiste, die er allein kaum tragen konnte.

»Wir waren im Haus vom Fritz und haben seine Bücher durchgeschaut, und der Xaver und auch wir haben gedacht, dass die Ihnen zustehen. Der Xaver ist nicht so ein Büchermensch, und wir alle wollen uns nicht mehr mit Eigentum belasten. Wer weiß, wie schnell wir einmal verschwinden müssen. Oder wenn derartige Bücher bei uns gefunden werden ... na ja! Sie sind Staatsdiener, bei Ihnen wird so etwas nicht vermutet, aber verstecken Sie sie gut!«, meinte Talhoff und zwinkerte leicht mit dem rechten Auge.

Benedikt war perplex. Er kannte die Schätze Bergleitners und freute sich schon jetzt darauf, sich im abgeschiedenen Kämmerlein in Oskar Maria Graf, Lion Feuchtwanger und andere vertiefen zu können. Er dankte Talhoff überschwänglich und wollte ihn zu einem Bier einladen, doch der schüttelte den Kopf.

»Wir schauen, dass wir weiterkommen«, sagte er, und Benedikt konnte nicht anders, als ihn fest an sich zu drücken und ihm alles Gute zu wünschen.

So endete der Tag. Der Kartoffelbrei bei der Therese blieb drinnen, und Benedikt verstaute die Bücher Bergleitners in einem kleinen Verschlag auf dem Dachboden und schob zusätzlich eine schwere Truhe davor. Natürlich hatte er sich zuvor noch zwei Bücher zur abendlichen Lektüre herausgenommen.

Am nächsten Morgen, die Luft war schon sehr kühl und herbstlich, und die Berge hinter dichten Wolken verschwunden, trafen sich Fanderl und Benedikt, tauschten ihre familiären Neuigkeiten aus und erwarteten die Resi, die ihre Anzeige gegen die drei Schläger aufgeben wollte. Pünktlich um neun Uhr erschien sie, in einem schlichten Dirndl, die roten Haare fast ganz unter einem ebenso schlichten grauen Hut verborgen.

»Ich finde es sehr gut, dass Sie sich zur Anzeige entschlossen haben, Resi«, meinte Benedikt.

Resi berichtete nochmals, dass die drei Herren am späten Nachmittag des besagten Tages bei ihr aufgetaucht seien. Alle drei seien schon etwas bierselig gewesen, was ihr ganz recht war, denn so hätten sie ihre Bedürfnisse recht schnell und ohne besondere Ansprüche abgewickelt. Als sie Resi dann so um sieben Uhr abends verließen, fiel der bewusste Satz, dass sie es dem Bergleitner noch gehörig geben wollten. Sie machten sich sofort auf in Richtung seines Hauses, und so hatte sie keine Möglichkeit mehr, den Fritz vorzuwarnen.

»Diese Herren gehören nicht mehr zu meiner Kundschaft«, sagte sie abschließend selbstbewusst. »In absehbarer Zeit werde ich sowieso keine Kunden mehr empfangen. Das habe ich Ihrer Frau und der Margarete zu verdanken.«

»Ich freu mich«, sagte Fanderl schlicht, und Benedikt nickte bekräftigend.

»Und«, fuhr Fanderl sich die Hände reibend fort, »wir werden die drei Herren so schnell wie möglich vorladen. Da klafft ja ein gewaltiger Widerspruch zwischen der Aussage von Ihnen und der vom Kreisleiter.«

So schnell, wie Fanderl und Benedikt das erwartet hatten, konnte die Vorladung jedoch nicht stattfinden. Die drei Gesuchten waren nämlich Hals über Kopf verschwunden.

»Der Bua braucht a amal a paar freie Tag. Der is mit dem Franz und dem Beppi zum Bergsteigen. Koa Ahnung, wohi«, berichtete der Seewirt. »Wann die wiedakemma? A koa Ahnung.«

»Die werden sich doch nicht absetzen?«, befürchtete Fanderl, als sie den Seewirt verlassen hatten.

»Die haben das wohl irgendwie spitzgekriegt mit der Anzeige«, vermutete Benedikt.

»So gern hätt ich denen a bisserl Feuer unterm Arsch gemacht«, bedauerte Fanderl. »So können wir nur eine Fahndung rausgeben. Ich verständige gleich auch die Österreichischen.«

So tippte Fanderl die Anzeige Resis und den Fahndungsanruf in seine uralte Schreibmaschine, und Benedikt vertiefte sich in die »Münchner Neuesten Nachrichten«. Ganz durch Zufall stieß er dort auf eine kleine Anzeige. »Hutmacherin mit langjähriger Erfahrung sucht wegen Geschäftsauflösung neuen Wirkungskreis. Interessenten wenden sich bitte an ...«

Sorgfältig schnitt er die kleine Anzeige aus und steckte sie in die Hosentasche. Er durfte nicht vergessen, sie heute Abend gleich Franzi zu geben.

»Ich würd vorschlagen, wir fahren noch mal zum Kloster. Vielleicht können wir aus den Novizinnen doch noch was herausquetschen«, schlug Benedikt vor. Er fand es schrecklich, so untätig herumzusitzen; außerdem drängelte im Hintergrund der Dreissiger, der sich so gern vor die Presse gestellt und stolz Ermittlungserfolge bekannt gegeben hätte.

»Können wir machen«, meinte Fanderl nicht sehr hoffnungsfroh. »Die eine plant schon ihre Hochzeit, und die andere redet nichts mehr, weil sie so Angst vor der Einkleidung hat.«

»Auf jeden Fall müssen wir noch einmal mit den beiden sprechen. Vielleicht fällt ihnen jetzt, nachdem wieder etwas Ruhe herrscht, noch etwas ein«, spekulierte Benedikt vor sich hin und sah das heftig trauernde Bauernmädchen Hilda Rossgoderer vor sich, verzweifelt hadernd mit dem so sinnlosen Tod ihrer Gefährtin, und die feine Adelstochter Sophie von Arnstetten mit den bleichen Wangen und ihren seltsamen dunklen, freudlosen Augen. Was für eigenartige Worte hatte sie gesprochen, vom Willen des Herrn, den man annehmen müsse, und von dem Menschenkind Flora, das nun selig und freudvoll in den Himmel aufgefahren sei. Was für eine merkwürdige Aussage für eine junge Frau, die sich noch nicht ganz hinter die Klostermauern zurückgezogen hatte, sondern zum Teil noch im normalen Leben stand. Ein Gespräch mit diesen beiden und der alten Schwester Kreszentia würde vielleicht doch noch etwas zutage bringen.

37

Sophie saß in ihrer Kammer auf dem Bett, die Hände ineinander verklammert, und fühlte sich wie gelähmt. Was hatte sie da eben zu Ella gesagt? Was für Worte waren da aus ihrem Mund gekommen, ohne dass sie es gewollt hatte? Nur ganz schwach hatte sie eine Erinnerung an einen jungen Mann namens Hans – an sein Gesicht konnte sie sich überhaupt nicht mehr erinnern –, der Ella für einige Tage den Hof gemacht hatte. Dass Ella diesen Hans geküsst und ihn ihre Brüste hatte streicheln lassen, das wusste sie doch überhaupt nicht. Vielleicht hatte sie sich das damals so vorgestellt. Hätte sie denn gewollt, dass dieser Hans solche Dinge bei ihr machte? Nein, auf keinen Fall.

Vom Fenster aus konnte sie Ella noch sehen, die gerade den Weg zum Dampfersteg hinunterging. Sie wollte das Fenster aufreißen und mit lauter Stimme nach ihr rufen, dass sie umkehren und zu ihr zurückkommen solle. Doch das Fenster ließ sich nicht öffnen, und Ella verschwand in der Menge der Menschen, die den wartenden Dampfer bestiegen. Sophie sank zu Boden. Sie war verlassen, ganz und gar, und niemand war hier, der ihr helfen konnte.

Wieder kam diese Starre über sie, sie konnte nicht weinen, sie konnte sich nicht bewegen, und wirre Gedanken und Bilder aus der Vergangenheit rasten durch ihren Kopf.

»Komm, ein wenig darf ich dich doch streicheln und liebkosen«, bat Eberhard, der Baron von Münnerstadt. »Schließlich feiern wir doch morgen unsere Verlobung!« Sein roter, fleischiger Mund kam näher, und sie sah die rötlichen Härchen, die aus seiner Nase wuchsen, und die kleinen Schweißperlen, die auf seiner Oberlippe standen. Sie spürte, wie die Suppe, die sie gerade gegessen hatte, wieder bis zur Kehle hochstieg. Sie wollte ihn von sich schieben, doch auch damals war sie von dieser seltsamen Starre ergriffen worden. Der Baron schob seine rundliche Hand – kleine ekelhafte, ebenfalls rötliche Haare wuchsen auf seinem Handrücken – unter ihren Rock und streichelte ihren Oberschenkel, dabei presste er sich heftig atmend an sie, und sie spürte durch ihren Rock etwas Hartes, das er nun an ihr zu reiben begann. Plötzlich löste sich die Starre, sie stieß ihn von sich und schrie laut und gellend, dass ihr Speichel in sein gerötetes Gesicht flog: »Geh doch zu deinen Huren und mach es mit denen; mich wirst du nie, niemals dazu kriegen. Ich hasse dich!«

Wie betäubt taumelte der Baron zurück, sein rotes Gesicht wurde noch röter, aber diesmal nicht vor Lust, sondern vor Zorn. »Verschwinde, du frigide Schnepfe«, schrie er. »Ich hab dich eh nie gewollt, du dürres, freudloses Geschöpf!«

Dies alles war im Park der Barone von Münnerstadt geschehen, auf einer von einer großen Buchsbaumhecke geschützten Bank, die aber nicht sehr weit vom Hause entfernt war. Die Mutter und die Schwester des Barons, aufgeschreckt durch das wilde Geschrei, standen mit entsetzten Gesichtern an der Brüstung der Veranda.

Schon am Abend war alles geklärt. Die Münnerstädter waren empört und zutiefst gekränkt, und auch das Intervenieren von Sophies Vater half nichts mehr. Das Verlobungsfest wurde abgesagt, und Sophie wurde von der Familie, vor allem von ihrer älteren Schwester, wie eine Aussätzige behandelt. Sie musste so schnell wie möglich den abschätzigen und neugierigen Blicken der Coburger Gesellschaft entzogen werden, und schon am nächsten Morgen verließ sie ihre Heimatstadt. Nur kurz konnte sie sich von Ella verabschieden, die mehrfach fragte, was denn genau vorgefallen sei, doch Sophie schwieg beharrlich.

Als Sophie wieder zu sich kam, lag sie noch immer am Boden ihrer Kammer. Sie richtete sich auf, glättete ihr Gewand und trat vor den Spiegel über ihrem Waschkrug, um sich das Gesicht ein wenig zu säubern. Sie sah ihr blasses Antlitz, ihre dunklen großen Augen und den, wie sie plötzlich fand, gar nicht so schmallippigen Mund und musterte sich lang und eindringlich. Ihr Herz klopfte, und auf einmal, ganz plötzlich, wurde es ihr klar. Flora hatte recht gehabt, und Sophie wunderte sich, wieso es ihr nicht schon viel früher bewusst geworden war.

38

»Dass der Benni in diesen Kriminalfall eingebunden worden ist, anfangs so sehr gegen meinen Willen, hat ja eigentlich die ganze Hutgeschichte ausgelöst«, sagte Franzi lachend zu Margarete. »Immer wenn ich ihn und unsere Flitterwochen besonders vermisst habe, kam ein Hut daher, und schon ging's mir wieder gut!«

»Die Hüt sind eben dein Leben«, entgegnete Margarete. »Ohne die kannst du nicht sein. Ich seh dich schon vor mir, wie du irgendwann im nächsten Jahr hinter unserer Ladentheke stehst und unsere Kreationen verkaufst. Und daheim werden die Resi oder die Berta auf dein Kleines aufpassen, das ist doch schon so gut wie ausgemacht.«

Die beiden Hutmacherinnen wollten nun in den nächsten Wochen ihre Idee eines neuen Hutmodells, das Elemente des Priener Trachtenhutes mit denen des Münchner Gesellschaftshutes in sich vereinte, in die Tat umsetzen. Sie brannten darauf, extravagante und bildschöne Modelle anzufertigen, die die Köpfe der Kundinnen zieren sollten. Doch bis zu ihrer geplanten Modenschau, die Ende November stattfinden sollte, gab es noch eine ganze Menge zu tun.

Die Vorführmodelle, unter ihnen natürlich Resi, aber auch Annamirl, Luise und Therese, standen beinahe schon so gut wie fest.

Therese Fanderl freute sich besonders auf die Veranstaltung, denn der Arzt hatte gemeint, dass bis dahin die Schwangerschaftsübelkeit vorbei sein müsste.

Die Glücklichste von allen aber war Resi. Was sie nie mehr erhofft hatte, trat nun ein. Ihr Leben war dabei, sich von Grund auf zu ändern. Sie stand vor Fritz' frischem Grabhügel, erzählte ihm alles ganz genau und war sich sicher, dass er ihr zuhörte und sich genauso freute wie sie.

Berta und die Schneiderlisl hingegen, die Hüte für die reiferen

Damen vorführen sollten, waren wesentlich aufgeregter als die Jungen.

»In meiner Küch hab ich gute Nerven, aber für so was gar ned«, ängstigte sich Berta. »I fall bestimmt hi!« Stattfinden sollte die Modenschau, und das war das Besondere an der Sache, im Haus von Annette Kamphauser. Annettes repräsentative Räume würden die Hutschau natürlich um einiges aufwerten, und außerdem kannte Annette Gott und die Welt und begann schon fleißig Einladungen zu schreiben.

Während sich die Hutmacherinnen glücklich in die Arbeit stürzten, saßen die beiden Ermittler niedergeschlagen auf der Wache. Die gelbbraunen Herbstblätter flogen draußen vorbei, und der ausgetrocknete Zimmerfarn auf dem Fensterbrett kümmerte vor sich hin. Noch einmal ließen sie den ganzen Fall Revue passieren.

Alfred Habegger, der möglicherweise doch etwas mit dem Mord an Flora von Prielmayer zu tun haben könnte, war in den österreichischen Alpen verschwunden und unauffindbar. Theo Habegger, dem sie seine Liebe zu Flora von Anfang an geglaubt hatten und der nun auch noch um seinen Freund Fritz Bergleitner trauerte, war genau wie der ebenfalls trauernde und verzweifelte Jungschauspieler Leopold von der Liste der Verdächtigen gestrichen worden. Das schillernde Ehepaar von Prielmayer hatte zwar so einige Charakterschwächen und nicht sehr liebenswerte Züge gezeigt, doch mit dem Tod der Tochter hatten sie beide nichts zu tun.

War vielleicht ein gänzlich Unbekannter an diesem unheilvollen Abend auf Flora gestoßen und hatte ihr etwas angetan? Aber natürlich hatte niemand aus dem Dorf oder drüben auf der Insel irgendetwas Ungewöhnliches gesehen oder gehört, dafür hatte schon das an diesem Abend einsetzende katastrophale Wetter gesorgt.

Fanderl seufzte. »Des lohnt sich ned, dass ma den no gießt! Der is hi.« Er griff nach dem Topf mit dem dürren Zimmerfarn und beförderte ihn in seinen Papierkorb.

»Jetzt komm, geben wir ihm doch noch eine Chance«, sagte Benedikt mitleidig, holte den Farn aus dem Korb und stellte ihn nach draußen ins Freie. Es hatte gerade angefangen, ganz leicht zu regnen.

39

Am nächsten Vormittag machten sich die beiden Ermittler noch einmal auf den Weg hinüber zum Inselkloster. Das Wetter war um einiges besser geworden, nur ab und zu wurde die Sonne von rasch dahintreibenden grauen Wolken verdeckt, bei denen man sich nicht sicher war, ob sie Regen fallen lassen wollten oder nicht. Doch der unruhige See glänzte wesentlich blauer als am Tag zuvor, und in dem schaukelnden Polizeiboot richtete Benedikt seinen Blick starr auf den näher kommenden Dampfersteg. Er gab es ungern zu, doch er neigte zu Seekrankheit. Fanderl dagegen pfiff fröhlich vor sich hin.

Als sie am kleinen Dampfersteg anlegten, wollte Benedikt besonders sportlich aus dem Boot springen, wäre aber, da es ihm immer noch etwas schwindlig im Kopf war, um ein Haar auf die harten Bohlen gestürzt. Gerade noch konnte er sich abfangen und setzte sich für einen Moment auf das kleine Wartebänkchen. Fanderl sprang besorgt hinzu, als er aber sah, dass seinem Freund nichts geschehen war, verlegte er sich aufs Spotten.

»Aufpassen, alter Mann, oan Fuß nachm andern!«, sagte er lachend. Benedikt lachte mit, obwohl ihn das rechte Knie ziemlich schmerzte.

»Hoffentlich geraten wir beim Gespräch mit den Schwestern nicht auch so ins Straucheln!«, meinte er.

Gemächlich – Benedikt ein wenig hinkend – gingen sie den Uferweg entlang. Sie hatten es nicht eilig, denn beide waren sich ziemlich unsicher, was im Kloster auf sie zukommen würde.

Früh am Morgen hatten sie erfahren, dass Alfred Habegger und seine Freunde in einem Bordell in Salzburg entdeckt worden waren und man sie zum Chiemsee zurückbrachte.

»Ha, Bergsteigen!«, hatte Fanderl spöttisch gesagt, und Benedikt hatte sich nichts sehnlicher gewünscht, als diesen Alfred noch einmal in die Finger zu bekommen und ihn so richtig in die Mangel zu nehmen. Es gab noch eine Menge Widersprüche bei ihm, denn er war derjenige, der Flora abgrundtief gehasst hatte und in Benedikts Augen auch die nötige Brutalität und Skrupellosigkeit für eine Bluttat besaß.

Dennoch zog es ihn zum Kloster hinüber. Er hatte das starke Gefühl, dass da noch etwas im Verborgenen lag – und sein Gefühl hatte ihn noch ganz selten getäuscht. Die Beziehung der beiden Novizinnen zu Flora musste noch deutlicher beleuchtet werden.

»Jedenfalls müssen wir uns zuerst bei der Äbtissin anmelden«, sagte Fanderl. »Die war letztes Mal ziemlich ungehalten, weil ich einfach so herumgelaufen bin.«

Im Klostergarten, sie hatten es fast schon erwartet, trafen sie Schwester Kreszentia an, die sich ächzend und stöhnend über ein Beet beugte und beim Auftauchen der beiden Polizisten nur mühsam und sehr langsam hochkam.

Sie schaut nicht gut aus, sie ist noch mal um ein Stück älter geworden, dachte Fanderl bei ihrem Anblick besorgt.

»Wo sind denn deine Helferinnen, Kreszentia?«, fragte er.

Sie winkte ab. »Die haben mich im Stich gelassen«, seufzte sie. »Die eine liegt im Bett, und die andere arbeitet an ihrem Hochzeitskleid.«

Benedikt war ein wenig empört. Nächstenliebe war doch eine der vorrangigen christlichen Tugenden, und so hätte es sich gehört, der alten Frau für diese harte Arbeit eine andere aus den Reihen der Schwestern zur Seite zu stellen. Was dachte sich die Äbtissin dabei? Nun, die hatte wohl andere Sorgen.

»Kommts, ich bring euch zur Mutter Oberin und dann zu die zwei Madln«, sagte Kreszentia ziemlich kurzatmig, als Fanderl und Benedikt ihr Anliegen vorgetragen hatten.

Als sie jedoch Benedikts zerrissene Hose und die Schürfwunde an seinem Knie bemerkte, ließ sie es sich nicht nehmen, ihm noch eine heilende Kräutersalbe aus der Apotheke aufzutragen.

Dann folgten die beiden ihr durch die langen und so überaus stillen Gänge des Klosters. Kreszentia bat sie, auf einer Bank vor den Gemächern der Mutter Oberin Platz zu nehmen, und verschwand. Nach geraumer Zeit kam sie zurück.

»Dauert noch a bisserl«, flüsterte sie. »Ich muss wieder in Garten naus.«

Fanderl schloss die Augen und genoss die Stille, die er daheim ja fast nie hatte, Benedikt hingegen rutschte unruhig auf dem Bänkchen hin und her und hörte die Uhr der Klosterkirche erst elf Uhr und dann Viertel nach elf schlagen.

»Wir haben doch auch nicht ewig Zeit«, schimpfte er gerade vor sich hin, als sich die Tür öffnete und die schmale weiße Hand der Äbtissin sie hereinwinkte.

Fanderl kam es vor, als wäre es in den Räumen der Mutter Oberin noch stiller. Er war gerade dabei, sich entspannt auf einem Stuhl vor dem Schreibtisch niederzulassen, als ihn die schneidende Stimme der Klosteroberin wieder aufspringen ließ. Sie stand aufrecht neben ihrem Schreibtisch, und auch Benedikt war stehen geblieben.

»Meine Herren«, sprach die Äbtissin, »ich hoffe, Sie können mir nun Ihren abschließenden Bericht zum grausamen Tod meiner Nichte vortragen. Ihre Ermittlungen, das müssen Sie mir zugestehen, währen nun doch schon ungewöhnlich lang.«

Als Fanderl und Benedikt ihr berichten mussten, dass sie noch nicht am Ende angelangt waren, wurde ihr Gesicht noch strenger als zuvor.

»Das geht nicht an«, sagte sie und musterte die beiden, als wären sie reuige Sünder in der Kirchenbank. »Ich werde mich nun doch mit höheren Stellen ins Benehmen setzen müssen, sie sollen die Angelegenheit übernehmen. Ich habe das ja bereits angedeutet, denn Ihre Fähigkeiten reichen offenbar bei Weitem nicht aus.«

»Manche Fälle, verehrte Mutter«, entgegnete Benedikt und hoffte, dass die Wut, die in ihm brodelte, seiner Stimme nicht anzumerken war, »gestalten sich eben schwieriger als gedacht. Ich habe das in meiner langen Laufbahn schon des Öfteren erlebt, muss Ihnen aber doch sagen, dass ich bis jetzt letztendlich noch jeden Fall gelöst habe. Und mein Kollege Fanderl ist mir mit seiner Kenntnis der hiesigen Örtlichkeiten und mit seinem außerordentlichen Spürsinn eine unentbehrliche Hilfe.

Wir möchten Sie höflichst bitten, noch einmal ein Gespräch mit den beiden Novizinnen führen zu dürfen.«

Die Äbtissin schnaubte. »Tun Sie, was Sie nicht lassen können. Ich jedenfalls werde mir weitere Schritte in dieser Sache vorbehalten.« Sie wedelte in Richtung Tür und entließ sie ohne ein Wort des Abschieds.

»Ich platz gleich«, stöhnte Fanderl, als sich die Tür hinter ihnen geschlossen hatte. »Wenn uns diese Schreckschraube beim Dreissiger und in München anschwärzt, können wir ja gleich einpacken!«

»Wart's ab«, meinte Benedikt beruhigend. »Die will uns nur unter Druck setzen!«

So ganz sicher war er sich aber auch nicht, und er steckte seine zitternden Hände rasch in die Hosentaschen, damit Fanderl sie nicht bemerkte.

Wie aus dem Nichts stand plötzlich wieder Schwester Kreszentia vor ihnen.

Am Gesichtsausdruck der beiden erkannte sie sofort, dass die Polizeibeamten eine unerfreuliche Unterredung hinter sich hatten, und führte sie zuerst einmal in die Küche, um ihnen eine gute Tasse Kaffee einzuschenken.

»Um die Hilda mach ich mir keine Sorgen, die fiebert ihrer Hochzeit und dem Leben als Bäuerin entgegen«, bemerkte Kreszentia nach einiger Zeit. »Doch an die Sophie kommt man kaum mehr heran. Wir hatten ja sogar einen Nervenarzt da, doch der konnte auch nicht viel ausrichten. Angstattacken, Ekel vor sich selbst, mögliche Persönlichkeitsspaltung ... Ach, was der alles erzählt hat! Auch der Besuch ihrer Freundin Ella hat nichts genutzt, die hat sie nach zehn Minuten wieder hinausgeekelt. Sicherlich hat sie auch Angst vor der Einkleidung und der endgültigen Entscheidung für das Klosterleben, aber da muss noch etwas anderes sein. Sie stand ja in Coburg schon kurz vor der Verlobung, aber das ist alles sehr schnell in die Binsen gegangen!«

Benedikt war ganz der Meinung Kreszentias, da musste noch etwas sein. Tief in seinem Innern stieg auf einmal eine Vermutung auf, die er gerne wieder von sich geschoben hätte.

Benedikt und Fanderl wurden von Kreszentia in das kleine, abgeschiedene Gärtchen im Hof des Klosters geleitet, wo sie sich inmitten der herbstlichen Blütenpracht niederließen und auf das Erscheinen der beiden Novizinnen warteten. Als Erste kam Hilda, die sie freundlich begrüßte und darum bat, während der Unterredung mit ihrer Handarbeit fortfahren zu dürfen. Fanderl und Benedikt hatten nichts dagegen. Fanderl bat Hilda, ihnen noch einmal genau den Abend und die Nacht von Floras Tod zu beschreiben.

Hilda berichtete, dass sie nach der Vesper gemeinsam mit Sophie und Flora zum Abendbrot gegangen sei, das sie auch zusammen eingenommen hätten. Nach dem Essen sei sie, Hilda, in ihre Kammer gegangen, um einen Brief an ihre Familie zu schreiben. Sophie habe ihr dazu immer einen ihrer feinen schneeweißen Briefbogen überlassen, darum sei sie also in deren Kammer hinübergegangen, um sie darum zu bitten. Da Sophie dort nicht anzutreffen war, sei sie noch zur Bibliothek, wo die andere Novizin gerne am Tisch saß und sich in ihre Heiligenlegenden vertiefte. Doch auch da war sie nicht. Weiter hatte Hilda sie nicht suchen wollen, sie schrieb dann ihren Brief auf ein schlichteres Blatt Papier.

Durchs Fenster, das wegen der außergewöhnlichen Schwüle weit geöffnet war, hatte sie Flora unten auf der Bank sitzen und lesen sehen. Wahrscheinlich wieder eins ihrer verbotenen Bücher, habe sie sich gedacht und gehofft, dass Flora es vor den Augen der Mutter Oberin und den anderen Schwestern gut versteckte. Als sie dann mit dem Brief fertig war, ging sie noch einmal zum Fenster und sah, dass Flora nicht mehr an ihrem Platz war. Dann habe sie sich zum Complet vorbereitet, bei dem Sophie zugegen gewesen sei, Flora aber gefehlt habe. Das sei aber nichts Außergewöhnliches gewesen, Flora stand es frei zu entscheiden, welche Gebetsstunden sie täglich besuchen wollte. Mehr habe sie zu dem Abend nicht zu sagen; sie sei später von dem Unwetter und dem Sturm aufgewacht, und da habe sie gemeinsam mit Sophie voller Schrecken aus dem Fenster geschaut. Flora sei nicht dazugekommen, aber sie wussten, dass sie einen außerordentlich guten Schlaf hatte, und Hilda habe sich keine Sorgen gemacht. Sie trauere noch immer um Flora und vermisse ihre Lebhaftigkeit und ihr fröhliches Wesen. Doch natürlich trete diese Trauer langsam in den Hintergrund, zumal sich doch zurzeit so viel in ihrem Leben ereigne.

»Sie freuen sich sehr auf die Hochzeit und Ihr Leben als Bäuerin, nicht wahr?«, fragte Benedikt abschließend.

Hilda nickte. Sie sei sich ganz sicher, die richtige Entscheidung getroffen zu haben, sagte sie, und die Vorfreude darauf ließ sie strahlen. Dann raffte sie ihre Handarbeit zusammen, verabschiedete sich freundlich und verschwand.

»Des wird amal a gute Bäuerin, des sieht man. Die geht ihren Weg«, stellte Fanderl ihr nachblickend fest.

Es verging geraume Zeit, bis Sophie von Arnstetten auftauchte. Benedikt hatte schon wieder begonnen, unruhig auf der Bank hin- und herzuruckeln und zwischendurch sein schmerzendes Knie zu reiben.

»Wir haben doch unsere Zeit auch nicht gestohlen. Immer diese Warterei!«, murrte er.

Sophie, bleich, schmal und so gekleidet, als wäre sie gerade dem Bett entstiegen, nahm Platz, musterte den Boden zu ihren Füßen und schaute Fanderl und Benedikt nicht an.

»Seid gegrüßt, Sophie«, sagte Fanderl wesentlich ehrerbietiger als zu ihrer Mitnovizin, wohl in der Absicht, so etwas schneller Zugang zu der jungen Frau zu finden.

Sophie deutete ein kurzes Nicken an, schaute aber weiterhin zu Boden. Benedikt saß immer noch die Ungeduld im Nacken, und mit etwas harscher Stimme bat er Sophie, ihnen den Hergang des fraglichen Abends zu schildern. Es schien, als durchliefe ein leichtes Frösteln die Befragte, dann begann sie mit immer noch gesenktem Kopf zu sprechen. Sehr langsam und in gewählten Worten schilderte sie den Ablauf des Abends: Vesper, Abendbrot, in die Bibliothek zum Studium der Heiligenleben und dann Complet. Da sei Flora nicht dabei gewesen, »aber sie konnte sich ja fast alle Freiheiten nehmen«, ergänzte Sophie mit ein wenig Gehässigkeit in ihrer sonst ziemlich monotonen Stimme. Später dann der entsetzliche Wettereinbruch, den sie voller Schrecken vom Fenster aus erlebt hätten. Dass Flora da nicht dabei gewesen war, erwähnte sie nicht.

Dann sank sie wieder in sich zusammen und machte den Eindruck, als wollte sie nun kein Wort mehr sagen.

Benedikt hakte sofort ein. »Hilda hat uns berichtet, dass sie sich ein Blatt Briefpapier von Ihnen leihen wollte, Sie aber in der Bibliothek nicht aufgefunden habe. Wo waren Sie denn?«

»Ach, was die immer so erzählt! Die hat sicher die Tage verwechselt!«, konterte Sophie, und ihre Stimme klang plötzlich lebhafter. »Die ist doch im Geiste schon im Hochzeitsbett und nicht mehr hier. Von Anfang an war sie mehr dem Irdischen als dem Geistigen zugewandt. Das weiß ich genau!«

Benedikt, dem die Art und Weise, so über eine nahestehende Person zu sprechen, missfiel, erkundigte sich nun mit strenger Stimme, wie denn die Beziehung Sophies zu Flora gewesen sei.

»Das habe ich Ihnen bereits bei der letzten Unterhaltung gesagt. Ich schätzte sie«, antwortete Sophie, doch Benedikt stellte fest, dass eine leichte Röte von ihrem Hals in ihr Gesicht hochstieg.

»Ich vermute, Sie haben sie sehr verehrt. So eine hübsche, lebenslustige Frau mit vielen Plänen und dann noch aus der Großstadt …«, meinte Fanderl.

Sophie antwortete nicht, doch die Röte stand noch immer in ihrem Gesicht.

»Waren Sie möglicherweise ein wenig verliebt in Flora?«, wollte Benedikt wissen.

Nun kam plötzlich Leben in Sophie. Sie sprang auf, sodass ihr Stuhl umfiel, und rief empört: »Verliebt, verliebt, so ein Blödsinn. Ich liebe nur den Herrn, sonst niemanden!«

»Aber waren Sie denn nicht schon einmal verlobt?«, erkundigte sich Fanderl. »Da gehört doch wohl auch die Liebe dazu.«

»Nein, nein, das war keine Liebe. Das war nur der Wunsch nach ekelhafter Fleischeslust vonseiten meines Verlobten. Nie,

nie mehr in meinem Leben werde ich zulassen, dass mich noch einmal ein Mann berührt!«

»Und eine Frau?«, fragte Benedikt spontan, obwohl es ihm nicht leichtfiel, in derart intime Details zu gehen.

Sophie erstarrte. Dann erhob sie sich und sagte: »Ich werde zur Mutter Oberin gehen. Sie wird mich schützen vor Ihren lüsternen Fragen.«

»Sie gehen jetzt nirgendwo hin. Sie bleiben da und antworten uns«, erwiderte Benedikt streng. »Glauben Sie mir, wenn Sie uns die Wahrheit sagen, wird es auch leichter für Sie.«

In diesem Moment erschien Kreszentia, die ihre lautstarke Unterhaltung wohl in der Küche mitbekommen hatte. Sie zog sich einen Stuhl heran und setzte sich neben Sophie.

»Komm, sprich, Madl«, sagte sie mit sanfter Stimme. »Unserm Herrn ist nichts fremd, sprich mit uns, als würdest du mit ihm sprechen.«

»Der Herr, der Herr«, schluchzte Sophie, »der hat mich doch längst verlassen. Nie hat er mir geholfen und mir gezeigt, was mit mir ist.«

»Was ist mit dir?«, fragte Kreszentia.

Sophie lehnte ihren Kopf kurz an Kreszentias Schulter. Dann aber setzte sie sich wieder aufrecht hin, und es war das erste Mal, dass sie Fanderl und Benedikt offen ins Gesicht blickte.

»Ich kann nur Frauen lieben. Ich habe es lange gespürt, aber nicht genau gewusst, was los ist. Es war Flora, die es mir ins Gesicht gesagt hat an jenem Abend. Sie habe ich geliebt.«

»Aber Flora hat Sie nicht geliebt«, stellte Fanderl fest.

»Nein, diesen Wirtshausdeppen hat sie geliebt, ihn hat sie geküsst und gestreichelt, und über mich hat sie gelacht. Es werde schon noch die Richtige kommen für mich, hat sie gesagt, aber sie sei es nicht, und ich solle nicht immer so um sie herumschleichen und mich dauernd an sie drücken. Sie wolle ihren Theo küssen und nicht mich. Das sei ihr alles zu viel. Aber ich wollte doch nur sie, nur sie.«

Sophie weinte nun bitterlich, die Zeit des Rückzugs, des Leugnens und der vornehmen Zurückhaltung war nun offensichtlich vorbei. »Ich habe mir vorgestellt, wie sie mit diesem Theo zusammenliegt, ihn umarmt, küsst und streichelt, und wie sie sich Lust verschaffen. Ich habe das nicht ausgehalten.«

Sie wies auf den Weg, der draußen an der Klostermauer vorbeilief. »Da draußen waren wir. Ich war so wütend und verletzt, dass ich sie gepackt und auf sie eingeschlagen habe. Sie wehrte sich nicht, sie lief einfach vor mir davon. Es war unerträglich schwül, und ich hatte Tränen im Gesicht und Schweiß an meinem Körper. Ich wollte sie einfach nicht mehr sehen. Sie musste weg! Da habe ich einen großen Stein vom Ufer genommen und nach ihr geworfen, und sie ist wie vom Blitz getroffen umgefallen. Ihr Gesicht war weiß, die Haare blutig, der Kopf seltsam schief, und sie hat nicht mehr geatmet. Ich habe sie ins Schilf gezogen und dort versteckt, und dann ist auch schon der Sturm aufgekommen. In diesem Moment war ich nur erleichtert.«

Einen Augenblick lang herrschte vollkommene Stille, dann stieß Sophie einen würgenden Schrei aus. »Jetzt wird mich der Herr nie mehr lieben!«, brachte sie gerade noch hervor, bevor sie an Kreszentias Schulter zusammenbrach, und ihr Kopf und der Oberkörper auf den Schoß der alten Frau sackten.

40

2. Weihnachtsfeiertag 1933

»Bertas Plätzchen sind ein Traum«, meinte Fanderl genussvoll kauend, und alle stimmten ihm zu.

Franzi und Benedikt hatten Fanderl und seine Familie zum nachweihnachtlichen Kaffeetrinken mit Stollen und Plätzchen geladen. Der kleine Korbinian stand staunend vor dem großen Christbaum, der mit Schmuck behängt war, der teilweise noch aus Benedikts Kindheit stammte. Die honiggelben Kerzen waren schon am Herunterbrennen und der Raum in Dämmerlicht getaucht.

»Was für ein Jahr! Und wie wird das nächste wohl werden?«, fragte Benedikt melancholisch in die Runde.

»Du wirst uns doch jetzt nicht schwermütig?«, meinte Fanderl, der schon wieder an einem Plätzchen kaute. »Nächstes Jahr werden unsere Frauen bei euch im Park oder bei uns auf der Wiesn mit den Kinderwagen spazieren gehen! Und alle zwei werden reizende Hütchen aus dem Salon deiner Frau tragen. Die Berg werden so schön sein wie immer, und mein See wird mal grün, mal blau sein, mal glatt wie ein Spiegel und mal aufgewühlt mit kräftigen Wellen und Schaumkronen darauf. Es war doch alles in allem ein glückliches Jahr.«

»Das meine ich auch«, bestätigte Franzi. »Was sich bei mir alles ereignet hat! Die Hochzeit, die Schwangerschaft, der neue Laden, die Freundschaft mit Margarete und Resi und unsere wunderbare erfolgreiche Hutmodenschau im November. Und dann auch noch die famose Träutlein Silberschneider, deren Anzeige der Benni in den ›Münchner Neuesten Nachrichten‹ entdeckt hat. Mit ihrer Erfahrung und ihren pfiffigen Ideen wird sie sich in meinem Münchner Geschäft sicher hervorragend machen.«

Benedikt nickte, aber er sah längst nicht so optimistisch drein wie seine Frau.

»Ja sicher, wir haben unseren Klosterfall erfolgreich gelöst, auch wenn wir viel zu viel herumermittelt haben und uns die Lösung zum Schluss wieder mal fast in den Schoß gefallen ist! Und wie müd wir immer warn, gell, Gustav! Doch was mich schwer sorgt, ist, dass überall um uns herum die braunen Gesellen sitzen, uns im Visier haben und uns Steine in den Weg werfen.«

Voller Sorge dachte er an das Parteieintrittsformular, das ihm der Dreissiger vor Weihnachten sehr bestimmt und mit strenger Miene auf den Schreibtisch gelegt und das er noch nicht ausgefüllt hatte. Auch Fanderl hatte eines bekommen, und es schien, dass seine Mitgliedschaft bei der freiwilligen Feuerwehr Chiemgauer Land mittlerweile ein lächerliches Gegenargument geworden war. Doch belastete das Ganze den Fanderl nicht so wie Benedikt, er fühlte sich getragen von seiner Familie und der Dorfgemeinschaft und von dem Vertrauen, das mittlerweile alle in ihn hatten. Er hatte weiterhin die Hoffnung, sich irgendwie durchwursteln zu können.

Benedikt dachte nicht so, er hatte erlebt, zu welch knallharten Maßnahmen die Funktionäre griffen, wenn man sich nicht konform verhielt, und er musste noch oft an den Bergleitner und an seinen Kollegen Otterer denken.

Plötzlich hatte er das Gefühl, nur mehr ganz schwer Luft zu bekommen, die Angst vor der Zukunft legte sich wie ein schwerer grauer Mantel drückend auf seine Schultern.

Der Traum, der ihn in letzter Zeit manchmal heimsuchte, fiel ihm ein, und ihm wurde trotz der gut gewärmten gemütlichen Stube kalt. In diesem Traum ging er jedes Mal durch eine Münchner Straße, in der er nahezu jedes Haus und jeden Laden kannte. Im üblichen Getümmel der Großstadt bewegte er sich auf ein Ziel zu, das ihm der Traum jedoch nicht offenbarte. Plötzlich wurde es düster in der gerade noch hellen belebten Straße, und auf einmal waren auch alle Passanten verschwunden. Er blickte zu den Häusern hoch, und zu seinem Entsetzen stellte er fest, dass diese nur mehr aus zum Teil schon eingefallenen Fassaden mit leeren Fensterhöhlen bestanden, aus denen manchmal gelbschwarzer Rauch aufstieg. Benedikt begann voller Angst zu dem Ziel zu laufen, das er nicht kannte, doch bevor er es erreichte, fiel der furchterregende Traum wie ein Kartenhaus in sich zusammen.

Da sprang Franzi auf und lief, ihren schönen runden Bauch elegant vor sich hertragend, zum Fenster.

»Da, schauts naus«, rief sie, »es schneit! Alles schon weiß, die Bäum, die Bänk, der ganze Park, wie es sich gehört an Weihnachten!«

Wie ein kleines Kind klatschte sie vor Freude in die Hände, und nun konnte Benedikt plötzlich wieder frei durchatmen.

Es würde sich schon alles lösen. Es würde schon alles gut werden.

Nachwort

Bei meinen Recherchen zum Aufkommen des Nationalsozialismus in den zwanziger und dreißiger Jahren des letzten Jahrhunderts ist mir noch mehr bewusst geworden, wie viele Parallelen es zu den erschreckenden Entwicklungen unserer jetzigen Zeit gibt. Heute wissen wir, welche furchtbaren Dinge noch auf Fanderl und Lindgruber zugekommen sind und dass die Visionen Benedikts am Ende meines Romans sich bewahrheitet haben.

Vielleicht kann mein Buch einen kleinen Beitrag dazu leisten, dass dem Rechtspopulismus und dem Erstarken brutaler rechter Gewalt Widerstand entgegengesetzt wird. Setzen wir uns gemeinsam zur Wehr!

Alle Fehler, die sich vielleicht doch noch in meinen Text eingeschlichen haben, habe ich allein zu verantworten.

Gretel Mayer
Im März 2020

Zitatnachweise

Seite 134

Das Gedicht, das Leopold am Grab spricht, ist von Gustav Hermann Kletke (1813–1886), einem Zeitgenossen und Freund Nikolaus Lenaus. Es findet sich in: Vom Reichtum der deutschen Seele – ein Handbuch deutscher Lyrik, Leipzig 1928.

Seite 150

Die Verse von Joachim Ringelnatz, die Benedikt zitiert, stammen aus: Walther Diehl: Die Künstlerkneipe Simplicissimus – Geschichte eines Münchner Kabaretts, München 2008.

Seite 154

Die erotischen Gstanzl, die im »Simpl« gesungen werden, wurden entnommen aus: Georg Queri: Kraftbayerisch. Ein Wörterbuch der erotischen und skatologischen Redensarten der Altbayern, München 2019.

Seite 206

William Shakespeare, Antonius und Cleopatra, Übersetzung von Wolf Graf Baudissin, Erstveröffentlichung Berlin 1831.

Ich danke ...

erneut meinem Mann Franz, der mich auch bei diesem Roman
äußerst tatkräftig unterstützt hat. Ohne seine Ruhe und Gelas-
senheit, seinen sachkundigen Rat und seine historischen Kennt-
nisse wäre dieses Buch nicht entstanden. Danke, Franz, auch für
deine so liebevolle Fürsorge in dunklen Stunden!

Susanne und Wilhelm Wöhlte, die mir so spontan und unkompli-
ziert ihre leer stehende Einliegerwohnung als »Schreibstübchen«
überlassen haben, und meiner langjährigen Freundin Bärbel
Haugg, die diese Verbindung mit ihrem großen Organisations-
geschick hergestellt hat.

Den Mitarbeitern der Agentur Rumler in München, die mich
auch bei diesem Projekt stets unterstützt haben und immer ein
offenes Ohr für mich hatten.

Allen Mitarbeitern des Emons Verlages, die ich hier nicht alle
namentlich erwähnen kann und die es möglich gemacht haben,
dass Gustav Fanderl und Benedikt von Lindgruber noch einmal
ermitteln konnten.

Meiner Münchner Lektorin Uta Rupprecht für ihr äußerst sach-
kundiges Lektorat und die vielen schönen Telefonate, die wir
miteinander führen konnten.

Gretel Mayer
DER TOD DES CHIEMSEEMALERS
Gebunden, 160 Seiten
ISBN 978-3-7408-0417-6

Sommer 1930. In einem Dorf am Ufer des Chiemsees wird der
Kunstmaler Sachrang erschlagen in seinem Atelier aufgefunden.
An Verdächtigen mangelt es nicht: Sachrang war zu Lebzeiten für
seine Vorliebe für blutjunge weibliche Modelle und wilde »Atelier-
abende« mit der lokalen Prominenz bekannt, was nicht jeder guthieß.
Schon bald lassen die Ermittlungen des jungen Dorfpolizisten Gustav
Fanderl und seines Münchner Kollegen Benedikt von Lindgruber die
Fassade der vermeintlichen Dorfidylle bröckeln.

*»Alles drin, was ein guter Krimi braucht. Gute Geschichte, gute Fi-
guren, historische Glaubwürdigkeit und die Chiemseeatmosphäre
hat auch nicht gelitten.«* B5 Kulturnachrichten

www.emons-verlag.de